GRENO 10 20

Grazia Deledda SCWERES BLUT

ZU DIESEM BUCH Efix, der Knecht der Herrinnen Pintor, führt ein hartes, entbehrungsreiches Leben auf den Feldern eines verarmten Landguts im Osten Sardiniens. Dabei ist er es, dem seine Herrinnen ihre Weiterexistenz verdanken. Mehr und mehr ahnt der Leser, daß eine geheime, drückende Schuld der eigentliche Grund dafür ist, daß der Knecht all die Demütigungen und den unbegründeten Hochmut seiner Herrinnen erträgt, obwohl sie ihm selbst seinen kümmerlichen Lohn schuldig bleiben...

Der Tradition mündlichen Erzählens verbunden, läßt die Nobelpreisträgerin Grazia Deledda ein ebenso farbiges wie faszinierend fremdes Bild ihrer archaischen Heimat vor den Augen des Lesers entstehen. Einer Heimat, die bis heute in alten Traditionen verwurzelt ist und in der der Umgang mit den Geistern ebenso zum Alltag gehört wie das tägliche Gebet. Da sind etwa die *panas,* bei einer Geburt gestorbene Frauen, die unten am Fluß waschen und ihre Wäsche mit ihren Gebeinen ausschlagen. Oder *ammattadore,* der Kobold mit den sieben Mützen, in denen er seinen Schatz aufbewahrt. Oder die Vampire mit den stählernen Schwänzen. Sie alle sind Efix, dem Knecht, ebenso vertraut wie Kallina, die Wucherin, die ihren Reichtum den Geistern der längst gestorbenen Barone von der Burgruine über dem Dorf Galte verdankt, oder Don Predu, der reiche Verlobte von Donna Noemi, der sein Eheversprechen löst, als Noemis Schwester von zu Hause ausreißt und einen Mann niederen Standes heiratet.

Grazia Deledda wurde 1871 in der sardischen Gebirgsstadt Nuoro geboren, die in ihren Romanen immer wieder auftaucht. So auch in dem vorliegenden Buch, das 1913 unter dem Titel *Canne Al Vento* erschien und zu ihren bedeutendsten Romanen zählt. Die meisten deutschen Übersetzungen ihrer Werke entstanden vom Beginn dieses Jahrhunderts bis 1938. Etwa *Der Alte vom Berge* (Il Vecchio Della Montagna), *Elias Portolù, Asche* (Cenere), *Der Efeu* (L'Edera), *Marianna Sirca, Die Mutter* (La Madre), *Das Geheimnis* (Il Segréto Dell' Uomo Solitario), *Die Flucht nach Ägypten* (La Fuga in Egitto), *Annalena Bilsini, Cosima.* Seither geriet Deledda, die ihren eigensinnigen Stil außerhalb des literarischen Betriebs entwickelte, bei uns in Vergessenheit. Grazia Deledda starb 1936 in Rom, zehn Jahre nachdem sie den Nobelpreis für Literatur erhalten hatte.

Grazia Deledda

SCHWERES BLUT

Roman

Aus dem Italienischen
von
Dorothea Radtke

GRENO 10 20

Verlegt bei Franz Greno
Nördlingen 1987

Originaltitel: *Canne al vento*

1. Auflage, September 1987.

Satz: studiodruck, NT-Raidwangen.
Druck und Bindung: Wagner GmbH, Nördlingen.
Printed in Germany.
ISBN 3-89190-843-1.

I

Den ganzen Tag hatte Efix*, der Knecht der Herinnen Pintor, daran gearbeitet, den primitiven Damm zu verstärken, den er selbst nach und nach im Laufe der Jahre mit viel Mühe aufgeworfen hatte, unten am Fluß entlang, der die Grenze des kleinen Landgutes bildete. Und beim Anbruch des Abends betrachtete er nun sein Werk von oben, vor seiner Hütte sitzend, im grünblauen Schutz des Schilfes, auf halber Höhe des Taubenhügels.

Dort liegt es nun ganz still, hier und da vom Wasser blinkend in der Dämmerung zu seinen Füßen, das Gehöft, das Efix mehr als sein Eigentum betrachtet denn als das seiner Herrinnen. Dreißig Jahre Arbeit haben es dazu gemacht. Die Feigenkakteen, die es wie zwei graugrüne Mauern in seiner ganzen Länge umschließen und sich von Terrasse zu Terrasse bis zum Fluß hinabschlängeln, erscheinen ihm wie die Grenzen der Welt.

Der Knecht schaute nicht darüber hinaus, schon weil das Land zu beiden Seiten früher auch einmal seinen Herrinnen gehört hatte. Aber wozu sich des Vergangenen erinnern? Unnötiges Bedauern. Lieber an die Zukunft denken und auf die Hilfe Gottes hoffen. Und Gott versprach ein gutes Jahr, oder wenigstens machte er, daß sich alle Mandel- und Pfirsichbäume im Tal mit Blüten bedeckten. Und dieses Tal zwischen zwei weißen Hügelketten, den fernen, blauschimmernden Bergen im Westen und dem Meer im Osten, mit der Blütenfülle des Frühlings, mit Wasser, Büschen und Blumen sah aus wie eine mit grünen Schleiern und blauen Bändern geschmückte Wiege, wozu das monotone Murmeln des Flusses klang wie das eines einschlafenden Kindes.

Aber die Tage waren schon allzu heiß, und Efix dachte an die sturzflutartigen Gewittergüsse, die den nicht eingedämmten Fluß anschwellen, über die Ufer springen und wie ein Ungeheuer alles zerstören ließen. Hoffen ja, aber nicht vertrauen. Auf der Hut

* Der Name wird »Efis« oder »Efisch« gesprochen. – A. d. Ü.

sein wie das Schilfrohr, das bei jedem Windhauch aneinanderstößt, als wollte es sich gegenseitig vor der Gefahr warnen.

Deshalb hatte er den ganzen Tag gearbeitet, und während er nun in Erwartung der Nacht, um keine Zeit zu verlieren, eine Matte flocht, betete er zu Gott, er möge seine Arbeit ersprießlich werden lassen. Was ist schon ein kleiner Damm, wenn Gott ihn nicht durch seinen Willen gewaltig werden läßt wie ein Gebirge?

Sieben Binsen also durch eine Weidenrute und sieben Gebete zum Herrn und zu Unserer Lieben Frau vom Guten Rat, gesegnet sei sie und dort unten im fernsten Blau der Dämmerung die kleine Kapelle, umgeben von einem Gürtel kleiner Hütten, still wie ein prähistorisches, seit ewigen Zeiten verlassenes Dorf.

Zu dieser Stunde, als der Mond zwischen den Sträuchern des Hügels wie eine große Rose erblühte und die Wolfsmilch am Fluß duftete, beteten auch Efix' Herrinnen: Donna Esther, die ältere, sie sei gesegnet, dachte dabei sicher auch an ihn armen Sünder. Das genügte schon, damit er sich glücklich und für seine Mühen belohnt fühlte.

Beim Geräusch ferner Schritte blickte er auf. Es schien ihm, als kenne er sie, es waren leichtbeschwingte, schnelle Schritte wie die eines Engels, der naht, um die schönen und die traurigen Dinge zu verkünden. Der Wille des Herrn geschehe: Er ist es, der die guten und die schlechten Botschaften sendet; aber das Herz begann ihm heftig zu schlagen, und auch die schwarzen, rissigen Finger zitterten zusammen mit den silbernen Binsen, die im Mondlicht wie Wasseradern aufleuchteten. Nun hörte man den Schritt nicht mehr. Aber Efix blieb unbeweglich sitzen und wartete.

Der Mond stieg vor ihm auf, und die Stimmen des Abends verkündeten dem Menschen, daß sein Tagewerk vollbracht war. Es waren der regelmäßige Kuckucksruf, das frühe Zirpen der Grillen, ab und zu ein klagender Vogel. Und es war das Seufzen des Schilfrohrs und die immer deutlicher werdende Stimme des Flusses, aber es war vor allem ein Hauch, ein leises, geheimnisvolles Keuchen, das aus der Erde selbst zu kommen schien. Ja, der Tag des arbeitenden Menschen war zu Ende, aber nun begann das phantastische Leben der Zwerge, der Feen und der umherirrenden Geister. Die toten Seelen der alten Barone stiegen von der Burgruine über dem Dorf Galte, oben am Horizont zur Linken von Efix, herab und jagten an den Ufern des Flusses nach Ebern und Füchsen. Ihre Waffen blitzten durch das niedrige Erlengebüsch, und das heisere Bellen der Hunde in der Ferne zeugte von ihrem Durchritt.

Efix hörte das Klatschen, das die *panas* (Frauen, die bei einer Geburt gestorben sind) beim Wäschewaschen unten am Fluß verursachten, indem sie mit Totengebeinen daraufschlugen, und er glaubte, auch den *ammattadore* zu erkennen, den Kobold mit seinen sieben Mützen, in denen er seinen Schatz aufbewahrt, wie er unter den Mandelbäumen hin- und hersprang, verfolgt von Vampiren mit stählernen Schwänzen.

Sein Vorbeihuschen war es, das Zweige und Steine im Mondlicht funkeln ließ. Zu den bösen Geistern gesellten sich auch die Seelen der ungetauften Kinder, weiße Wesen, die durch die Luft schwebten und sich in kleine helle Wolken hinter dem Mond verwandelten. Die Zwerge und die *janas,* kleine Feen, die am Tage in ihren Felshöhlen auf goldenen Webstühlen goldene Stoffe webten, tanzten nun im Schatten der großen Filirèasträucher, während die Riesen zwischen den mondbeschienenen Bergfelsen auftauchten, ihre gigantischen grünen Pferde am Zügel, die nur sie zu reiten vermögen, und hinabspähten, ob sich zwischen den weiten, unheilbringenden Wolfsmilchpflanzen nicht Drachen versteckt hielten oder etwa die legendäre Schlange *cananéa,* die seit Christi Zeiten durch den Sand rings um den Sumpf streicht.

Besonders in den Mondnächten treibt dieses geheimnisvolle Völkchen in Hügeln und Tälern sein Wesen, und der Mensch hat nicht das Recht, es mit seiner Anwesenheit zu stören, ebenso wie die Geister ihn während des Sonnenlaufs respektiert haben. Also ist es nun Zeit, sich zurückzuziehen und die Augen unter dem Schutz der Engel zu schließen. Efix bekreuzigte sich und stand auf, aber immer noch erwartete er, daß jemand kam. Trotzdem schob er das Brett vor, das ihm als Tür diente, und stellte ein großes Kreuz aus Schilf dagegen, welches verhindern sollte, daß Geister oder VERSUCHUNGEN in die Hütte gelangten.

Das Mondlicht schien durch die Ritzen und beleuchtete den engen, niedrigen Raum, der aber groß genug war für ihn, denn er war klein und mager wie ein Halbwüchsiger. Vom kegelförmigen Dach aus Schilf und Binsen, das die Trockenmauern deckte und in der Mitte ein Loch zum Abziehen des Rauches hatte, hingen Zwiebeln und getrocknete Kräuter, Palmenkreuze und geweihte Olivenzweige, eine bemalte Wachskerze, eine Sichel gegen Vampire und ein Säckchen Gerste gegen die *panas*. Bei jedem Luftzug zitterte das alles, und die Spinnweben leuchteten auf. Unten am Boden ruhte der Krug mit den Henkeln an den Seiten, und der umgestürzte Kochtopf schlief daneben.

Efix breitete die Schilfmatte aus, legte sich aber noch nicht hin. Immer noch war ihm, als höre er das Geräusch der leichtfüßigen Schritte. Sicher kam jemand – und tatsächlich schlugen plötzlich die Hunde auf den Nachbargehöften an, und die ganze Landschaft, die noch vor wenigen Augenblicken im murmelnden Gebet nächtlicher Stimmen entschlafen zu sein schien, war plötzlich von einem Beben erfüllt, als führe alles aus dem Schlaf auf.

Efix öffnete die Tür wieder. Eine dunkle Gestalt kam den Hügel herauf, auf dem schon die niedrigen Bohnensträucher silbern im Mondlicht wogten, und er, dem in der Nacht selbst menschliche Gestalten unheimlich vorkamen, bekreuzigte sich abermals. Aber eine bekannte Stimme rief ihn an, es war die frische, wenn auch ein wenig ängstliche Stimme eines Jungen, der neben dem Haus der Damen Pintor wohnte.

»Onkel Efisè, Onkel Efisè!«

»Was ist passiert, Zuannantò*? Sind meine Herrinnen wohlauf?«

»Es geht ihnen gut, ja, glaube ich. Sie schicken mich nur, um dir zu sagen, du sollst morgen früh ins Dorf kommen, sie müßten dich sprechen. Vielleicht ist es wegen eines gelben Briefes, den ich in der Hand von Donna Noemi gesehen habe. Donna Noemi las ihn vor, und Donna Ruth, die mit ihrem weißen Kopftuch wie eine Nonne aussah und den Hof fegte, blieb stehen, stützte sich auf den Besen und hörte zu.«

* Sardisch für Gian Antonio – A. d. Ü.

»Ein Brief? Weißt du nicht, von wem er ist?«

»Ich nicht, ich kann doch nicht lesen. Meine Großmutter sagte aber, er ist vielleicht von Herrn Giacinto, dem Neffen deiner Herrinnen.«

Ja, Efix fühlte, so mußte es sein, dennoch kratzte er sich nachdenklich mit gesenktem Kopf die Wange, hoffte und fürchtete zugleich, sich zu täuschen.

Der Junge hatte sich müde auf einen Stein vor der Hütte gesetzt, schnürte sich die Stiefel auf und fragte, ob denn nichts zu essen da sei.

»Ich bin gerannt wie ein junger Hirsch, ich hatte Angst vor den Geistern...«

Efix hob das braune, harte Gesicht, das aussah wie eine Bronzemaske, starrte den Knaben aus seinen kleinen, blaugrauen, von Falten umgebenen Augen an, und diese lebhaft leuchtenden Augen drückten dabei kindliche Angst aus.

»Haben sie dir gesagt, ich soll morgen kommen oder heute nacht?«

»Morgen, sage ich dir doch! Inzwischen, wenn du im Dorf bist, bleibe ich hier und bewache das Gut.«

Der Knecht war es gewohnt, seinen Herrinnen zu gehorchen, und stellte keine weiteren Fragen. Er zog eine Zwiebel von der Schnur, ein Stück Brot aus dem Beutel, und während der Junge aß und dabei halb lachte, wegen des scharfen Zwiebelgeruchs aber auch halb weinte, redeten sie weiter. Die wichtigsten Leute des Dorfes zogen durch ihr Gespräch. Zuerst der Geistliche, dann seine Schwester, dann der Milese, der eine Tochter von dieser geheiratet hatte und vom Straßenhändler für Orangen und Tontöpfe zum reichsten Kaufmann des Ortes aufgestiegen war. Es folgte Don Predu*, der Dorfschulze und Vetter der Herrinnen von Efix. Auch Don Predu war reich, aber nicht so reich wie der Milese. Dann kam Kallina, die Wucherin, reich auch sie, jedoch auf nicht ganz geheuere Weise.

»Diebe haben versucht, ihre Mauer zu durchbrechen. Aber umsonst, denn die ist verzaubert.

* Sardisch für Pietro – A. d. Ü.

Und heute morgen auf ihrem Hof hat sie gelacht und gesagt: Die können ruhig hereinkommen, sie finden doch nur Asche und Nägel, denn ich bin arm wie Christus. Aber meine Großmutter sagt, daß Tante Kallina einen Sack voll Gold in der Mauer versteckt hat.«

Doch Efix interessierten im Grunde diese Geschichten wenig. Er lag ausgestreckt auf seiner Matte, eine Hand in der Achselhöhle, die andere unter der Wange, hörte sein Herz klopfen, und das Rauschen des Schilfes draußen erschien ihm wie das Keuchen eines bösen Geistes.

Der gelbe Brief! Gelb, eine böse Farbe. Wer weiß, was seinen Herrinnen noch alles passieren sollte. Seit zwanzig Jahren war es schon so: Wenn irgendein Ereignis das monotone Leben im Hause Pintor unterbrach, war es unweigerlich ein Unglück.

Auch der Junge hatte sich hingelegt, aber er hatte noch keine Lust zum Schlafen.

»Onkel Efix, Großmutter hat mir heute auch erzählt, daß deine Herrinnen ebenso reich waren wie Don Predu. Ist das wahr oder nicht?«

»Es ist wahr«, sagte der Knecht seufzend. »Aber jetzt ist nicht die Zeit, diese Dinge wieder aufzurühren. Schlaf jetzt.«

Der Junge gähnte.

»Aber Großmutter erzählt, daß seit dem Tod von Donna Maria Cristina, Eurer alten Herrin selig, ein Fluch auf Eurem Haus ruht. Stimmt das oder stimmt das nicht?«

»Schlaf jetzt, sage ich dir, es ist nicht die Zeit...«

»Ach, laß mich doch reden! Und warum ist Donna Lia, die jüngste von den Herrinnen, weggelaufen? Großmutter sagt, du wüßtest es und hättest ihr bei der Flucht geholfen, der Donna Lia, du hättest sie bis zur Brücke gebracht, wo sie sich versteckt hat, bis ein Wagen vorbeikam, der sie bis ans Meer mitnahm. Dort ist sie auf ein Schiff gestiegen. Und Don Zame, ihr Vater, dein Herr, hat sie gesucht und gesucht, bis er starb. Er starb dort, bei der Brücke. Wer hat ihn getötet? Großmutter sagt, du weißt es...«

»Deine Großmutter ist eine Hexe! Sie und du, du und sie, laßt die Toten ruhen!« schrie Efix, aber seine Stimme war heiser, und der Junge lachte unverschämt.

»Ärgere dich nicht, das tut dir nicht gut, Onkel Efix! Großmutter sagt, es ist der Kobold gewesen, der Don Zame umgebracht hat, ist das wahr oder nicht?«

Efix antwortete nicht. Er schloß die Augen und hielt sich das Ohr zu, aber die Stimme des Knaben dröhnte durch das Dunkel und kam ihm vor wie die Stimme der Geister der Vergangenheit.

Und nach und nach stehen sie alle um ihn herum, schlüpfen durch die Ritzen wie die Strahlen des Mondes. Donna Maria Cristina, schön und still wie eine Heilige; Don Zame, rot und wild wie der Teufel; die vier Töchter, deren blasse Gesichter die Gelassenheit der Mutter haben, aber in der Tiefe ihrer Augen den flammenden Blick des Vaters. Da sind Knechte, Mägde, Verwandte und Freunde, alle, die im reichen Hause der Nachkommen der Barone, der Herren dieser Gegend, ein- und ausgegangen sind. Aber kommt der Sturm des Unglücks, verliert sich alles wie die kleinen Wolken rund um den Mond, wenn der Nordwind bläst.

Donna Cristina ist tot, die bleichen Gesichter der Töchter verlieren nun ein wenig von ihrer Gelassenheit, und die Flamme in ihren Augen wächst, wächst im gleichen Maße wie Don Zame nach dem Tod seiner Frau mehr und mehr das herrische Benehmen seiner Ahnherren annimmt und wie jene die vier Mädchen wie Sklavinnen ins Haus einschließt, in Erwartung standesgemäßer Gatten. Und wie Sklavinnen mußten sie arbeiten, Brotteig kneten, weben, nähen, kochen und für ihre Garderobe sorgen. Vor allem aber durften sie keinen Mann ansehen, ja an niemanden zu denken wagen, der ihnen nicht zum Gemahl bestimmt war. Aber die Jahre vergingen, und die Freier kamen nicht. Und je älter seine Töchter wurden, um so mehr verlangte Don Zame von ihnen die Einhaltung der strengen Sitten. Wehe, wenn er sie am Fenster stehen und auf den Weg hinter dem Haus schauen sah, oder wenn sie ohne seine Erlaubnis das Haus verließen. Dann ohrfeigte er sie, überschüttete sie mit Schimpfworten und bedrohte junge Burschen mit dem Tode, wenn sie mehr als einmal am Hause vorbeigingen.

Er dagegen verbrachte die Tage damit, durch den Ort zu streifen, oder er saß auf der Steinbank vor dem kleinen Krämerladen der Schwester des Pfarrers. Die Menschen machten einen großen Bogen um ihn, so sehr hatten sie Angst vor seiner bösen Zunge. Er suchte mit allen Streit und war derart neidisch auf den Besitz anderer, daß er beim Eintritt in ein schönes Gut sagte: »Die Prozesse werden es schon fressen.«

Statt dessen fraßen die Prozesse seine eigenen Ländereien, und ein großes Unglück traf ihn plötzlich wie eine Strafe Gottes für seinen Hochmut und seine Vorurteile. Donna Lia, die dritte seiner Töchter, verschwand eines Nachts aus dem Elternhaus, und lange Zeit erfuhr man nichts mehr von ihr. Dunkle Schatten lasteten nun auf dem Haus, niemals war ein ähnlicher Skandal im Ort vorgekommen, noch nie war eine wohlerzogene Adelstochter auf diese Weise entflohen.

Don Zame schien den Verstand zu verlieren. Ruhelos irrte er in der Umgebung und an der Küste umher auf der Suche nach Lia, aber niemand konnte ihm Auskunft geben.

Endlich schrieb sie an die Schwestern, sie befinde sich an einem sicheren Ort und sei froh, ihre Ketten gesprengt zu haben. Aber die Schwestern verziehen nicht, antworteten nicht.

Don Zame war noch tyrannischer zu ihnen geworden. Er verkaufte den Rest seines Besitzes, mißhandelte den Knecht, belästigte alle Welt mit seinen Querelen und fuhr ständig in der Hoffnung umher, seine Tochter doch noch zu finden und nach Hause zurückzubringen. Die Unehre, die seit Lias Flucht ihn und sein ganzes Haus überschattete, bedrückte ihn wie die Kappe des zum Tode Verurteilten. Eines Morgens wurde er tot auf der Straße gefunden, auf der Brücke hinter dem Ort. Er mußte am Herzschlag gestorben sein, denn es fanden sich keine Spuren von Gewaltanwendung, nur ein kleiner grüner Fleck hinten unterm Nacken.

Die Leute meinten, vielleicht hätte Don Zame mit jemandem Streit gehabt und wäre durch Stockhiebe getötet worden, aber nach einiger Zeit verstummte dieses Gerücht, und die Ansicht gewann die Oberhand, er sei wegen der Flucht seiner Tochter an gebrochenem Herzen gestorben.

Während nun die Schwestern durch Lias Flucht entehrt waren

und keinen Mann fanden, schrieb diese, um ihre Heirat anzukündigen. Der Bräutigam war ein Viehhändler, dem sie zufällig auf ihrer Flucht begegnet war. Sie lebten in Civitavecchia in bescheidenem Wohlstand und würden bald ein Kind haben.

Aber die Schwestern verziehen ihr auch den neuen Fehltritt nicht – die Ehe mit einem Plebejer, den sie noch dazu unter so unwürdigen Umständen kennengelernt hatte –, und sie antworteten wieder nicht.

Einige Zeit später schrieb Lia noch einmal und teilte die Geburt von Giacinto mit. Nun schickten sie ein Geschenk für den kleinen Neffen, doch der Mutter schrieben sie nicht.

Und es vergingen die Jahre. Giacinto wuchs heran, und jedes Jahr zu Ostern und Weihnachten schrieb er den Tanten, und die Tanten schickten ihm ein Geschenk. Einmal schrieb er, er gehe zur Schule, ein andermal, er wolle zur Marine gehen, ein drittes Mal, er habe eine Stellung gefunden. Eines Tages teilte er den Tod seines Vaters, dann den seiner Mutter mit, und schließlich äußerte er den Wunsch, sie zu besuchen und sich bei ihnen niederzulassen, wenn er im Dorf Arbeit bekäme. Seine untergeordnete Stellung im Zollamt gefalle ihm nicht, sie sei demütigend und mühsam und raube ihm seine Jugend. Er liebe ein arbeitsames Leben, ja, aber ein einfaches unter freiem Himmel. Alle hätten ihm geraten, auf die Insel seiner Mutter zu gehen, um dort sein Glück mit einer ehrbaren Arbeit zu versuchen.

Die Tanten begannen zu diskutieren, und je mehr sie diskutierten, desto weniger waren sie einig.

»Arbeiten?« fragte Donna Ruth, die Besonnenste. Wo der kleine Ort nicht einmal die ernährte, die hier geboren waren? Donna Esther indessen unterstützte den Plan des Neffen, während Donna Noemi, die Jüngste, kühl und hämisch lächelte: »Er glaubt vielleicht, er könnte herkommen und den feinen Herrn spielen. Soll er ruhig kommen! Er wird am Fluß Fische fangen gehen...«

»Er sagt doch selbst, er will arbeiten, Noemi, Schwesterherz! Soll er also arbeiten und Kaufmann werden wie sein Vater.«

»Da hätte er aber früher anfangen müssen. Unsere Vorfahren haben niemals Vieh gekauft.«

»Andere Zeiten, liebe Noemi! Übrigens, heutzutage sind gerade die Kaufleute die Herren. Sieh Milese an! Der sagt: Jetzt bin ich der Baron von Galte.«

Noemi lachte mit einem bösen Ausdruck in den Augen, und ihr Lachen entmutigte Donna Esther mehr als alle Argumente der anderen Schwester.

Jeden Tag die gleiche Geschichte: Der Name Giacinto ertönte im ganzen Haus, und auch wenn die drei Schwestern schwiegen, stand er mitten im Raum, wie er es immer getan hatte seit dem Tage seiner Geburt, und seine unbekannte Gestalt erfüllte das verfallende Haus mit neuem Leben.

Efix konnte sich nicht erinnern, direkt an den Diskussionen seiner Herrinnen beteiligt gewesen zu sein; er wagte es nicht, vor allem deshalb, weil sie ihn nicht fragten, aber auch, weil er sein Gewissen nicht belasten wollte. Doch er wünschte, daß der Junge käme. Er liebte ihn, hatte ihn immer geliebt wie einen Familienangehörigen.

Nach dem Tode von Don Zame war er bei den drei Damen geblieben, um ihnen zu helfen, ihre verwickelten Angelegenheiten zu ordnen. Die Verwandten kümmerten sich nicht um sie, ja verachteten und mieden sie sogar; sie selbst wußten nur in den häuslichen Dingen Bescheid und kannten noch nicht einmal das Gut richtig, den letzten Rest vom Erbe ihrer Vorfahren.

»Ich bleibe noch ein Jahr in ihren Diensten«, hatte Efix gesagt, voller Mitleid wegen ihrer Verlassenheit. Und er war zwanzig Jahre geblieben.

Die drei Frauen lebten vom Ertrag des Gutes, das er bewirtschaftete. In schlechten Jahren sagte Donna Esther dem Knecht, wenn der Zeitpunkt gekommen war, ihm seinen Lohn zu zahlen (dreißig Scudi pro Jahr und ein Paar Stiefel):

»Habe Geduld, um der Liebe Christi willen, du wirst das Deine bekommen.«

Und er hatte Geduld, und sein Guthaben stieg von Jahr zu Jahr, so daß Donna Esther eines Tages, halb im Scherz, halb im Ernst versprach, ihm Haus und Hof zu vererben, obgleich er älter war als sie.

Alt inzwischen und schwach, aber er war immerhin ein Mann, und sein Schatten genügte schon, um die drei Frauen zu beschützen.

Jetzt war er es, der Glück für sie erträumte, wenigstens Noemi sollte noch einen Mann finden! Wenn nun der gelbe Brief trotz allem eine gute Nachricht brachte? Wenn er eine Erbschaft ankündigte? Oder wenn es ein Heiratsantrag für Noemi war? Die Damen Pintor hatten immer noch reiche Verwandte in Sassari und Nuoro, warum konnte nicht einer von ihnen Noemi heiraten? Sogar Don Predu konnte den gelben Brief geschrieben haben...

Und in der müde gewordenen Phantasie des Knechts verändern plötzlich alle Dinge ihr Gesicht, wie wenn die Nacht dem Tage weicht, alles wird hell und schön. Seine Herrinnen verjüngen sich, erheben sich wie Adler, denen neue Flügel gewachsen sind, ihr Haus ersteht neu aus den Ruinen, und alles ringsumher erblüht wie das Tal im Frühling.

Und er, der arme Knecht, braucht sich nur noch für den Rest seines Lebens auf das Gut zurückzuziehen, seine Schilfmatte auszubreiten und in Gott auszuruhen, während in der Stille der Nacht das Schilfrohr die Gebete der einschlafenden Erde flüstert.

II

Bei Tagesanbruch ging er los und überließ dem Jungen die Obhut der Felder.

Die Straße zum Dorf stieg an, und er ging langsam, denn im vergangenen Jahr hatte er Malariafieber gehabt und davon eine große Schwäche in den Beinen zurückbehalten. Von Zeit zu Zeit blieb er stehen und sah sich um nach dem Landgut, das ganz grün zwischen den Mauern von Feigenkakteen dalag. Und die Hütte dort oben, schwarz zwischen dem Blaugrün des Schilfs und dem Weiß der Felsen, erschien ihm wie ein Nest, ein wirkliches Nest. Jedesmal wenn er wegging, betrachtete er es so, weich und melancholisch, gerade wie ein Vogel, der davonfliegt. Er fühlte, da ließ er den besten Teil seiner selbst zurück, die Kraft, die aus der Einsamkeit und dem Abstand von der Welt erwächst. Und während er die Straße weiter hinaufging durch die Heide, die Binsen und die niedrigen Erlen am Fluß entlang, fühlte er sich wie ein Pilger mit dem kleinen wollenen Beutel über der Schulter und dem Holunderstab in der Hand, wie auf dem Weg zu einem Ort der Buße: der Welt.

Doch der Wille des Herrn geschehe, und so wollen wir weiter. Da öffnet sich auch schon das Tal, und auf der Spitze eines Hügels, der aussieht wie ein riesiger Trümmerhaufen, erscheint die Ruine des Kastells. Von der schwärzlichen Mauer blickt ein blaues Fenster, leer wie das Auge der Vergangenheit, auf die melancholische Landschaft herab, die durch die aufgehende Sonne in ein zartes Rosa getaucht ist. Die wellige Ebene mit den grauen Flecken des Sandes und den gelblichen der Binsen, der grünen Ader des Flusses, den weißen Dörfchen, deren Kirchtürme in der Mitte herausragen wie Stempel aus einer Blüte, darüber die Hügelkuppen und im Hintergrund die violettgoldene Wolke der Nuoreser Berge.

Klein und schwarz inmitten dieser grandiosen Helle geht Efix dahin. Die Ebene glitzert in der Morgensonne, jede Binse trägt einen Silberfaden, aus jedem Wolfsmilchbusch steigt der Ruf eines Vogels. Und dort liegt der grünweiße Kegel des Monte di Galte, von Schatten- und Sonnenstreifen gezeichnet, und zu seinen Füßen das Dorf, das aussieht, als bestehe es nur aus den Ruinen einer antiken Römerstadt.

Lange, verfallene Feldmauern, Hütten ohne Dächer, bröckelnde Wände, Reste von eingezäunten Höfen und dazwischen intakte Häuschen, die noch melancholischer wirken als die Ruinen, säumen die abfallenden, in der Mitte mit großen Felssteinen gepflasterten Straßen. Vulkangestein liegt hier und da verstreut und erweckt den Eindruck, als habe ein Ausbruch die antike Stadt zerstört und die Einwohner in alle Winde zerstreut. Einige neue Häuser ragen verloren aus dieser Öde auf, Granatäpfel und Johannisbrotbäume, Feigenkakteen und Palmen verleihen der Traurigkeit des Ortes einen Hauch von Poesie.

Aber je höher Efix stieg, desto mehr wuchs diese Traurigkeit und erreichte ihren Höhepunkt, als im Schatten des Berges, zwischen Brombeergestrüpp und Wolfsmilch, die Überreste eines alten Friedhofs und die verfallene Basilika aus der Pisaner Zeit auftauchten. Die Straßen waren leer, und die Spitzen der Berge sahen jetzt aus wie Türme aus Marmor.

Efix blieb vor einem Tor unweit dem Eingangstor zum alten Friedhof stehen. Sie sahen fast gleich aus, die beiden Tore, zu denen drei morsche, mit Gras überwucherte Stufen führten.

Doch während der Eingang zum alten Friedhof nur mit einem brüchigen Querbalken gedeckt war, bestand das Tor der drei Damen aus einem gemauerten Bogen, und auf dem Architrav waren die Reste eines Wappens erkennbar: ein Ritterkopf mit Helm und ein mit einem Schwert bewaffneter Arm. Das Motto lautete: QUIS RESISTIT HUJAS?

Efix durchquerte den großen, viereckigen Hof, der wie die Straßen in der Mitte von einer Art Abflußrinne aus Sandstein für das Regenwasser durchzogen war. Er nahm den Beutel von den Schultern und sah sich um, ob eine seiner Herrinnen zu sehen war. Das zweigeschossige Haus erhob sich am Ende des Hofes, beherrscht vom gleich dahinter liegenden Berg, der es wie eine weißgrüne Kapuze zu bedecken schien.

Drei Türen öffneten sich unterhalb der Holzveranda, die sich fast um das ganze obere Stockwerk des Hauses zog, und die man über eine schlechterhaltene Außentreppe erreichte. Ein dunkles Seil, von Stäben außen an den Stufen gehalten, ersetzte das verschwundene Geländer. Türen, Stützbalken und Geländer der Veranda waren einmal fein aus Holz geschnitzt, aber alles verfiel, und das morsche, schwarz gewordene Holz drohte sich beim leisesten Stoß, wie von einem unsichtbaren Bohrer zerrieben, in Staub aufzulösen.

Hier und da sah man jedoch an der Balustrade über den schlanken, noch erhaltenen Säulchen auch Reste eines Gesimses, über das ein Relief von Blättern, Blumen und Früchten lief, und Efix dachte daran, daß dieser Balkon ihm seit seiner Kinderzeit eine religiöse Ehrfurcht eingeflößt hatte, nicht anders als die Kanzel in der Basilika und die Balustrade vor dem Altar dort.

Eine kleine, dicke Frau, schwarz gekleidet, mit einem weißen Tuch um das dunkelbraune Gesicht, erschien auf der Veranda; sie beugte sich nach vorne, sah den Knecht, und ihre dunklen Mandelaugen begannen vor Freude zu leuchten.

»Donna Ruth, guten Morgen, Padrona mia!«

Donna Ruth kam schnell heruntergelaufen, dabei sah man ihre dicken Beine in den blauen Strümpfen. Sie lächelte ihm zu und zeigte ihre weißen Zähne unter der von dunklem Flaum beschatteten Oberlippe.

»Und Donna Esther? Und Donna Noemi?«

»Esther ist zur Messe gegangen, Noemi steht gerade auf. Schönes Wetter haben wir, Efix, wie geht's da oben?«

»Gut, gut, Gott sei Dank, alles in Ordnung.«

Auch die Küche war mittelalterlich, groß, niedrig, die Decke aus kreuzweise angeordneten, rußgeschwärzten Balken. An beiden Seiten des riesigen offenen Herdes mit Kaminhaube lief eine geschnitzte Holzbank entlang, und durch das vergitterte Fenster schimmerte blaugrün das Gebirge. An den nackten rötlichen Wänden sah man noch die Spuren der verschwundenen Kupfertöpfe; die blankgeriebenen Pflöcke, an denen früher Sättel, Jagdbeutel und Waffen aufgehängt wurden, schienen zur Erinnerung so geblieben zu sein.

»Nun, Donna Ruth?...« fragte Efix, während seine Herrin einen kleinen kupfernen Kaffeetopf auf den Herd stellte. Aber sie drehte ihm nur das große braune, weiß eingerahmte Gesicht zu und zwinkerte mit den Augen, um auszudrücken, er solle sich gedulden.

»Geh mir ein bißchen Wasser holen, bis Noemi herunterkommt...«

Efix holte den Eimer unter der Bank hervor und ging, aber an der Tür wandte er sich um und fragte, die Augen auf den schwankenden Eimer in seiner Hand gerichtet, schüchtern: »Ist der Brief von Don Giacinto?«

»Brief? Es ist ein Telegramm...«

»Großer Gott! Ihm ist doch nichts Schlimmes zugestoßen?«

»Nichts, nichts, geh nur...«

Es war zwecklos weiterzufragen, bevor Donna Noemi herunterkam; Donna Ruth, auch wenn sie die älteste der drei Schwestern war und die Schlüssel des Hauses in Verwahrung hatte (eigentlich gab es ja gar nichts mehr zu verwahren), ergriff nie irgendeine Initiative und keinerlei Verantwortung.

Er ging zum Brunnen, der wie ein umgestülpter, in die Erde gebohrter *Nuraghe* aussah, in einer Ecke des Hofes, eingefaßt von Felsblöcken, auf denen in alten, zerbrochenen Krügen Levkojen und Jasmin blühten. Ein Zweig rankte sich neugierig über die Mauer hinweg, als wollte er sehen, was dort auf der anderen Seite der Welt los war.

Wie viele Erinnerungen im Herzen des Knechtes erweckte diese Hofecke, traurig vom Moos, fröhlich vom Braungold der Levkojen und dem zarten Grün des Jasmins!

Er meinte, Donna Lia noch zu sehen, bleich und zart wie eine Binse, auf das Geländer gelehnt, die Augen fest in die Ferne gerichtet, als wollte auch sie erforschen, was dort in der Welt los war. So hatte er sie am Tage ihrer Flucht gesehen, unbeweglich dort oben stehend wie ein Lotse, der das Geheimnis des Meeres ausspäht...

Wie schwer diese Erinnerungen waren! So schwer wie der Eimer Wasser, der ihn in die Tiefe zu ziehen schien, hinab in den Brunnen.

Aber als Efix wieder aufblickte, sah er, daß es nicht Donna Lia war, jene große Frauengestalt, die rasch auf den Balkon getreten war und sich die Ärmelbündchen der schwarzen, gefältelten Jacke zuhakte.

»Donna Noemi, guten Morgen, Padrona mia, kommen Sie nicht herunter?«

Sie beugte sich ein wenig herab mit ihren dichten schwarzen Haaren, die schimmernd wie zwei Bänder aus Atlas ihr blasses Gesicht umrahmten. Seinen Gruß beantwortete sie mit den Augen, die ebenfalls schwarzglänzend waren unter den langen Wimpern, aber sie sprach nicht und kam auch nicht herunter.

Sie öffnete Türen und Fenster – es bestand ja keine Gefahr, daß der Wind sie zuschlug und die Scheiben zertrümmerte (sie fehlten seit vielen Jahren) – und brachte eine gelbe Schlafdecke heraus, die sie sorgfältig in der Sonne ausbreitete.

»Kommen Sie nicht herunter, Donna Noemi?« wiederholte Efix, der unter dem Balkon stand und hochsah.

»Gleich, gleich.«

Aber sie strich erneut die Decke glatt und schien unentschlossen auf das Panorama zur Linken, auf das Panorama zur Rechten zu schauen, beide gleichermaßen von melancholischer Schönheit: Die sandige Ebene, durchzogen vom Fluß, von Pappelreihen, von niedrigen Erlen, weit ausgedehnten Binsen- und Wolfsmilchflächen, mit der brombeerdunklen Basilika und dem grasüberwucherten alten Friedhof, aus dessen Grün die weißen Gebeine der Toten wie Margeriten hervorleuchteten, und dahinter der Berg mit der Bergruine.

Goldene Wolken krönten Bergspitze und Ruine, und die Zartheit und Stille des Morgens gaben der ganzen Landschaft die heitere Ruhe eines Friedhofs. Immer noch regierte die Vergangenheit diesen Ort, mit den Knochen der Toten als Blumen und den Wolken als Diadem.

Noemi war davon nicht beeindruckt, seit ihrer Kindheit war sie daran gewöhnt, die Gebeine zu sehen, die sich in der Wintersonne zu wärmen schienen und im Frühling vom Tau glänzten. Niemand dachte daran, sie dort wegzuräumen, warum hätte sie also daran denken sollen? Donna Esther dagegen, die langsam und bedächtig die Straße von der neuen Kirche im Dort heraufkommt (im Hause hat sie es immer eilig, aber draußen macht sie alles ganz langsam, denn eine Dame von Adel hat ruhig und gesetzt zu sein), bekreuzigt sich am Friedhof und betet für die armen Seelen...

Donna Esther vergißt nie etwas und hat ihre Augen überall. So stellt sie, kaum auf dem Hof angelangt, fest, daß jemand Wasser aus dem Brunnen geschöpft hat, und bringt den Eimer an seinen Platz zurück; sie entfernt ein Steinchen aus einem Levkojentopf; beim Eintreten in die Küche grüßt sie Efix und fragt, ob man ihm schon Kaffee gegeben hat.

»Hat man, hat man, Donna Esther, padrona mia!«

Inzwischen war Donna Noemi mit dem Telegramm in der Hand heruntergekommen, las es aber immer noch nicht vor, fast als machte es ihr Vergnügen, den Knecht mit seiner bangen Erwartung auf die Folter zu spannen.

»Esther«, sagte sie und setzte sich auf die Bank am Herd, »warum nimmst du dein Tuch nicht ab?«

»Heute ist Messe in der Basilika; ich gehe nochmal weg. Lies doch!«

Auch sie setzte sich nun auf die Bank, ebenso wie Donna Ruth. Wenn sie so nebeneinander saßen, ähnelten sich die drei Schwestern ganz außerordentlich, nur verkörperten sie drei verschiedene Altersstufen: Donna Noemi war noch jung, Donna Esther etwas älter und Donna Ruth schon alt, aber es war ein starkes Alter, vornehm und ruhig. Die Augen Donna Esthers, etwas heller als die der Schwestern, von goldbrauner Farbe, hatten indes ein kindliches, manchmal auch boshaftes Leuchten.

Der Knecht hatte sich vor sie hingestellt und wartete; aber Donna Noemi hatte das gelbe Papier auseinandergefaltet und starrte darauf, als ob sie die Worte nicht entziffern könnte, und schließlich schüttelte sie es ärgerlich.

»Also gut, er telegrafiert, daß er in ein paar Tagen ankommen wird, das ist alles.«

Sie hob die Augen und errötete, während sie Efix ernst ansah, auch die beiden anderen sahen ihn an.

»Verstehst du, einfach so, als käme er in sein Haus.«

»Was sagst du dazu?« fragte Donna Esther und streckte einen Finger aus ihrem Schultertuch hervor. Efix machte ein glückliches Gesicht, die tiefen Falten um seine lebhaften Augen schienen zu strahlen, und er versuchte gar nicht, seine Freude zu verbergen.

»Ich bin nur ein armer Knecht, aber ich sage, die Vorsehung weiß, was sie tut.«

»Herrgott, ich danke dir, endlich jemand, der die Dinge begreift«, sagte Donna Esther.

Aber Noemi war wieder blaß geworden, Worte des Protestes kamen ihr auf die Zunge, und obwohl es ihr wie immer gelang, sich vor dem Dienstboten zu beherrschen, den sie nicht besonders wichtig zu nehmen schien, konnte sie nicht anders als zurückzugeben: »Die Vorsehung hat nichts damit zu tun, darum geht es gar nicht. Es geht«, fügte sie nach einem Augenblick des Zögerns hinzu, »es geht darum, ihm klipp und klar zu antworten, daß in unserem Hause kein Platz für ihn ist.«

Darauf breitete Efix die Hände aus und warf den Kopf leicht nach hinten, als wollte er sagen: Und warum fragt ihr mich dann überhaupt? – Doch Donna Esther fing an zu lachen und schlug ungeduldig mit den zwei schwarzen Flügeln ihres Tuches.

»Und wohin soll er denn gehen? Ins Haus des Pfarrers wie die Fremden, die keine Unterkunft finden?«

»Ich würde ihm eher überhaupt nicht antworten«, schlug Donna Ruth vor und nahm Noemi das Telegramm aus den Händen, das diese nervös auf- und zufaltete. »Wenn er kommt, dann kommt er eben. Dann kann man ihn aufnehmen wie einen Fremden. Herzlich willkommen, lieber Gast!« fügte sie hinzu, als grüße sie jemanden, der eben durch die Tür gekommen war. »Na gut, und wenn er sich dann schlecht benimmt, dann ist immer noch Zeit...«

Aber Donna Esther lächelte und schaute ihre Schwester an, die schüchternste und unentschlossenste von ihnen. Dann beugte sie sich vor und schlug ihr mit einer Hand leicht aufs Knie: »Ihn wegzujagen, willst du sagen? Das würde ja aussehen, liebe Schwester. Und hättest du vielleicht den Mut dazu, Ruth?«

Efix dachte nach. Plötzlich hob er den Kopf und legte eine Hand auf sein Herz.

»Dafür würde ich dann schon sorgen«, versprach er mit Nachdruck.

Seine Augen begegneten denen von Noemi, und er, der immer Angst gehabt hatte vor diesen tiefen, kühlen Augen, er begriff, daß die junge Herrin sein Versprechen ernst nahm.

Aber er bereute nicht, es gegeben zu haben. Er hatte schon mehr Verantwortung in seinem Leben auf sich genommen.

Den ganzen Tag über blieb er im Dorf. Zwar war er unruhig wegen der Felder, obwohl es zu dieser Zeit wenig zu rauben gab, doch er hatte das Gefühl, als quäle seine Herrinnen ein heimlicher Zwist, und er wollte nicht fortgehen, bevor er sie nicht alle einig wußte.

Donna Esther verließ, nachdem sie noch ein paar Dinge an ihren Platz gestellt hatte, erneut das Haus, um in die Basilika zu gehen. Efix versprach nachzukommen, aber während Donna Noemi sich wieder in das obere Stockwerk begab, ging er in die Küche zurück und bat mit leiser Stimme Donna Ruth, die auf der Erde kniete und auf einem niedrigen Tisch etwas Teig knetete, ihm das Telegramm zu geben. Sie hob den Kopf und schob mit dem mehlbestäubten Handrücken ihr Kopftuch nach hinten.

»Hast du sie gehört?« sagte sie leise, auf Noemi deutend. »So ist sie immer. Der Stolz beherrscht sie...«

»Sie haben recht«, bestätigte Efix nachdenklich. »Wer adlig ist, der bleibt es auch, Donna Ruth. Sie finden eine Münze in der Erde und denken, sie sei aus Eisen, weil sie schwarz ist, aber wenn Sie sie putzen, sehen Sie, daß es Gold ist... Gold bleibt immer Gold...«

Donna Ruth verstand, daß es bei Efix unnütz war, den unangebrachten Hochmut von Noemi zu entschuldigen, und da sie immer bereit war, die Meinung anderer anzunehmen, freute sie sich darüber.

»Erinnerst du dich noch, wie stolz mein Vater war?« fragte sie und bearbeitete wieder mit ihren roten, blaugeäderten Händen den hellen Teig. »Auch er hat so gesprochen. Er hätte sicher Giacinto nicht einmal erlaubt, das Schiff zu verlassen. Was meinst du dazu, Efix?«

»Ich? Ich bin nur ein armer Knecht, aber ich meine, Don Giacinto wäre trotzdem an Land gegangen.«

»Du meinst, er ist wie seine Mutter?« seufzte Donna Ruth, und auch der Knecht seufzte. Die Schatten der Vergangenheit umgaben sie immer.

Aber dann machte er eine Geste, als wolle er diese Schatten verscheuchen, und mit seinen Augen den Bewegungen der roten Hände folgend, die den weißen Teig zogen, kneteten und schlugen, fuhr er ruhig fort:

»Der Junge ist gut, und die Vorsehung wird ihm beistehen. Aber man muß aufpassen, daß er keine Malaria bekommt. Und dann muß man ihm ein Pferd kaufen, denn auf dem Festland ist man nicht gewohnt, zu Fuß zu gehen. Das werde ich regeln. Das Wichtigste ist nur, daß die Herrinnen sich einig sind.«

Sie fiel sofort mit Entschiedenheit ein: »Sind wir etwa nicht einig? Hast du uns vielleicht streiten hören? – Du gehst doch zur Messe, Efix?«

Er verstand, daß sie ihn entließ und ging in den Hof hinaus, schaute sich aber um, ob er nicht auch mit Donna Noemi sprechen konnte. Da kam sie gerade und holte die Decke vom Balkon; unnötig, sie zu bitten herunterzukommen, er mußte zu ihr hinaufgehen.

»Donna Noemi, erlauben Sie mir eine Frage? Freuen Sie sich?«

Noemi sah ihn überrascht an, die Decke in den ausgestreckten Armen.

»Worüber?«

»Daß Don Giacinto kommt? Sie werden sehen, er ist ein tüchtiger Junge.«

»So, wo hast du ihn denn kennengelernt?«

»Man sieht es daran, wie er schreibt. Er könnte viel tun. Aber man muß ihm ein Pferd kaufen ...«

»Und vielleicht auch noch die Sporen dazu!«

»... Alles hängt davon ab, daß sich die Damen einig sind. Das ist das Wichtigste.«

Sie zupfte einen Faden von der Decke und warf ihn auf den Hof hinunter, ihre Miene verdunkelte sich.

»Wann sind wir je nicht einig gewesen? Bisher immer.«

»Schon... aber... es sieht so aus, als ob Sie über die Ankunft Don Giacintos nicht glücklich sind.«

»Soll ich denn anfangen zu singen? Er ist doch nicht der Messias!« gab sie zurück und ging schräg durch die Tür, durch die man in ein weißes Zimmer sah mit einem alten Bett und einer alten Truhe sowie einem kleinen Fenster ohne Scheiben, das auf den grünen Berg im Hintergrund hinausging.

Efix stieg die Treppe hinunter, pflückte eine kleine rosa Levkojenblüte ab, nahm sie in die hinter dem Rücken verschränkten Hände und ging in Richtung der Basilika.

Die Stille und Frische des hochragenden Berges herrschten ringsum. Nur das Zwitschern der Kohlmeisen in den Brombeersträuchern belebte den Ort und begleitete die monotonen Gebete der Frauen, die in der Kirche versammelt waren. Efix trat auf Zehenspitzen ein, mit der Blume zwischen den Fingern kniete er hinter der Kanzelsäule nieder.

Die Basilika verfiel mehr und mehr, alles war grau, feucht und staubig: von den Löchern im Holzdach kam silbriger Staub in schrägen Strahlen herabgeregnet, die bei den Köpfen der auf der Erde knieenden Frauen endeten. Die gelblichen Gestalten, die vom schwarzen, rissigen Grund der Gemälde sprangen, welche noch die Wände schmückten, sahen diesen Frauen ähnlich, die, schwarz und violett gekleidet, bleich wie Elfenbein und alle, auch die schönsten und zierlichsten, durch eingefallene Brüste und vom Malariafieber aufgedunsene Leiber gezeichnet waren. Auch die Gebete hörten sich schleppend und eintönig an, schienen in der Ferne zu verklingen, jenseits der Zeit. Die Messe war eine Dreißigtagmesse, und ein schwarzes Tuch mit goldenen Fransen bedeckte die Altarbalustrade. Der Priester in weiß-schwarzem Talar wandte sich langsam mit erhobenen Händen um, und zwei Strahlenbündel tanzten um seinen Kopf, der nun aussah wie das Haupt eines Propheten. Ohne das Klingeln des Glöckchens, das der kleine Chorknabe läutete, als wolle er damit den Spuk ringsum bannen, hätte Efix trotz des Tageslichts und der Vogelstimmen geglaubt, einer Geistermesse beizuwohnen. Da sind sie doch, alle sind sie da: Don Zame, der auf der Familienbank kniet, dahinter Donna Lia, blaß mit ihrem schwarzen Tuch wie die Figur auf dem alten Gemälde dort oben, zu der alle Frauen von Zeit zu Zeit emporschauen und die leibhaftig auf einem dunklen, brüchigen Balkon zu stehen scheint. Es ist Magdalena, die nach der Wirklichkeit gemalt sein soll. Liebe, Trauer, Reue und Hoffnung lachen und weinen aus ihren unergründlichen Augen und dem bitteren Mund...

Efix schaut sie an, und wie immer angesichts dieses Bildes, das aus dem Dunkel einer unauslotbaren Vergangenheit aufsteigt, erfaßt ihn ein Schwindelgefühl, als schwebe er selbst in einer schwarzen, geheimnisvollen Leere... Er glaubt sich an ein anderes, weit zurückliegendes Dasein zu erinnern. Ihm ist, als würde sich alles um ihn her mit Leben erfüllen, doch mit dem Leben der Phantasien. Die Toten stehen auf, und von dem hinter dem gelben Altarvorhang verborgenen Kruzifix, welches nur zweimal im Jahr dem Volk gezeigt wird, steigt Christus herab und wandelt, auch er mager, bleich und schweigend. Er wandelt dahin, und das Volk folgt ihm, und mitten unter ihnen er, Efix. Er geht und geht, mit der Blume in der Hand, und sein Herz wird von zärtlicher Verzückung gepackt... Die Frauen singen, die Vögel singen, Donna Esther geht trippelnd neben ihrem Knecht, den Zeigefinger wieder durch den Knoten ihres Tuches gesteckt. Die Prozession wandert zum Dorf hinaus, und das Dorf ist voll von blühenden Granatäpfeln und Weinreben. Die Häuser sind neu, die Eingangstür der Familie Pintor ist neu, ganz aus glänzendem Nußbaum, die Veranda intakt... Alles ist neu, alles ist schön. Donna Maria Cristina ist lebendig und macht sich auf dem Balkon zu schaffen, wo die seidenen Decken ausgebreitet sind. Donna Noemi ist noch ganz jung und mit Don Predu verlobt, und Don Zame, der ebenfalls der Prozession folgt, tut so, als sei er zornig wie immer, dabei ist er ganz friedlich...

Doch der Gesang der Frauen hörte auf, und einige erhoben sich, um zu gehen. Efix, der seinen Kopf an die Kanzelsäule gelehnt hatte, fuhr aus seinen Träumen auf und folgte Donna Esther, die sich nach Hause begab.

Die hoch am Himmel stehende Sonne brannte jetzt unbarmherzig auf das kleine Dorf herab, das nun noch verlassener dalag im blendenden Licht des schon heißen Vormittags. Die aus der Kirche kommenden Frauen verschwanden dahin und dorthin, lautlos wie Gespenster, und alles war erneut Einsamkeit und Stille rund um das Haus der Damen Pintor. Donna Esther ging zum Brunnen und stellte schützend ein kleines Brett vor eine Nelke, dann lief sie leichtfüßig nach oben und schloß Türen und Fenster. Die Veranda knarrte unter ihren Schritten, und vom morschen Holz und der bröckelnden Mauer regnete grauer Staub wie Asche.

Efix wartete, daß sie wieder herunterkam. Er saß in der Sonne auf den Stufen, die Mütze tief heruntergezogen, um sein Gesicht zu beschatten. Mit seinem Klappmesser spitzte er einen Pfahl an, den Donna Ruth unter dem Vordach angebracht haben wollte, aber das Blitzen der Klinge in der Sonne tat seinen Augen weh, und die bereits verwelkte Levkoje fiel auf sein Knie. Seine Gedanken verwirrten sich, und er dachte an das Fieber, das ihn im vorigen Jahr gequält hatte: Schon zurück, diese Teufelsglut?

Donna Esther kam herunter, mit einem Gefäß aus Kork in der Hand. Er rückte zur Seite, um sie vorbeizulassen und hob das von der Mütze beschattete Gesicht.

»Padrona mia, gehen Sie nicht mehr fort?«

»Und wohin soll ich um diese Zeit gehen? Niemand hat mich zum Mittagessen eingeladen!«

»Ich möchte Sie etwas fragen: Sind Sie zufrieden?«

»Womit, mein Lieber?«

Sie behandelte ihn wohlwollend, aber ohne Vertraulichkeit, sie hatte in ihm immer den einfachen Mann gesehen.

»Daß ... daß sich alle einig sind über das Kommen von Don Giacinto?«

»Ich bin zufrieden, ja. Es mußte so sein.«

»Er ist ein tüchtiger Junge. Er wird sein Glück machen. Man muß ihm ein Pferd kaufen. Aber ...«

»Aber was?«

»Man darf ihm nicht zuviel Freiheiten erlauben, im Prinzip. Die Jugend ist eben, wie sie ist ... Ich erinnere mich, als ich ein Junge war, wenn jemand mir den kleinen Finger reichte, nahm ich gleich die ganze Hand. Und dann, die Männer der Pintors, Sie wissen ja, Donna Esther ... sind hochmütig ...«

»Wenn mein Neffe ankommt, Efix, werde ich wie zu einem Gast sagen: Setz dich, fühl dich wie zu Hause. Aber er wird begreifen, daß er hier nur der Gast ist...«

Efix stand auf und schüttelte die Holzspäne von der Hose. Eigentlich stand alles gut, dennoch beschlich ihn ein Gefühl innerer Unruhe. Er mußte noch etwas sagen, aber er traute sich nicht. Langsam folgte er seiner Herrin, dann nahm er die Mütze ab, um den Pfahl besser einrammen zu können, und wartete schließlich geduldig, bis Donna Esther zurückkam, um Wasser zu holen.

»Geben Sie, geben Sie ihn mir«, sagte er und nahm ihr den Eimer ab, und während er das Wasser hochzog, schaute er in den Brunnen, um nicht ins Gesicht seiner Herrin sehen zu müssen, denn er schämte sich, sie um das Geld zu bitten, das sie ihm schuldete.

»Donna Esther, ich sehe die Schilfbündel gar nicht mehr. Haben Sie sie vielleicht verkauft?«

»Ja, einen Teil habe ich an einen Mann aus Nuoro verkauft, den anderen habe ich gebraucht, um das Dach auszubessern und damit auch den Maurer bezahlt. Du weißt doch, am letzten Fastentag vor Ostern hat der Wind die Ziegel weggerissen.«

Also fragte er nicht weiter. Es gibt so viele Möglichkeiten, die Dinge in Ordnung zu bringen, ohne den Menschen, den man gerne hat, zu verletzen.

Also ging er zu Kallina, der Wucherin. Doch unterwegs blieb er stehen und begrüßte die Großmutter des Jungen, der das Land für ihn bewachte. Groß und dürr, mit altägyptischen Zügen, das Gesicht von einem schwarzen Tuch eingerahmt mit über dem Kopf umgeschlagenen Zipfeln, saß die Alte auf der Stufe ihres elenden Hauses aus schwärzlichem Stein. Eine Korallenkette hing ihr um den gelben, faltigen Hals, zwei Goldgehänge schaukelten an ihren Ohren wie helle Tropfen, die sich nicht entschließen konnten herunterzufallen. Es sah aus, als habe sie beim Älterwerden vergessen, diesen Mädchenschmuck abzulegen.

»Ave Maria, Tante Pottoi, wie ist es Ihnen ergangen? Der Junge ist oben geblieben, aber heute abend wird er zurück sein.«

Sie starrte ihn mit ihren gläsernen Augen an.

»Ah, Efix, du bist es. Gott schütze dich. Na, von wem war der

Brief? Von Don Giacinto? Wenn er kommt, empfangt ihn freundlich. Schließlich ist es sein Haus, in das er zurückkommt. Es ist die Seele von Don Zame, denn die Seelen der Alten leben in den Jungen weiter. Sieh meine Enkelin Grixenda* an. Sie wurde vor sechzehn Jahren zum Christfest geboren, während ihre Mutter starb. Und schau sie dir an, sieht sie nicht aus wie ihre wiedergeborene Mutter? Da ist sie ja gerade ...«

Tatsächlich kommt Grixenda in diesem Augenblick vom Fluß herauf mit einem Korb Wäsche auf dem Kopf, hochgewachsen, die Röcke über den hellen, schlanken Rehfesseln geschürzt. Und rehgleich waren auch die langgezogenen, feuchten Augen in dem blassen Gesicht, das einer antiken Medaille entnommen schien. Von einem Saum zum anderen des über dem Hemd offenen Mieders lief ihr ein rotes Band um die Brust und hielt den noch zarten Busen.

»Onkel Efix!« rief sie schmeichelnd und spöttisch, indes sie ihm den Korb auf den Kopf setzte und seine Taschen durchwühlte. »Die ganze Zeit denke ich an Euch, und Ihr habt mir nichts mitgebracht, nicht einmal eine Zuckermandel!«

Efix ließ sie gewähren und freute sich an ihrer Anmut. Aber die Alte mit ihrem unbeweglichen Gesicht und den gläsernen Augen sagte sanft:

»Don Zame selig kehrt zurück.«

Grixenda erstarrte, und ihr schönes Gesicht und die schönen Augen ähnelten nun etwas denen der Großmutter.

»Kommt zurück?«

»Laßt diese Geschichten!« sagte Efix und stellte dem Mädchen den Korb vor die Füße, doch sie hörte wie gebannt auf die Worte der Großmutter, und auch er glaubte, als er nun die Straße hinabging, die Vergangenheit aus jeder Mauerritze wieder hervorkommen zu sehen. Dort unten auf der kleinen Steinbank am grauen Haus des Milese, sitzt da nicht ein dicker Mann mit Samtjoppe, deren braune Farbe das rote Gesicht und den schwarzen Bart noch stärker hervorhebt? Ist das nicht Don Zame? Wie dieser streckt er die Brust heraus, die Daumen in der Westentasche, mit

* sprich Grischenda (mit stimmhaftem *sch*) – A. d. Ü.

den anderen Fingern seiner roten Hand die goldene Uhrkette fest umkrallt. Dort hält er sich den ganzen Tag auf, beobachtet die Vorübergehenden und macht sich über sie lustig. Viele nehmen einen anderen Weg aus Angst vor ihm, und dasselbe tut Efix, um ungesehen das Haus der Wucherin zu erreichen.

Eine Hecke von Feigenkakteen umgab wie eine schwere Mauer den Hof der alten Kallina. Auch sie saß am Spinnrad, klein, in bestickten Pantoffeln, ohne Strümpfe, mit bleichem Gesicht und goldbraunen Raubvogelaugen, die im Schatten des Kopftuches funkelten. »Efix, mein Lieber, wie geht es dir? Und deinen Herrinnen? Weshalb kommst du mich besuchen? Setz dich, setz dich, ruh dich aus.«

Träge Hühner, die sich mit den Schnäbeln unter ihren Flügeln zu schaffen machten, flinke Katzen, die hinter ein paar rosigen Ferkeln herjagten, weiße und graublaue Tauben, ein Esel, der an einen Pfahl gebunden war, und die Schwalben in der Luft: das alles verlieh dem Hof etwas von einer Arche Noah. Die kleine Hütte lehnte sich an das ausgebesserte alte Haus von Milese an; dies letztere war hoch und hatte auch ein neues Dach bekommen, bröckelte aber doch hier und da schon wieder ab, wie angekratzt von der Zeit, die gleichsam ergrimmt darüber war, daß man ihr die Beute wieder abnahm. »Das Gut?« sagte Efix und lehnte sich an die Mauer neben der Alten. »Alles in Ordnung. Dieses Jahr werden wir mehr Mandeln als Blätter haben. Dann werde ich dir alles zurückzahlen, Kallí! Sei unbesorgt...«

Sie runzelte die nackten Augenbrauen und folgte mit den Augen dem Faden der Spindel.

»Daran denke ich gar nicht, sieh mal! Wenn alle so wären wie du, dann würden aus den sieben Scudi, die du mir schuldest, leicht hundert werden!«

»Der Blitz soll dich treffen«, dachte Efix, »du hast mir vier Scudi gegeben, zu Weihnachten, und nun sollen es schon sieben sein!«

»Nun gut, Kallí«, fuhr er mit leiser Stimme fort und senkte den Kopf, als spräche er mit den Ferkeln, die beharrlich seine Füße beschnupperten, »Kallí, gib mir noch einen Scudo! Dann sind es acht, und im Juli, so wahr mich die Sonne bescheint, werde ich dir alles bis zum letzten Centesimo zurückzahlen...«

Die Wucherin antwortete nicht, musterte ihn aber lange von Kopf bis Fuß, streckte ihm dann ihre geballte Faust entgegen und bot ihm die Feige.

Efix fuhr zusammen und packte sie am Handgelenk, die Ferkel rannten davon, gefolgt von den Katzen. Durch den Wirbel aufgeschreckt, flatterten die Hühner aufgeregt durcheinander.

»Kallí, der Blitz soll dich treffen. Wenn es nicht solche Menschen wie mich gäbe, müßtest du Blutegel sammeln anstatt Wucherei zu treiben...«

»Besser Blutegel sammeln, als sich das Blut von solchen verfluchten Kerlen, wie du einer bist, aussaugen zu lassen!... Ja, du Trottel, ich gebe dir den Scudo, ich gebe dir auch zehn oder hundert, wenn du willst, wie ich sie auch angeseheneren Leuten als dir gebe, deinen Herrinnen, den Leuten von Adel und den Verwandten der Barone, aber die Feige werde ich dir immer zeigen, solange du ein solcher Dummkopf bist, das heißt, bis zu deinem Tode... Ich gebe sie dir...«

Sie holte fünf Silberlire.

Efix ging mit dem Geld in der Hand und hörte hinter sich die ironischen Worte der Alten.

»Sage deinen Herrinnen, sie sollen sich weiter so gut halten.«

Er war entschlossen, alle Schmach zu ertragen, um bei der Ankunft von Don Giacinto einen guten Eindruck zu machen. Eine neue Mütze wollte er sich kaufen, um ihn zu empfangen. Gleich ging er in den Laden von Milese und überwand sich auch, den Mann auf der Bank zu grüßen. Es war Don Predu, der reiche Verwandte seiner Herrinnen.

Don Predu antwortete nur mit einer verächtlichen Kopfbewegung von unten nach oben, aber seine Mißachtung ging nicht so weit, daß er nicht neugierig die Ohren gespitzt hätte, um zu hören, was der Knecht kaufen wollte.

»Gib mir eine Zipfelmütze, Antoni Franzí, aber sie muß lang sein und darf keine Mottenlöcher haben...«

»Ich habe sie ja nicht aus dem Hause deiner Herrinnen geholt«, antwortete der Milese, der eine spitze Zunge hatte. Und draußen räusperte sich Don Predu zum Zeichen seiner Zustimmung, während der Kaufmann auf eine Holzleiter stieg.

»Alles wird alt, und alles kann sich erneuern, wie das Jahr«, gab Efix zurück und folgte mit den Augen der dürren Gestalt von Milese, der immer noch die lange Lederweste aus seinem Landstrich trug.

Der Laden war winzig, aber vollgestopft bis obenhin. In den Regalen leuchtete das Scharlachrot der Stoffballen, daneben glänzte das Grün der Flaschen mit Pfefferminzlikör. Die Mehlsäcke drückten ihre weißen Bäuche gegen das schwarze Holz der Heringsfässer, und in der kleinen Vitrine lächelten die nackten Damen von den illustrierten Postkarten auf die Gläser mit ranzigen Zuckermandeln und die verschossenen Bänderrollen herab.

Während der Milese aus einer Schachtel die langen Zipfelmützen aus schwarzem Tuch zog und Efix mit der Handspanne den Umfang maß, öffnete jemand die kleine Tür zum Hof, und dahinter erschien, eingerahmt von Weinreben, eine eindrucksvolle Frauengestalt, die auf einem länglichen Hocker am Spinnrad saß, würdig wie eine Königin der Antike.

»Das ist meine Schwiegermutter, frage sie, ob diese Mützen mich nicht neun *pezzas* kosten«, sagte der Milese, während Efix eine aufprobierte, sich in die Stirn zog und das Ende mit der Troddel über die Mitte des Kopfes legte.

»Du hast die beste gewählt, du bist gar nicht so dumm, wie immer gesagt wird! Siehst du nicht, daß es eine Festmütze für einen Bräutigam ist?«

»Die ist zu eng.«

»Weil sie noch neu ist, mein Gott, nimm sie ruhig. Neun *pezzas,* das ist so gut wie nachgeworfen.«

Efix nahm die Mütze ab und strich sie nachdenklich glatt. Schließlich legte er das Geld der Wucherin auf den Tresen.

Don Predu steckte den Kopf in die Tür, und die Tatsache, daß Efix eine so kostbare Mütze kaufte, erstaunte auch die Schwiegermutter des Milese. Sie winkte den Knecht mit einer Kopfbewegung zu sich heran und fragte ihn feierlich, wie es seinen Herrinnen gehe. Schließlich waren es adlige Damen und verdienten den Respekt der rechtschaffenen Leute. Nur reichgewordene Kaufleute wie der Milese durften ihn verweigern.

»Bestell viele Grüße und sage Donna Ruth, daß ich sie bald

einmal besuchen komme. Wir sind immer gute Freundinnen gewesen, Donna Ruth und ich, auch wenn ich nicht adlig bin wie sie.«

»Sie haben den Adel des Herzens«, antwortete Efix höflich, doch sie drehte leicht an der Spindel, als wollte sie sagen: lassen wir es gut sein.

»Auch mein Bruder, der Pfarrer, verehrt deine Herrinnen sehr. Er fragt mich immer: ›Wann werden wir wieder einmal mit den Damen zum Marienfest gehen?‹«

»Ja«, fuhr sie mit einem Anflug von Wehmut fort, »als wir noch jung waren, sind wir immer alle zusammen zum Fest gegangen und haben uns ohne einen Pfennig Geld amüsiert. Jetzt scheinen die Menschen sich zu schämen, wenn sie lachen.«

Efix legte die Mütze sorgfältig zusammen.

»So Gott will, werden meine Herrinnen dieses Jahr auf das Fest gehen... aber um zu beten, nicht zum Vergnügen...«

»Das gefällt mir. Und sage mir eines, wenn es erlaubt ist: Stimmt es, daß der Sohn von Lia kommt? Man hat es heute im Laden erzählt.«

Da der Milese sich der Tür näherte und über etwas lachte, das Don Predu ihm zugeflüstert hatte, rief Efix extra stolz aus: »Es ist wahr! Ich bin hier im Dorf, weil ich ein Pferd für ihn kaufen soll.«

»Ein Pferd aus Schilf?« fragte Don Predu mit höhnischem Lachen. »Ach deshalb habe ich dich aus Kallinas Höhle herauskommen sehen.«

»Was geht Sie das an? Von Ihnen haben wir noch nie etwas gewollt.«

»Das will ich meinen, du Narr! Ich würde euch auch nie etwas geben! Höchstens einen guten Rat, das ja! Laßt den Jungen da, wo er ist!«

Aber Efix hatte den Laden schon verlassen, mit hoch erhobenem Kopf, die Mütze unter dem Arm, und er entfernte sich, ohne zu antworten.

III

Doch umsonst warteten die Damen Pintor in den folgenden Tagen und Wochen auf den Neffen.

Donna Esther machte extra ein besonderes Brot, weiß und dünn wie eine Hostie, das sonst nur zu Festtagen gebacken wurde, und ohne daß die Schwestern es wußten, kaufte sie auch ein Päckchen Zwieback. Schließlich war es ein Gast, der kommen sollte, und Gastfreundschaft ist heilig. Auch Donna Ruth träumte Nacht für Nacht von der Ankunft des Neffen, und jeden Tag gegen drei, wenn die Postkutsche ankam, hielt sie am Hoftor Ausschau. Aber immer wieder ging diese Stunde vorüber, und alles ringsumher blieb unverändert.

In den ersten Maitagen blieb Donna Noemi allein im Haus, weil die Schwestern zum Fest Unserer Lieben Frau vom Guten Rat* gingen, wie sie es jedes Jahr, solange sie denken konnten, zu tun pflegten. Zur Buße, wie sie sagten, aber auch ein bißchen zum Vergnügen.

Noemi mochte weder das eine noch das andere. Während sie an diesem langen, hellen Nachmittag im warmen Schatten des Hauses saß, begleitete sie die Schwestern dennoch in Gedanken wehmütig auf ihrem Weg. Im Geiste sah sie die runde, graue Kapelle vor sich, die aussah wie ein umgestülptes großes Nest im Gras des Hofes, umgeben von den kleinen Hütten aus übereinandergelegten Steinen, zwischen denen sich ein buntgemischtes Völkchen tummelte, malerisch wie ein Zigeunerstamm. Sie sah vor sich das roh gezimmerte Holzpodest oberhalb der Hütte, das dem Pfarrer zugedacht war, dahinter die blaue Ferne, die rauschenden Bäume und am Horizont zwischen den silberhellen Dünen das schimmernde Meer. Als sie an all diese Schönheit dachte, fühlte Noemi Tränen aufsteigen, aber sie biß sich

* Nostra Signora del Rimedio: kleine Wallfahrtskirche an der Ostküste der Insel bei Orosei. – A. d. Ü.

auf die Lippen und schämte sich vor sich selbst wegen dieser Schwäche.

Jedes Jahr im Frühling überkam sie diese Unruhe: Lebensträume erwachten in ihr, wie die Rose zwischen den Steinen des alten Friedhofs zu neuer Blüte erwacht. Aber sie wußte auch, daß dies eine Zeit der Krise war, ein klein wenig Schwäche, die mit der ersten Hitze des Sommers vorüberging, und so ließ sie, gerade von der schläfrigen Stille um sie her angeregt, ihre Phantasie schweifen über den vom blühenden Mohn ganz roten Hof hinweg, über den zeitweilig von wandernden Wolken verdunkelten Berg, über das ganze Dorf, dessen Bewohner fast alle auf dem Fest waren. Und da ist sie auch mit ihren Gedanken dort unten angelangt.

Ihr ist, als wäre sie noch das junge Mädchen, das an einem solchen Abend im Mai auf die Pfarrertribüne hinaufgeklettert war. Ein großer, kupferner Mond steigt aus dem Meer auf, und die ganze Welt schimmert wie Gold und Perlen. Die Ziehharmonika erfüllte mit ihrem Klageton den Hof, der durch ein Feuer aus Kreuzdornzweigen erleuchtet wird, dessen rötlicher Schein die schmale, braune Gestalt des Musikanten aus dem Grau der Mauer herauslöst, wie die violetten Gesichter der Frauen und jungen Burschen, die den sardischen Reigen tanzen. Phantastisch gleiten ihre Schatten über das niedergetretene Gras und die Kirchenwände; es leuchten die Goldknöpfe, die silbernen Tressen der Trachten, die Tasten der Harmonika. Das übrige verliert sich im perlfarbenen Halbschatten der Mondnacht. Noemi erinnert sich, daß sie niemals direkt am Fest teilgenommen hat, während die älteren Schwestern lachten und sich vergnügten und Lia wie ein Hase in einer grasüberwucherten Ecke des Hofes hockte und vielleicht schon über ihre Flucht nachdachte.

Das Fest dauerte immer neun Tage, von denen die letzten drei sich zu einem fortwährenden Reigen gestalteten, begleitet von Musik und Gesang. Noemi hatte immer auf der Tribüne gestanden, zwischen den Überresten des Festmahls. Um sie herum blitzten leere Flaschen, zerbrochene Teller, hier und da ein paar hellgrüne Äpfel, vergessene Tabletts oder Löffel. Und auch die Sterne leuchteten über dem Hof, als bewegten sie sich im

Rhythmus des Tanzes. Nein, sie tanzte nicht und lachte nicht, es genügte ihr zuzusehen, wie die anderen Leute sich amüsierten, um die Hoffnung zu spüren, auch selbst am Fest des Lebens teilzuhaben.

Aber die Jahre waren vergangen, und das Fest des Lebens hatte sich weit vom Dorf entfernt abgespielt, und um daran teilzuhaben, war ihre Schwester Lia von zu Hause weggelaufen...

Sie, Noemi, war auf dem verfallenden Balkon geblieben wie damals auf der Tribüne des Pfarrers.

Gegen Sonnenuntergang klopfte jemand an die Haustür, die sie immer verschlossen hielt.

Es war die alte Pottoi, die kam, um zu fragen, ob sie ihre Dienste brauche. Obwohl Noemi sie nicht zum Bleiben aufforderte, setzte sie sich auf die Erde, mit dem Rücken an die Hauswand gelehnt, nahm das Tuch vom korallenbehängten Hals und fing an, sehnsüchtig zu reden.

»Alle sind da unten, auch meine Enkel, unsere Heilige möge sie beschützen. Ach, alle sind da unten und haben es schön frisch, denn sie können das Meer sehen...«

»Und warum seid Ihr nicht auch hingegangen?«

»Und das Haus, Missignoria? Ein Haus darf man nie ganz allein lassen, auch wenn es noch so arm ist, sonst nisten sich die Geister ein. Die Alten bleiben, die Jungen gehen!«

Sie seufzte, wandte das Gesicht, um sich umzuschauen und die Korallenkette am Hals zu ordnen. Dann erzählte sie von der Zeit, als sie noch mit ihrem Mann auf das Fest gegangen war, mit ihrer Tochter und den guten Nachbarinnen. Ihr Blick wanderte hinüber zum alten Friedhof.

»In diesen Tagen kommt es mir immer so vor, als sähe ich alle Toten wieder lebendig werden. Alle gingen sie hinunter, um sich zu vergnügen. Auch Ihre Mutter, Donna Maria Cristina, sehe ich auf der Bank sitzen, in der Ecke des großen Hofes. Wie eine Königin sah sie aus mit ihrem gelben Rock und dem schwarzen, bestickten Schultertuch. Und die Frauen aus vielen anderen Dörfern saßen um sie herum wie Dienerinnen... Sie sagte zu mir: ›Pottoi, komm, koste diesen Kaffee, was meinst du, ist er gut?‹ –

Ja, so freundlich war sie. Ach, deswegen mag ich auch gar nicht dorthin zurück, es kommt mir immer so vor, als habe ich da unten etwas verloren, was ich niemals wiederfinden werde...«

Noemi, den Kopf über ihre Handarbeit gebeugt, stimmte ihr lebhaft zu; die Stimme der Alten schien ihr wie das Echo ihrer eigenen Vergangenheit.

»Und Don Zame, Missignoria? Er war die Seele des Festes. Er schrie zwar viel, und manchmal erschien er auch wie ein Unwetter, aber im Grunde war er gut. Nach dem Gewitter zog immer der Regenbogen auf. Ach ja, gerade in diesen Tagen, wenn ich unten sitze und spinne, kommt es mir vor, als hörte ich den Hufschlag eines Pferdes...

Das ist er, er reitet auf das Fest, auf seinem Rappen, mit prall gefüllten Satteltaschen... Er reitet vorbei und grüßt mich: ›Pottoi, willst du aufsitzen? Nur zu, alte Hexe!‹«

Sie versuchte gerührt, den toten Edelmann nachzumachen; doch dann, ihren eigenen Gedanken nachhängend, fragte sie unvermittelt:

»Und dieser Don Giacinto, kommt er nicht mehr?«

Noemi setzte eine abweisende Miene auf, denn sie erlaubte keinem, sich in die Angelegenheiten ihres Hauses einzumischen.

»Wenn er kommt, wird er willkommen sein«, antwortete sie kühl. Aber als die Alte gegangen war, spann sie den Faden ihrer Gedanken weiter. Sie lebte so sehr in der Vergangenheit, daß die Gegenwart sie kaum noch interessierte.

Wie der warme Schatten des Hauses auf dem Hof länger wurde und der Duft der Wolfsmilch von der Ebene herüberwehte, erinnerte sie sich lebhafter an die Flucht der Schwester. Ja, so war es, genau so ein Sonnenuntergang wie dieser. Der Berg über dem Haus weiß und grün, der Himmel wie in Gold getaucht. Lia ist oben in den Zimmern und läuft schweigend hin und her; sie tritt auf den Balkon, bleich, schwarz gekleidet, ihr tiefdunkles Haar scheint ein wenig das Goldblau des Himmels widerzuspiegeln. Sie blickt hinunter zum Kastell. Dann plötzlich hebt sie die schweren Augenlider, erschauert durch und durch unter heftigen Bewegungen der Arme. Wie eine Schwalbe, die zum Flug in die Ferne ansetzt. Doch nun kommt sie herunter, geht zum Brunnen, gibt den Blumen Wasser, und während sich der zarte Duft der Levkojen mit dem herben der Wolfsmilch vermischt, gehen die ersten Sterne über dem Berg auf.

Lia steigt wieder nach oben und setzt sich auf die Stufen, die Hand an der Kordel, die Augen starr in das Halbdunkel gerichtet.

Noemi sah sie immer so vor sich, wie sie sie zuletzt gesehen hatte, als sie an ihr vorbeigegangen war, um zu Bett zu gehen. Sie hatten im selben Bett geschlafen, aber an diesem Abend hatte sie vergebens auf sie gewartet. Über dem Warten war sie eingeschlafen, und sie wartete noch immer...

Alles, was dann kam, ging in ihrer Erinnerung durcheinander, Stunden und Tage voller Schrecken und unerklärlicher Angst, wie man sie bei hohem Fieber erlebt... Sie sah nur das fahle, verzerrte Gesicht von Efix vor sich, der gebückt zu Boden blickte, als suchte er einen verlorenen Gegenstand.

»Ruhig, ruhig, meine Herrinnen«, murmelte er, doch er selbst war dann durch den ganzen Ort gelaufen und hatte jeden gefragt, ob er nicht Lia gesehen habe. Er beugte sich in jeden Brunnen hinab und spähte sich die Augen in der Ferne aus.

Dann war Don Zame zurückgekommen...

Bei dieser Erinnerung durchfuhr es Noemi jedesmal wie ein Donnerwetter, und immer hatte sie dann das Bedürfnis, sich zu bewegen, als wollte sie damit diesem Alptraum entfliehen.

Sie sprang daher auf und lief nach oben in ihr Zimmer, dasselbe, in dem sie damals mit Lia geschlafen hatte, in demselben rostigen Eisenbett mit den verschossenen Goldblättern und dem Rankenwerk, von dem nur noch ein paar Beeren etwas rotviolette Farbe hatten, so wie bei richtigen Trauben; dieselben kalkweißen Wände, die schwarz gerahmten alten Stiche, deren Wert niemand im Haus kannte, derselbe wurmstichige Kleiderschrank mit den aufgereihten Orangen und Zitronen oben auf dem Aufsatz, die in der untergehenden Sonne aufleuchteten wie goldene Früchte.

Noemi öffnete den Schrank, um ihre Handarbeit wegzulegen, da quietschte die Angel wie eine Geigensaite durch die Stille, während die Sonne, nun schon ohne Strahlen, ein rosa Licht auf die Wäsche in den türkisfarben ausgeschlagenen Fächern warf.

Alles war wohlgeordnet dort drinnen, oben lagen einige Stickereien, Seidendeckchen und Schafwolldecken, die von der langen Benutzung gelb wie Safran geworden waren. Weiter unten die nach Quitten duftende Wäsche und kleine Körbe aus Asphodelen und Binsen, die einen gelblichen Hintergrund bildeten, von dem sich dunkel die Vasen, Fische und Symbole der sardischen Volkskunst abhoben.

Noemi legte ihre Handarbeit in eines dieser Körbchen und hob ein anderes hoch. Darunter lag ein Bündel Papiere, Familienurkunden, Dokumente, Vermächtnisse und Prozeßakten, fest zusammengebunden mit einem gelben Band gegen den bösen Blick. Und das gelbe Band, das nicht hatte verhindern können, daß Ländereien in andere Hände übergegangen waren und Prozesse von den Gegnern gewonnen wurden, hielt mit den toten Papieren auch einen Brief fest, den Noemi jedesmal, wenn sie das Körbchen hochhob, betrachtete, wie man vom Ufer des Meeres aus die Leiche eines Schiffbrüchigen betrachtet, die langsam von den Wellen an Land gespült wird. Es war der Brief Lias nach ihrer Flucht.

Heute war Noemi fast krank vor Erinnerungen. Die Abwesenheit der Schwestern und eine instinktive Angst vor der Einsamkeit führten sie in die Vergangenheit zurück. Der gleiche orangefarbene Schein in der Dämmerung, der Berg, wie mit violetten Schleiern verhüllt, der Duft des Abends, all das vermittelte ihr das gleiche Gefühl wie vor zwanzig Jahren. Schweigend und schwarz zwischen dem noch etwas hellen Fensterrahmen und dem Schrank stehend, schien sie selbst eine Figur aus der Vergangenheit zu sein, vom alten Friedhof heraufgestiegen, um das verlassene Haus aufzusuchen. Sie ordnete die Stickereien und die Körbe, machte die Tür zu und wieder auf. Der quietschende Schrank schien das einzige Lebewesen im Haus zu sein.

Endlich entschloß sie sich, den Brief aus dem Bündel herauszunehmen. Er war noch weiß in dem weißen Umschlag, als ob er gestern geschrieben worden wäre und noch niemand ihn gelesen hätte.

Noemi setzte sich auf das Bett, doch hatte sie kaum das Blatt auseinandergefaltet und eine Hand auf den Messingknauf gelegt, als unten jemand klopfte, erst einmal, dann dreimal und dann ununterbrochen.

Sie hob den Kopf und sah mit angsterfüllten Augen auf den Hof hinunter.

»Das kann doch nicht der Postbote sein, der war ja schon da...«

Das Klopfen hallte über den stillen Hof; so hatte ihr Vater immer geklopft, wenn sie nicht gleich aufgemacht hatten...

Sie ließ den Brief liegen und lief hinunter, aber an der Tür blieb sie stehen und horchte. Das Herz klopfte ihr, als käme das Pochen am Tor aus ihrer eigenen Brust.

»O mein Gott, o mein Gott, das kann doch nicht er sein...«

Schließlich fragte sie etwas barsch: »Wer ist da?«

»Ein Freund«, antwortete eine fremde Stimme.

Aber Noemi konnte nicht gleich öffnen, so sehr zitterten ihre Hände.

Ein junger Mann, der aussah wie ein Arbeiter, groß und blaß, mit einem grünen Anzug, die Schuhe gelb vom Staub, mit einem schmalen Schnurrbart von der gleichen Farbe, stand vor der Tür und stützte sich auf sein Fahrrad. Kaum sah er Noemi, riß er sich die Mütze vom Kopf, die in seinem dichten blonden Haar einen Abdruck hinterließ, lächelte sie an und zeigte dabei seine schönen Zähne zwischen den vollen Lippen.

Sie erkannte ihn sofort an den Augen: große Mandelaugen von einem grünlichen Blau; wohl waren es die typischen Augen der Pintors, doch ihre Verwirrung stieg, als der Fremde die Stufen heraufgesprungen kam und sie mit seinen festen Armen heftig an sich drückte.

»Tante Esther, ich bin es... Und die anderen Tanten?«

»Ich bin Noemi...« sagte sie ein wenig gekränkt, nahm aber sogleich eine abweisende Miene an. »Wir haben dich nicht erwartet, Esther und Ruth sind auf dem Fest...«

»Ist ein Fest?« fragte er und zog sein Rad herauf, auf das ein staubiger Koffer gebunden war. »Ach ja, jetzt weiß ich wieder: Das Gute-Rat-Fest. – Also so sieht es hier aus.«

Er hatte das Gefühl, als erkenne er den Ort, an dem er war. Da war ja das Eingangstor, von dem ihm seine Mutter so oft erzählt hatte. Er schob das Fahrrad hindurch und fing an, den Koffer loszubinden und mit einem Taschentuch abzustauben.

Noemi dachte: »Ich muß die alte Pottoi rufen, ich muß nach Efix schicken lassen... Wie soll ich es nur machen, ganz alleine? Sie haben doch gewußt, daß er kommen würde und haben mich allein gelassen...«

Die Umarmung dieses fremden Mannes, der von wer weiß woher gekommen war, von den Straßen der Welt, flößte ihr leise Angst ein. Aber sie kannte die Gebote der Gastfreundschaft und konnte sie nicht vernachlässigen. »Komm herein. Möchtest du dich waschen? Dann bringen wir dein Gepäck nach oben, ich werde eine Frau rufen, die bei uns bedient... Im Moment bin ich allein im Haus... ich hatte dich ja nicht erwartet...«

Sie versuchte, ihre Ärmlichkeit zu verbergen, aber es sah aus, als kenne er auch diese, denn ohne abzuwarten, daß er bedient wurde, trug er den Koffer in das Zimmer, das Tante Esther schon für ihn hergerichtet hatte – das alte Gästezimmer hinten im ersten Stock –, und kam wieder herunter, um sich ganz unbefangen am Brunnen zu waschen wie der Knecht.

Noemi folgte ihm mit dem Handtuch über dem Arm.

»Ja, ich bin von Terranova gekommen. Was für eine Straße! Man fliegt nur so dahin. Ja, ich muß an der Kirche vorbeigekommen sein, aber vom Fest habe ich nichts bemerkt. Ja, das Dorf schien wie ausgestorben, es ist sehr verfallen, ja...«

Er antwortete mit »ja« auf alle Fragen Noemis, schien dabei aber sehr zerstreut.

»Warum ich nicht geschrieben habe? Nach dem Brief von Tante Esther war ich unsicher. Dann war ich auch noch krank und... ich wußte nicht... Um die Wahrheit zu sagen, ich habe mich erst vorgestern entschlossen, als ein Freund abreiste. Und gestern, als ich sah, das Meer war ruhig, bin ich gefahren...«

Er trocknete sich ab und begab sich in die Küche; Noemi folgte ihm.

»Esther hat ihm geschrieben! Und er ist abgereist, einfach so, wie zum Fest!«

Er setzte sich auf die alte Bank dem Berg gegenüber, der seinen violetten Schatten in die Küche warf, legte die langen Beine übereinander, verschränkte die langen Arme über der Brust und strich mit seinen weißen Händen darüber. Noemi stellte fest, daß seine Strümpfe grün waren, wirklich eine merkwürdige Farbe für Herrenstrümpfe. Sie zündete Feuer an und fragte sich wieder: »Also Esther hat ihm heimlich geschrieben? Soll sie sich doch um ihn kümmern!«

Leise Angst beschlich sie, sich umzudrehen und diesen etwas eigenartig grün und gelb gekleideten Mann zu betrachten, der so unbeweglich auf der Bank saß, als wollte er nie wieder aufstehen.

Er aber fing wieder an, von der Fahrt zu sprechen, von der leeren Straße und fragte, wie lange man bis Nuoro brauchen würde. Er wolle nach Nuoro fahren, dort war der Verwalter einer Dampfmühle, ein Freund seines Vaters, der ihm einen Posten versprochen hatte.

Noemi erhob sich lächelnd:

»Wie lange man braucht? Ich kann dir nicht sagen, wie lange man mit dem Fahrrad braucht. Ein paar Stunden. Ich war vor vielen Jahren in Nuoro, aber zu Pferde. Die Straße ist schön, und die Stadt ist schön, ja; die Luft ist gut, die Leute sind gut. Dort gibt es kein Malariafieber wie hier, und alle können arbeiten und Geld verdienen. Alle Fremden sind dort reich geworden, da oben, während hier eine Totenstadt zu sein scheint...«

»Ja, ja, das ist wahr!«

Sie holte Eier für ein Omelette.

»Siehst du, hier gibt es nicht einmal jeden Tag Fleisch, Wein ist auch nicht mehr da... Dieser Mühlenverwalter, wie heißt er? Kennst du ihn?«

Nein, er kannte ihn nicht, war aber sicher, den Posten zu bekommen, wenn er nach Nuoro ginge.

Noemi, über das Omelette gebeugt, das sie in die Pfanne schlug, lächelte bitter und ironisch: Leicht gesagt, man bekomme einen Posten. Es gibt so viele Leute, die einen suchen.

»Aber du hast den aufgegeben, den du hattest?« fragte sie rasch, ohne aufzusehen.

Giacinto antwortete nicht sofort, er schien sehr um das Omelette besorgt, das sie vorsichtig umdrehte.

Ein paar Tropfen Öl fielen in die Glut und tauchten die Küche in eine Wolke aus Fettdunst. Danach brutzelte es ruhig weiter und Giacinto sagte:

»Das war eine so armselige Angelegenheit! Und nicht einmal sicher... Und mit so viel Verantwortung!...«

Weiter sagte er nichts, und auch Noemi fragte nicht weiter. Die Aussicht, daß er bald nach Nuoro gehen würde, stimmte sie friedlich und geduldig. Sie deckte nebenan im Eßzimmer den Tisch. Es war verlassen und feucht wie ein Keller. Sie fing an, ihm aufzutragen, und entschuldigte sich, daß sie ihm nichts anderes anbieten könne.

»In diesem Dorf muß man genügsam sein...«

Giacinto knackte die Nüsse mit seinen starken Händen und hörte das Geläut der Herde, die hinter dem Haus vorbeizog. Es war schon fast dunkel, der Berg lag düster da, und hier drin, in diesem feuchten Raum voller grüner Flecken an den Wänden, kam er sich vor wie in einer Grotte, weit entfernt von aller Welt. Die Beschreibung, die Noemi vom Fest gab, machte ihn neugierig. Er betrachtete sie, etwas müde und schläfrig, und diese schwarze Gestalt vor dem helleren Hintergrund des kleinen Fensters, mit dem vollen Haar und den kleinen, auf den armseligen Tisch gestützten Händen, mußte ihn an die nostalgischen Erzählungen seiner Mutter erinnern, denn er fing an, sich nach Personen im Dorf zu erkundigen, die schon tot waren oder für die sich Noemi überhaupt nicht interessierte.

»Onkel Pietro? Wie ist dieser Onkel Pietro? Er ist der Reichste, nicht wahr? Wieviel mag er wohl besitzen?«

»Er ist reich, ja sicher, aber ein Starrkopf und dazu sehr hochmütig.«

»Verleiht er Geld?«

Noemi wurde rot, denn obwohl die Beziehung zu ihrem Vetter gespannt war, empfand sie es als persönliche Beleidigung, einen adeligen Pintor als Geldverleiher zu bezeichnen.

»Wer hat dir denn das erzählt? Das darf man nicht einmal im Scherz sagen...«

»Aber der Pfarrer und seine Schwester, das sind doch tatsächlich Geldverleiher. Sind die reich? Wieviel besitzen sie?«

»Auch sie nicht, was sagst du da? Vielleicht... vielleicht der Milese, aber der nimmt einen erlaubten Zins von dreißig Prozent, nicht mehr...«

»Ist das ein erlaubter Zins? Wie hoch ist dann der andere?«

Noemi beugte sich über den Tisch und flüsterte: »Bis zu tausend Prozent... und auch mehr, manchmal.«

Aber anstatt sich zu wundern, goß Giacinto sich etwas zu trinken ein und sagte nachdenklich: »Ja, auch bei uns sind die Zinsen enorm gestiegen... Der Neffe von Kardinal Rampolla hat sich auf diese Weise ruiniert...«

Nach dem Essen wollte er fortgehen. Er fragte, wo die Post sei, und Noemi brachte ihn bis an die Straße und zeigte ihm den kleinen Platz unten in Richtung auf das Haus des Milese.

Kaum hatte er sich entfernt, sah sie sich nach allen Seiten um und stieg dann eilends zur Hütte der alten Pottoi hinunter. Die Tür war offen, aber drinnen war es stockdunkel, und erst auf die ängstlichen Rufe von Noemi hin kam die Alte aus der Tiefe der elenden Bude mit einem glühenden Span in der Hand nach vorn. Das rote Glimmen ließ ihre Ohrringe aufleuchten.

»Pottoi, ich bin's! Ihr müßt sofort jemanden schicken und Efix holen lassen. Giacinto ist angekommen... Und dann müßt Ihr bitte bei mir schlafen. Ich habe Angst allein... mit einem Fremden...«

»Ich werde jemanden rufen, um ihn zum Gut zu schicken. Aber zur gnädigen Frau komme ich nicht, nein, das Haus kann ich nicht dem Kobold überlassen...«

Und damit der Kobold während ihrer Abwesenheit nicht hereinkommen konnte, ließ sie den glimmenden Span an der Türschwelle liegen.

IV

Ein großes Feuer aus den Zweigen des Mastixbaumes, wie Noemi es aus ihrer Mädchenzeit kannte, brannte auf dem Hof Unserer Lieben Frau vom Guten Rat und beleuchtete das schwärzliche Gemäuer der Kapelle mit den Hütten ringsum.

Ein junger Mann spielte Ziehharmonika, doch die Menschen, die gerade aus der Novene* gekommen waren und das Abendessen vorbereiteten oder schon verzehrten, konnten sich noch nicht entschließen, mit dem Tanz zu beginnen.

Es war noch früh, am hellen Abendhimmel leuchteten die ersten Sterne auf, und im Westen hinter dem Podest verlosch erst nach und nach die Röte. Tiefer Frieden herrschte über diesem improvisierten Dorf, die Töne der Ziehharmonika, die Stimmen und das Lachen in den Hütten, alles klang wie aus weiter Ferne. Hier und da brannte ein kleines Feuer an der Mauer, über das sich eine schwarze Frauengestalt beugte, um Essen zu kochen. Die Männer, welche zur Vigil gekommen waren, um die nötigen Gerätschaften herbeizuschaffen, waren mit ihren Pferden und Fuhrwerken schon wieder weggefahren. Es blieben Frauen, Alte, Kinder und ein paar Halbwüchsige und alle, obwohl davon überzeugt, daß sie zur Buße gekommen waren, versuchten dennoch, sich auf bestmögliche Weise zu vergnügen.

Die Damen Pintor hatten zwei Hütten zu ihrer Verfügung, die zu den ältesten gehörten (alle Jahre kamen einige neue hinzu) und die man deshalb *sas muristenes de sas damas* (die Hütten der Damen) nannte, weil sie eigentlich schon ihr Eigentum geworden waren aufgrund der vielen Geschenke und Spenden, die ihre Ahninnen der Kirche bereits seit der Zeit gemacht hatten, da die Erzbischöfe von Pisa bei ihren Pastoralvisiten der sardischen

* Andacht während des neuntägigen Festes. – A. d. Ü.

Diözesen im nahen Hafen an Land gegangen waren und in dem Sanktuarium die Messe lasen.*

Und dort, zwischen den beiden Hütten, war auch noch die alte steinerne Bank an der Mauer in der Hofecke, wo die alte Pottoi noch Donna Maria Cristina gesehen hatte, wie eine Baronin von allen Vasallinnen, die zur Kirche gepilgert kamen, hofiert.

Nun saßen Donna Esther und Donna Ruth da, bescheiden und schwarz gekleidet wie zwei Nonnen, mit ihren weißen Kopftüchern, die Hände unter der Schürze, und dachten an die ferne Noemi und den fernen Giacinto.

Ihr Abendessen war sehr einfach gewesen: Eine Milchsuppe, die den Magen nicht füllte und den Kopf klar und rein hielt wie jener Frühlingshimmel. Und dennoch, von Zeit zu Zeit überkam Esther kurz ein Gefühl von Reue, ein geheimer Gedanke wie ein Schuldgefühl. Giacinto... Der Brief, den sie heimlich an ihn geschrieben hatte...

Neben ihnen lachte Grixenda, die auf der Erde saß, mit dem Rücken an die Mauer gelehnt, die Arme um die Knie geschlungen, und den Jungen ansah, der Ziehharmonika spielte. In der Hütte nebenan aßen ihre Verwandten, mit denen sie zum Fest gekommen war. Alle saßen auf der Erde rings um einen großen Sack herum, der als Tischtuch ausgebreitet war. Und während eine der Frauen ihr Kind wiegte, das einschlafen wollte und die dicken Händchen unruhig bewegte, rief eine andere das Mädchen:

»Grixenda, komm mein Kind, nimm wenigstens ein Stück *Focaccia!* Was soll deine Großmutter sagen? Daß wir dich haben verhungern lassen?«

»Grixenda, hörst du nicht, daß du gerufen wirst? Gehorche«, sagte Donna Esther.

»Ach, Donna Esther, ich habe keinen Appetit, nur aufs Tanzen!«

»Zuannantò! Komm essen! Merkst du nicht, daß dein Spiel wie der Wind ist? Es fegt die Leute fort.«

* Sardinien stand von 1015 an für mehrere Jahrhunderte unter dem Einfluß Pisas (und Genuas). – A. d. Ü.

»Warte, bis sie sich den Wanst vollgeschlagen haben, dann wirst du sehen!« sagte die Wucherin, die aus der Tür rechts von den Damen Pintor trat und sich mit dem Fingernagel die Zähne reinigte.

Auch sie hatte ihr Abendessen beendet, und um keine Zeit zu vergeuden, fing sie an, im Schein des Feuers zu spinnen.

Zwischen ihr, den Damen, dem Mädchen und den Frauen in der Hütte begann nun die übliche Unterhaltung. Wie man im Dorf das ganze Jahr lang über das Fest geredet hatte, redete man nun beim Fest über das Dorf.

»Ich verstehe nicht, wie Ihr das Haus allein lassen konntet, Kallí?« sagte ein großes Mädchen, das unter der Schürze eine Schüssel dicke Milch brachte als Geschenk des Pfarrers für die Damen Pintor.

»Natolia, mein Herzchen, ich habe nicht solche Schätze im Hause zurückgelassen wie dein Herr Pastor!«

»*Corfu 'e mazza a conca!** Na, dann gebt mir doch mal Euren Schlüssel, ich geh' mal Euer Haus durchsuchen, und dann laufe ich weg, in die große Stadt!«

»Glaubst du, daß es einem gut geht in der großen Stadt?« fragte Donna Ruth ernst, und Donna Esther, welche die Schüssel Dickmilch geleert hatte und Natolia mit einer halben *pezza* Trinkgeld zurückgab, bekreuzigte sich: *»Liberanos Domine.«*

Beide dachten an das gleiche, an die Flucht von Lia, die Ankunft von Giacinto, und waren erstaunt, als sie hörten, wie Grixenda murmelte: »Aber wenn die aus der großen Stadt nun hierher kommen wollen!«

Nun kamen die Menschen heraus auf den Hof, in den Türen erschienen die Frauen, wischten sich mit der Schürze den Mund ab und liefen hinter den Kindern her, um sie einzufangen und ins Bett zu bringen.

Eine der Verwandten Grixendas ging zum Musikanten und reichte ihm eine zusammengelegte Focaccia.

»Hier, iß, mein Goldstück! Was soll deine Großmutter sagen? Daß ich dir nichts zu essen gebe?«

* Eine der in den Text eingestreuten Verwünschung in sardischer Sprache. Wörtlich: »Keulenschlag auf den Kopf«. – A. d. Ü.

Der Junge streckte den Kopf nach vorne, biß ein Stück von der Focaccia ab und spielte weiter. Aber niemand entschloß sich, den Tanz zu eröffnen, so daß Grixenda und Natolia, ärgerlich über das Zögern der Frauen, bissige Bemerkungen machten.

»Man sieht es wieder, wenn keine Männer da sind, dann gibt es kein Vergnügen!«

»Wenn wenigstens Efix hier wäre, der Knecht von Donna Ruth, der würde mir schon genügen!«

»Der ist doch schon steinalt! Was soll ich denn mit Efix anfangen? Lieber tanze ich mit einem Stück Holz!«

Plötzlich aber fing der Hund des Pfarrers oben auf dem Podest an zu bellen, rannte jaulend hinunter und aus dem Hof hinaus. Die Frauen ließen von ihren Sticheleien ab und gingen, um zu sehen, was es gab.

Zwei Männer kamen die Straße herauf. Der eine schien auf einem kleinen Kamel zu sitzen, der andere sah aus, als beuge er sich über eine große Heuschrecke, deren Flügel die langen Beine des Reiters auf und ab bewegten. Doch als die beiden näher kamen, erleuchtete das Feuer ihre geheimnisvollen Gestalten. Der eine war Efix auf einem mit Satteltaschen und Kissen bepackten Pferd, der andere ein Fremder, dessen Fahrrad rot aufleuchtete, als er mit Tempo in den Hof gerast kam.

Grixenda sprang auf die Füße und lehnte sich an die Mauer, so aufgeregt war sie. Der Musikant hörte auf zu spielen.

»Donna Esther! Ihr Neffe!«

Die Damen standen zitternd auf, und Donna Esther rief mit einem Stimmchen, das wie das Meckern einer Ziege klang: »Giacinto!... Giacinto!... Mein lieber Neffe... Ist das eine Erscheinung oder bist du es wirklich?...«

Er war vor ihnen vom Rad gestiegen und sah sich verwirrt um, fühlte seine Hände in den welken Händen der Tante und sah vor dem schwarzen Hintergrund der Mauer das blasse Gesicht und die strahlenden Augen Grixendas.

Dann waren alle Frauen um ihn herum, sahen ihn an, berührten ihn, fragten ihn aus. Die Wärme ihrer Körper schien ihn zu erregen. Er lächelte und hatte das Gefühl, mitten in eine große Familie gekommen zu sein, und so fing er an, alle zu umarmen.

Einige sprangen zurück, andere fingen an zu lachen, blickten hoch und betrachteten ihn.

»Ist das so Sitte in deinem Dorf? Donna Esther, Donna Ruth, er hat uns mit Ihnen verwechselt! Er glaubt, wir seien alle seine Tanten!«

Efix hatte inzwischen die Kissen vom Pferd genommen und in die leere Hütte getragen, indem er sich seitlich durch die enge Tür schob. Grixenda half ihm, sie auf der gemauerten Bank an der Wand auszubreiten, den kleinen Raum auszufegen und das Bett zu machen, während man in der anderen Hütte Giacinto respektvoll und fast schüchtern auf die Fragen der Tanten antworten hörte.

»Ja, Signora, von Terranova mit dem Fahrrad. Was ist schon dabei? Es ist wie im Flug, bei einer so ebenen und leeren Straße könnte man die Erde an einem Tag umrunden. Ja, Tante Noemi ist zu Hause geblieben, sie hat mich empfangen. Sicher hatte sie mich nicht erwartet und vielleicht sogar zuerst geglaubt, ich hätte mich in der Tür geirrt!«

Jedes seiner Worte und der fremde Akzent trafen Grixenda mitten ins Herz. Sie hatte das Gesicht des jungen Mannes, der aus weiter Ferne gekommen war, noch nicht deutlich gesehen, nur daß er groß war und volles, rotgoldenes Haar hatte wie Feuer. Und schon fühlte sie Eifersucht in sich aufsteigen, weil Natolia, das Dienstmädchen des Pfarrers, sich in die Hütte der Damen geschlichen hatte und mit ihm sprach.

Wie frech sie war, diese Natolia! Um dem Fremden zu imponieren, machte sie sich sogar über die Hütten lustig, die doch schließlich heilig waren, weil die Gläubigen darin wohnten und sie der Kirche gehörten.

»Nicht einmal in Rom gibt es Paläste wie diese! Man beachte die Gardinen, die haben die Spinnen gratis gewebt, für den lieben Gott. Und die Mäuse sind gar nicht zu zählen. Wenn Sie fühlen, daß es heute nacht an Ihren Füßen kitzelt, glauben Sie ja nicht, daß ich es bin, Don Giací!« Grixenda biß sich auf die Lippen und klopfte an die Wand, um Natolia zum Schweigen zu bringen.

»Hier gibt's auch Geister, hören Sie?«

»Ach, das ist eine Frau, die da klopft!« sagte Donna Ruth schlicht.

»Geister, Mäuse oder Frauen, für mich ist das alles das gleiche«, antwortete Giacinto ruhig.

Da fing Grixenda, die an der anderen Seite der Wand lehnte, laut an zu lachen. Die Stimme des jungen Mannes zu hören, versetzte sie in die gleiche Begeisterung wie der Klang der Ziehharmonika vorhin, und sie mußte vor Freude lachen, obwohl ihr auch zum Weinen zumute war.

Im übrigen waren alle glücklich in der armseligen Hütte der Damen, wenn das Glück auch ernst und verhalten war.

»Ich glaube, ich träume«, sagte Donna Esther, als sie dem Neffen das Abendessen brachte, während Donna Ruth ihn mit leuchtenden Augen unverwandt ansah und Efix ein Fäßchen Wein aus der Satteltasche holte und sogar noch gebückt seiner Herrschaft zulächelte.

Giacinto saß auf der gemauerten Bank, die mehreren Zwecken diente, als Tisch oder Bett, und aß. Auch er glaubte zu träumen.

Nach dem kühlen Empfang bei Noemi hatte er sich als das gefühlt, was er wirklich war, ein Fremder inmitten von Menschen, die anders waren als er; aber hier wurde er von den Tanten aufmerksam bedient, der Knecht lachte mit ihm wie mit einem Kind, die Mädchen sahen ihn zärtlich und begehrlich an, er hörte die Kantilene der Ziehharmonika, sah die tanzenden Schatten im Feuerschein und stellte sich vor, sein Leben müsse immer so märchenhaft und froh verlaufen.

»Anpassen muß man sich«, sagte Efix und goß ihm zu trinken ein. »Schau das Wasser an, warum sagt man, es sei weise? Weil es die Form des Gefäßes annimmt, in das man es hineingießt.«

»Auch der Wein, scheint mir!«

»Auch der Wein, ja! Nur daß Wein manchmal schäumt und überläuft, das Wasser nicht.«

»Auch das Wasser, wenn man es aufs Feuer stellt und zum Kochen bringt«, sagte Natolia.

Da kam Grixenda hereingestürmt, griff das Mädchen am Arm und zog es mit sich hinaus.

»Laß mich los, was hast du?«

»Dir mangelt es an Respekt gegenüber dem Fremden!«

»Grixè! Bist du von der Tarantel gestochen worden?«

»Ja, und darum will ich auch tanzen.«

Es hatten sich schon mehrere Frauen um den Musikanten geschart und sich die Hände gereicht, um den Tanz zu beginnen. Die Knöpfe ihrer Mieder leuchteten im Schein des Feuers, ihre Schatten trafen sich auf dem Erdboden. Langsam bildeten sie eine Kette mit ineinandergeschlungenen Händen, und die Füße deuteten die ersten Tanzschritte an, aber sie waren noch steif und unsicher und schienen sich gegenseitig zu stören.

»Man sieht, es fehlt noch der Halt! Es fehlt der Mann. Ruft wenigstens Efix!« rief Natolia, und weil Grixenda sie in den Arm kniff, fügte sie hinzu: »Die Wespe soll dich stechen! Soll ich mich auch ihm gegenüber respektvoll benehmen?«

Aber auf die Rufe hin war Efix erschienen und näherte sich, mit den Füßen den Takt stampfend und die Arme bewegend wie ein echter Tänzer. Dabei sang er: »*A sa festa, a sa festa so andatu*... (Ja, zum Fest, zum Fest bin ich gegangen...)«

Bei Grixenda angelangt, nahm er ihren Arm, reihte sich in die tanzenden Frauen ein und belebte tatsächlich mit seiner Gegenwart den Tanz. Die Füße der Frauen bewegten sich rascher, nach außen, wieder zusammen, in die Höhe, ihre Körper wurden weicher in der Bewegung, und die Gesichter leuchteten vor Freude.

»Das ist der richtige Halt, nun los, nur zu!«

»Mehr Mut, mehr Mut!«

Ein magisches Band schien die Frauen zusammenzuhalten und sie in eine gemessene und doch feurige Erregung zu versetzen. Die Kette schwenkte ein und bildete langsam einen Kreis. Von Zeit zu Zeit kam eine Frau dazu, löste zwei sich haltende Hände, schob ihre dazwischen und vergrößerte so den schwarz-roten Reigen, hinter dem sich die Schatten wie Säume bewegten.

Immer schneller hoben sich die Füße, traten übereinander, stampften auf die Erde, als wollten sie sie aus ihrer Erstarrung wecken.

»Schneller, schneller!«

Auch die Ziehharmonika klang leichter und schneller. Freudenrufe hallten wider, fast wild, als wollten sie den Tanz anfeuern zu größerer Sinnlichkeit.

»Uhí! Uhiahí!«

Alle waren hinzugeeilt, und hinten in der Ecke des Hofes sah Grixenda die rotgoldenen Haare von Giacinto zwischen den beiden weißen Kopftüchern der Tanten leuchten.

»Efix, Euer Patenkind soll doch auch tanzen!« rief Natolia.

»Das ist erst eine Stütze, au fein!«

»Wenn man den neben die Kirche stellt, denkt man, es sei der Glockenturm!«

»Sei still, Natolia, du Feuerzunge.«

»Deine Augen sprechen deutlicher als meine Zunge, Grixè.«

»Das Feuer soll dir gleich die Augenlider verbrennen!«

»Seid still, ihr Weiber und tanzt lieber! *A sa festa, a sa festa so andatu ...«*

»Uhí! Uhiahí!«

Wie das Wiehern eines Pferdes tönte dieser Schrei, die Beine der Frauen, die sich unter den dunklen Röcken abzeichneten, und die kleinen Füße, die beim Hin- und Herwogen unter den roten Säumen hervorsahen, wurden immer schneller in der Hitze und Freude des Tanzes.

»Don Giacinto, kommen Sie!«

»Los, los!«

»Kommen Sie, kommen Sie doch!«

Alle Frauen sahen ihn lächelnd an, die Zähne blitzten in ihren roten Mündern.

Plötzlich sprang er auf, als wollte er der Gefangenschaft der beiden alten Damen entfliehen. Doch mitten auf dem Hof blieb er unschlüssig stehen. Aber der Kreis der Frauen öffnete sich, wurde wieder zur Kette, ging auf den Fremden zu wie bei einem Kinderspiel, umringte ihn, nahm ihn auf und schloß sich wieder.

Zwischen Grixenda und Natolia, größer und anders als alle anderen, war er wie eine Perle im Ringe des Tanzes, und er fühlte die kleine Hand Grixendas sich ein wenig zitternd in die seine schmiegen, während die harten, heißen Finger Natolias sich fest in seine verschränkten, als wären sie ein Liebespaar.

Auch der Pfarrer kam nun aus seiner Hütte, sah sich nach allen Seiten um mit seinem sanften, roten, kahlköpfigen Babygesicht und ging dann zu den Damen Pintor, um sich zu ihnen zu setzen.

»Ein schöner Junge, Ihr Neffe, Donna Ruth!«

Er zog seine silberne Schnupftabaksdose heraus, schüttelte sie, öffnete den Deckel und bot sie in der flachen Hand zuerst Donna Esther, dann Donna Ruth und schließlich sogar der Kallina an.

»Ein schöner Junge, Donna Esther, aber ich rate zur Vorsicht.«

Er zog die Soutane leicht hoch, um die Dose wieder in die Tasche zu stecken, faltete und rollte sein blaues Tuch zusammen und schlug sich mit den Enden gegen die Brust.

»Donna Esther, Vorsicht. – Übrigens haben auch wir getanzt, als wir noch Flügel an den Füßen hatten. Und heute, wie halten wir es, Vossignoria?«

Donna Esther weinte vor Freude, tat aber, als niese sie. »Ihr Schnupftabak ist wie Pfeffer, Hochwürden Paskà.«

Der Glücklichste von allen war Efix. Ausgestreckt auf einem Heuhaufen in einer der leeren Hütten, hatte er das Gefühl, immer noch zu tanzen und Giacinto zu bewundern. Und er lachte ihn an, wie ihn die Frauen anlachten. Die Gestalt des Jungen hatte in seinem Leben schon den ersten Platz eingenommen wie im Kreis der Frauen.

Und im Geiste ging er zurück zu dem Augenblick, als er zum Haus seiner Herrinnen gelaufen war, um den Sohn von Lia zu sehen: Was für ein Anblick! Seine Freude war so übermächtig gewesen, daß er sich nicht einmal daran erinnern konnte, was er gesagt, was er getan hatte. Er sah nur die kühle und doch unruhige Gestalt von Donna Noemi vor sich, die ihm nachkam und wie im geheimen sagte: »Geht, geht zum Fest... Geht, dort wartet man auf euch.«

Und sie hatte sie weggeschickt mit einer Miene, die sich erst aufheiterte, als sie ihnen zum Abschied nachwinkte, oben im Tor stehend, das sich vor ihr schloß.

Unterhalb der Felder des Gutes waren sie einen Moment stehengeblieben, und Efix hatte mit der Zärtlichkeit eines Verliebten auf seinen Hügel gezeigt, seinen Damm, wo das Schilfrohr rosa im Licht des Sonnenuntergangs wogte, auf seine Hütte, die im Grün versteckt auf ihn wartete.

»Dort oben bin ich das ganze Jahr. Und der gnädige Herr wird kommen, wenn es Gemüse und Obst ins Dorf zu schaffen gibt... Aber Ihr Roß kann die Satteltaschen nicht tragen!« fügte er blinzelnd hinzu mit einem Seitenblick auf den Gepäckträger des Fahrrades.

»Ich gehe nach Nuoro!« sagte Giacinto, betrachtete dabei aber den Besitz von oben bis unten, wie man einen Menschen betrachtet.

»Manchmal werden Sie kommen! Zuerst, wenn es noch nicht so heiß ist und dann im Herbst, wenn man es gut im Schatten aushalten kann da oben! Und in der Nacht begleitet uns die Mondscheibe wie eine liebende Frau, und die Wassermelonen im Garten sehen dann aus wie Glaskugeln.«

»Ja, manchmal werde ich kommen«, versprach Giacinto und sprang behende vom Rad. Und er war es gewesen, der, gleichsam bezwungen von der Beschreibung seines Begleiters, vorgeschlagen hatte, die Felder zu besichtigen.

Und sie hatten sie besichtigt, nachdem sie das Pferd unten an der Hecke zurückgelassen hatten, wo es von den Blättern fressen konnte.

Efix zeigte dem jungen Herrn die Dämme ganz genau, die er mit altertümlichen Methoden selbst gebaut hatte. Und Giacinto bestaunte die Steinmassen, die der kleine Mann aufeinandergetürmt hatte. Danach betrachtete er ihn, als wollte er die Großartigkeit der Konstruktion besser ermessen. »Ganz allein? Welche Kraft! Du mußt in deiner Jugend aber sehr stark gewesen sein!«

»Ja, ich war stark! Und den Weg dort, den habe ich auch ganz allein gemacht.«

Der Weg schlängelte sich nach oben, auch er mit den gleichen niedrigen Mauern verstärkt, wie sie ringsum die Felder begrenzten. Ein solides Werk der Geduld, bei dem man an die alten Erbauer der Nuraghen dachte. Und aufwärts, immer aufwärts: Auf jeder Terrassenstufe blieben sie stehen, drehten sich um und begutachteten das Werk des kleinen Mannes, und die kindliche Neugier des Fremden bereitete dem Knecht Vergnügen.

»Schwillt der Fluß im Winter an?... Was ist das?« fragte er

und zog einen Ast zu sich herunter. Er kannte weder die Blumen noch die Gräser, noch wußte er, daß die Flüsse im Frühjahr über die Ufer traten! Hier war eine Reihe mit Zuckererbsen, deren Früchte sich schon schwach in ihren spitzen Hülsen abzeichneten; dort, entlang einer feuchten Rille, standen die schweren Tomatenstauden; hier ein Stückchen Feld, dessen Pflanzen wie Narzissen aussahen und in Wirklichkeit Kartoffeln waren; hier der Schnittlauch, im Wind zitternd wie Asphodillen; und Kohlköpfe, durchlöchert von hellen grünen Raupen. Schwärme weißer und gelber Falter gaukelten durch die Luft und ließen sich auf den Erbsenblüten nieder, wurden eins mit ihnen. Heuschrecken schnellten hoch und fielen wieder nieder, als hätte ihnen der Wind einen Schlag versetzt, Bienen summten die Mauern entlang, wie vergoldet vom Pollen der Blüten, auf denen sie sich niederließen. Eine Reihe Klatschmohn flammte zwischen dem eintönigen Grün des Bohnenfeldes.

Und so stille, schwer duftende Schatten senkten sich von der niedrigen Mauer herab. Alles war so warm und voller Vergessen in diesem von der grünen Mauer der Feigenkakteen eingefriedeten Erdenwinkel, daß der Neuankömmling, vor der Hütte angelangt, sich der Länge nach ins Gras warf und überhaupt nicht mehr weiterzugehen wünschte.

Zwischen einem Schilfrohr und dem andern glitten über dem Hügel die Maiwolken hindurch, weiß und zart wie Frauenschleier; er schaute in den blauen Himmel und kam sich vor, als läge er in einem schönen Bett mit seidenen Kissen.

Er sah, wie Efix die Hütte öffnete, sich umwandte und ihn mit einer schelmischen Geste des Zeigefingers heranwinkte, wie er dann mit etwas auf dem Rücken Verstecktem näherkam und sich augenzwinkernd vor ihn hinkniete. Träumte er?

Er setzte sich auf, schlang die Arme um die Knie und ließ sich erst ein wenig bitten, ehe er die arabeskenverzierte Kürbisflasche nahm, die der Knecht ihm reichte. Endlich trank er, es war ein süßer, würziger, bernsteinfarbener Wein, den so aus der engen Öffnung des Kürbis zu trinken ihm ein fast sinnliches Gefühl vermittelte. Efix schaute ihm auf den Knien wie anbetend zu; auch er trank und hätte am liebsten geweint.

Bienen setzten sich auf den Kürbis. Giacinto riß einen Haferstengel zwischen seinen Beinen aus und fragte, indem er zur Erde starrte:

»Wie leben meine Tanten denn so?«

Der Augenblick war gekommen, um aus sich herauszugehen. Efix deutete mit der Kürbisflasche nach rechts und links.

»Sehen Sie, junger Herr, so weit das Auge reicht, gehörte das Tal Ihrer Familie. Ein mächtiges Geschlecht waren sie! Davon ist nichts übriggeblieben als diese Felder, aber sie sind wie das Herz, das auch in der Brust der Alten noch schlägt. Davon leben wir.«

»Was für ein Starrkopf war mein Großvater! Er hat die ganze Familie ruiniert!...«

»Aber wenn er nicht gewesen wäre, wären Sie, junger Herr, nicht geboren worden!«

Giacinto hob rasch den Blick, senkte ihn aber gleich wieder. Es war ein Blick voller Verzweiflung.

»Und wozu geboren werden?«

»Du meine Güte, weil Gott es so will!«

Giacinto antwortete nicht. Er sah immer noch zu Boden, und seine Lider zuckten, als wollte er weinen. Aber dann trank er erneut, willig die Augen schließend, während Efix sich mit gekreuzten Beinen hingleiten ließ und einen Fuß in die Hände nahm.

»Sind Sie nicht froh, daß Sie gekommen sind, Don Giacintí?«

»Nenn mich nicht so«, sagte der junge Mann. »Ich bin kein Adliger, ich bin ein Nichts! Sag du zu mir, wie ich du zu dir sage. Ob ich froh bin? Nein. Ich bin hierhergekommen, weil ich nicht wußte, wohin ich gehen sollte... Dort gibt es zu viele Menschen... Dort muß man schlecht sein, um sein Glück zu machen. Du kannst das nicht wissen! Es gibt so viele Reiche... Aber es gibt so viele Menschen...«

Er hatte eine Hand weit von sich gestreckt und die Finger bewegt, wie um das Gewimmel der Menge anzudeuten, und Efix sah auf seinen Fuß und murmelte zärtlich und voller Mitleid:

»Mein guter Junge!«

Am liebsten hätte er sich über diesen verzweifelten »Jungen«

gebeugt und zu ihm gesagt: Hier bin ich, es wird dir an nichts fehlen! – Aber er konnte ihm nur erneut die Kürbisflasche anbieten, wie eine Mutter dem klagenden Kind die Brust anbietet.

»Wir wissen ja alle, wie verteufelt diese Welt ist! Aber hier ist es anders, hier kann man auch sein Glück machen. Ich werde Ihnen erzählen, wie es der Milese gemacht hat... Er kam eines Tages hier an wie ein Vogel, der kein Nest hat...«

Aber Giacinto hörte mit traurig gesenktem Kopf zu, verzog ein wenig verächtlich die Lippen, warf sich dann mit einem Ruck herum, stützte den Ellenbogen aufs Gras, drückte das Kinn in die Hand und kaute wütend an dem Hafer.

»Wenn du wüßtest! Aber was kannst du schon wissen? In Rom gibt es einen Fürsten, der Ländereien besitzt, so groß wie die ganze Insel Sardinien, und einen anderen, der durch sich selbst groß geworden ist, der spendet im Falle einer nationalen Katastrophe mehr Geld als der König.«

»Auch auf Sardinien gibt es einen Frater, der hat dreihundert Scudi Rente pro Tag«, sagte Efix bekümmert, doch dann erhob er seine Stimme: »Ich sage dreihundert Scudi, verstehen Sie, Vossignoria?«

Vossignoria schien nicht überrascht, aber nach einer Weile fragte er:

»Wo wohnt er; kann man ihn kennenlernen?«

»Er lebt in Calangianus, in Gallura*.«

Zu weit. Giacinto begann mit abwesenden Blicken wieder vom 1Orchenhaften Reichtum der Herren auf dem Kontinent zu erzählen, von ihren Lastern und ihrem ausschweifenden Leben.

»Und sind es glückliche Menschen?« fragte Efix fast irritiert.

»Und wir, sind wir denn glückliche Menschen?«

»Ich ja, Herr! Trinken Sie, trinken Sie, und fassen Sie neuen Mut!«

Giacinto trank, und Efix goß anschließend die letzten Tropfen ins Gras. Sogleich setzen sich die Bienen darauf und erfüllten die Luft mit leisem Summen.

* Nordteil der Insel. – A. d. Ü.

Doch nach der Ankunft auf dem Festplatz schien der junge Herr zufrieden. Er hatte die Tanten und die anderen Frauen umarmt, gut gegessen und getanzt wie ein Schäfer. Nun schlief er und schnarchte, und Efix hatte ihn kurz zuvor betrachtet, wie er auf seinem Lager an der Wand lag, mit geschlossenen Lidern, die so zart waren, daß es aussah, als leuchte das Blau seiner Augen hindurch, mit den rötlichen Haaren auf dem weißen Kopfkissen und die Fäuste geschlossen wie ein Kind, das träumt. Die brennende Kerze auf dem Fußboden hatte er vergessen. Efix beugte sich herunter, um sie auszublasen und dachte dabei, daß die Pintors alle so waren, unbekümmert um Sparsamkeit und Gefahr!

Vielleicht war es gut so im Leben! Auch er legte sich nun hin auf den Rücken und schloß die Hände zu Fäusten. Durch die Löcher im Dach leuchteten die Sterne, ihr Flimmern und das unaufhörliche Zirpen der Grillen schienen zu verschmelzen.

Es duftete nach Erlen und Minze, alles ringsum war in eine zitternde Stille versunken – wie in leise rauschendem Wasser. Efix dachte an längst vergangene Abende, an den Tanz, die nächtlichen Gesänge, an Donna Lia, wie sie auf dem Stein in der Ecke des Hofes gehockt war, in sich gekehrt wie eine junge Gefangene, die an ihren Ketten nagt und sich sachte, sachte auf die Flucht vorbereitet.

V

Am nächsten Tag brachte Efix in aller Frühe das Pferd ins Dorf zurück und erzählte der jüngsten Padrona vom Vergnügen des Vorabends. Noemi schien ganz ruhig, nur als er wieder am Tor war, kam sie angelaufen und riet ihm, in drei Tagen wiederzukommen, um den Schwestern frische Lebensmittel zu bringen.

Also machte sich Efix nach drei Tagen auf den Weg, und um kein Leihgeld für ein Pferd zahlen zu müssen, lud er sich den schweren Sack auf den Rücken und ging zu Fuß los.

Es war kühler geworden. Von den Nuoreser Bergwäldern wehte der Wind herab, weiter und immer weiter über das Gras am Fluß entlang, als wollte er mit ihm zusammen das Meer erreichen.

Auf den Feldern, die zum Gut gehörten, ruhte Efix sich aus, unter einer Erle an der sandigen Grenze zum Melonenfeld. Als er die fleischigen Stiele betrachtete, die sich unter den Blättern entlangschlängelten, kamen sie ihm, wie auch all die anderen zitternden Pflanzen, wie etwas Lebendes vor, und er sprach zu ihnen, als könnten sie ihn verstehen. Er bat sie, nicht abzubrechen, nicht zu vertrocknen, sondern gut zu wachsen und viele Früchte zu tragen, wie es ihre Pflicht sei. Plötzlich wurde er durch ein Geräusch auf der Straße aufgeschreckt. Stark und schwer ritt Don Predu auf seinem dicken Rappen hinter der Hecke vorüber. Als er Efix sah, hielt er wider Erwarten an.

»Was haben wir denn da in diesem Sack? Hast du Saubohnen gestohlen?«

Efix stand respektvoll auf.

»Das sind Lebensmittel für meine Damen. Und Sie, wohin wollen Sie?«

Auch Don Predu wollte zum Festplatz. Aus seinen geblümten Satteltaschen entstieg der Duft eines *gattò**, den er seinem

* Von frz. gateau: eine Art Kuchen aus Kartoffeln, Käse und Fleisch. – A. d. Ü.

Freund, dem Priester, als Geschenk bringen wollte, und der violette Hals einer Korbflasche ragte hervor.

»Und du gehst zu Fuß, du Narr? Lassen sie dich nun auch noch den Packesel spielen? Gib mir den Sack, ich werde ihn dir transportieren. Keine Angst, ich verschwinde nicht damit! Wenn du ganz sicher gehen willst, steig selbst hinten auf, du alter Narr!«

Verdutzt lud Efix, nachdem er sich ein wenig hatte bitten und nötigen lassen, den Sack auf das Pferd, das dastand wie eingeschlafen, und stieg selbst hinter Don Predu auf. Dabei versuchte er, sich so leicht wie möglich zu machen.

»Jetzt wird Ihr Pferd in Schweiß kommen, Euer Gnaden!«

»So wahr mir der Teufel helfe, es ist der stärkste Gaul in der ganzen Gegend, man kann ihm einen ganzen Berg aufladen, er trägt ihn. Siehst du, er trabt, als hätte er nicht einmal einen Sattel auf dem Rücken. Sag mal, was sucht eigentlich mein Neffe, dieser Vagabund, hier bei uns?«

Efix schnitt hinter seinem Rücken eine Grimasse. Also deshalb hatte er ihn mitgenommen!

»Wieso Vagabund? Er war Angestellter.«

»Was für eine Stellung hatte er denn? Hat er die Stunden gezählt?«

»Eine gute Stellung sogar. Beim Zollamt. Aber sicher, um dort leben zu können, braucht man viel Geld. Dort gibt es reiche Herren, die besitzen Land, so groß wie Sardinien, und einer spendet sogar mehr Almosen als der König.«

Don Predu platzte fast vor Lachen, es war ein stummes, wildes Lachen.

»Ach so ist die Sache! Also auch du hast schon Wind im Kopf!«

»Warum reden Sie so, Don Predu?« sagte Efix mit Würde. »Der Junge ist gut und aufrichtig, hat keine Laster, raucht nicht, trinkt nicht, ist nicht hinter den Frauen her. Er wird sein Glück machen. Wenn er will, bekommt er sofort einen Posten in Nuoro. Und außerdem hat er auch noch Geld auf der Bank.«

»Hast du es gezählt, du Dummkopf? Ach Efix, ich glaube, die geben dir Lügen zu essen statt Brot. Sag mir, wieviel schulden sie dir inzwischen, deine noblen Herrinnen!«

»Nichts schulden sie mir, ich schulde ihnen alles.«

»Schweig still, sonst werfe ich dich in den Fluß. Nun werdet ihr noch mehr Schulden machen, um den Jungen zu ernähren, mehr Geld von der Kallina nehmen, der Teufel soll sie holen. Und dann werdet ihr das Gut verkaufen müssen. Denke daran, daß ich es haben will. Wenn ihr mir nicht rechtzeitig Bescheid sagt, wenn ihr es wieder so macht wie sonst, anstatt es mir zum reellen Preis zu geben, es anderen für die Hälfte verkauft, dann, das sage ich dir, werde ich dir die Gurgel durchschneiden. Du bist gewarnt!«

Der Alte hinter ihm atmete schwer, bedrückt von einer Last, die viel größer war als der Sack, von dem Don Predu ihn hatte befreien wollen.

»Mein Gott, Herr, warum sprechen Sie so, Don Predu? Wie ein Feind Ihrer armen Kusinen?«

»Zum Teufel mit den Kusinen und ihren Köpfen voll Wind! Sie haben mich doch immer wie einen Feind behandelt, also sei's drum, jetzt bin ich ihr Feind. Aber denk daran, Efix, die Felder will ich haben ...«

Das Martyrium dauerte den ganzen Weg über an, bis Efix, erschöpfter, als hätte er ihn zu Fuß zurückgelegt, vom Pferd rutschte und den Sack hinterherzog.

Beim Eintreten in den Hof sah er das gewohnte Bild: Seine Damen saßen auf der steinernen Bank, die Hände im Schoß, Kallina spann, die nackten Füße in ihren bunten Stoffschuhen. Im Innern der Hütten hockten die Frauen auf der Erde, tranken Kaffee und wiegten ihre Kinder, und oben auf der kleinen Holztribüne, vor dem Hintergrund des goldenen Abendhimmels, stand die schwarze Gestalt von Pfarrer Paskale und schwenkte sein blaues Seidentuch zum Gruß.

»Unterhalten Sie sich gut?« fragte Efix und stellte den Sack vor die Füße seiner Herrinnen. »Und er?«

»Wir tanzen immerzu«, sagte Donna Esther, und Donna Ruth stand auf, um die Lebensmittel wegzuräumen. Mit bewegten Worten sprach die Wucherin von Giacinto.

»Was für ein netter Junge! Ziemlich schweigsam, aber herzensgut. Er amüsiert sich wie ein Kind und besucht mich, um von meinem Gerstenbrot zu essen. Da kommt er gerade mit Grixenda von der Quelle zurück.«

Tatsächlich tauchten sie in der Ferne auf, zwischen dem Grün der Büsche, er groß und graublau, sie klein und schwarz. Beide mit Wassereimern in der Hand, die blinkten und die von Zeit zu Zeit aneinanderstießen, wobei das Wasser ineinanderlief und umherspritzte. Offensichtlich hatten beide Spaß an diesen kleinen Zusammenstößen, denn sie betrachteten die Eimer mit gesenkten Köpfen und lachten.

Efix hatte dabei so etwas wie eine Vorahnung. Er ging zum Pfarrer hinauf, um ihm ein Päckchen Zwieback zu bringen, das Geschenk einer Bäuerin. Von oben sah er Don Predu, der sein Pferd an der Quelle getränkt hatte und nun Giacinto und Grixenda einholte. Er beugte sich herunter, um ihnen etwas zu sagen. Alle drei lachten, das Mädchen mit gesenktem Kopf, Giacinto klopfte dem Pferd den Hals.

»Efix«, sagte der Priester und schlug sich mit dem Tuch Tabakreste von der Brust, »da ist ja Don Predu. Um so besser, da wird wohl ein bißchen gelästert werden. Euer Giacinto ist ein braver Bursche, kommt zur Messe und zur Abendandacht. Wohlerzogen und angenehm. Aber trotzdem rate ich zur Vorsicht!«

Die Mägde des Pfarrers liefen, um Don Predu beim Abladen zu helfen, während die anderen Frauen ihre blassen Gesichter aus den Türen steckten, und der Hund, nachdem er angeschlagen hatte, am Pferd hochsprang, als wollte er es küssen.

»Langsam, Ihr Weiber!« rief Don Predu. In den Taschen ist etwas, das zerbricht bei der leisesten Berührung, genau wie ihr...«

»Der Blitz soll Sie treffen, Don Predu«, stieß Natolia hervor, sah ihn dabei aber mit schmachtenden Augen an, um ihn für sich einzunehmen. Ach, wenn ihr das gelänge! Dann hätte sie sich an Grixenda gerächt, die den Fremden ganz für sich gewonnen hatte.

Grixenda schien ihrerseits ganz begeistert von der Ankunft Don Predus.

»Sehen Sie«, sagte sie leise zu Giacinto, als sie über den Hof gingen, »Ihr Onkel ist ein Mann, der sich amüsiert und Geld spendiert auf den Festen. Der ist nicht so melancholisch wie Sie! Wenn er hundert Lire hat, läßt er hundert Lire springen, so...!«

Sie nahm ein bißchen Wasser in die Hand und spritzte es ihm ins Gesicht, doch er hörte nicht auf, sie zärtlich mit sehnsüchtigen Augen anzulächeln und ihr seine weißen Zähne zwischen den rosa Lippen zu zeigen, als wollte er sie beißen.

»Was sind schon hundert Lire? Ich habe schon tausend in einer Nacht ausgegeben und mich doch nicht amüsiert...«

Grixenda setzte den Eimer auf der Bank ab und stürzte zu dem Kind, das von seinem Lager aus sie anlachte, mit den Beinchen strampelte und sie mit seinen kleinen Schmutzhänden festzuhalten versuchte. Sie küßte seine Schenkelchen und grub ihre Lippen in das zarte Fleisch, auf dem sich gleich rosa und bläuliche Streifen zeigten, hob es hoch in die Luft, setzte es wieder auf die Erde, hob es erneut hoch, bis es laut jauchzte; schließlich drückte sie es fest an ihre Brust und trug es nach draußen.

Dort hatte sich Giacinto hingesetzt, die Beine gespreizt und ließ seine Hände in der Mitte baumeln. Dabei hörte er Kallina zu, die ihn einlud, mit ihnen in Milch gekochte dicke Bohnen zu essen. Sie sprachen leise, als hätten sie ein ernstes Thema. Doch plötzlich kam Donna Ruth herein, in der Hand eine Lammkeule, in deren weißem Talg man die violetten Nieren sah, und unterbrach das Gespräch.

»Wir müssen Efix rufen, damit er einen Holzspieß schnitzt; geh du, Giacinto!«

Aber Grixenda lief schon, den Knecht zu rufen, wie ein Kätzchen schmiegte sie sich an ihn und hielt ihm das Kind entgegen, damit er es küssen konnte.

»Ich bin so glücklich, Onkel Efix! Heute abend werden wir wieder tanzen! Aber schaut nur Euren jungen Herrn an, er scheint Kallina den Hof zu machen!«

Efix sah sie gütig an; er hatte bemerkt, wie Giacinto sie mit Augen voller Liebe und Verlangen betrachtet hatte, und in seinem Herzen segnete er die beiden jungen Menschen. Ja, amüsiert euch nur, liebt euch, deshalb geht man auf das Fest, und das Fest geht so schnell vorbei...

Nun saß er im Schatten der Mauer und fing an, den Spieß zu schnitzen. Um ihn herum lachten die Frauen, Giacinto schwieg wie immer und schien intensiv der Ziehharmonika zu lauschen die den Hof mit Klagerufen erfüllte. Plötzlich erschien Natolia mit wiegenden Hüften. »Mein Padrone und Don Predu laden Don Giacinto zum Essen ein.«

Dieser stand auf, nachdem er sich sorgfältig den Rand seiner Hosenbeine abgeklopft hatte. Donna Esther folgte ihm mit den Augen und schaute dann lange in Richtung des Podestes, wie verzaubert vom Blitzen der Gläser und des silbernen Tabletts, das Natolia wie einen Spiegel bewegte. Die Vorstellung, daß der reiche Vetter vom armen Neffen Notiz nahm, genügte schon, um sie glücklich zu machen.

Die Frauen lobten Don Giacinto, und die Wucherin, die den Faden zwischen Daumen und Zeigefinger drehte, mit der Spindel zwischen den Knien, sagte mit ungewohnter Sanftmut:

»Einen so artigen Jungen habe ich noch nie kennengelernt. Und schön ist er auch noch! Er ähnelt dem alten Baron...«

»Wem? Dem toten Baron, der noch im Kastell umgeht?«

Doch Donna Ruth legte den Zeigefinger auf die Lippen: Auf dem Fest darf man nicht von Toten reden.

»Alles andere als ein Geist, er ist lebendig und hat Hände, die zufassen, nicht wahr, Grixè? Wer? Don Giacinto!«

Grixenda hatte sich an die Mauer gelehnt, mit dem Kind auf dem Arm, das ihr an den Miederknöpfen knabberte. Auch sie schaute auf das blitzende Tablett dort oben auf dem Podest, und ihre Augen starrten gebannt wie die der alten Großmutter, wenn sie in den Mondnächten nach dem Spiel der Geister unten am Fluß spähten.

Nach weiteren drei Tagen kam Efix nochmals zurück. Diesmal war er nicht allein, denn fast alle Leute aus dem Dorf kamen zum Fest, und die Frauen trugen auf dem Kopf Kuchenbleche und Körbe mit Hühnern, die mit roten Bändern zusammengebunden waren. Die Bäume ringsum waren voll von unreifen Früchten, und das Fest schien sich über das ganze Tal auszubreiten.

Als Efix eintraf, sah er den Platz um die Hütten herum schon voller Wagen mit Planen aus Säcken und Laken und die Verkäufer von Zuckerwaren und Wein, die neben ihren kleinen, weißbespannten Buden im Schatten der Kirche standen.

Eine Reihe Bettler lagerte am Weg, ihre kauernden, erdigen Gestalten zeichneten sich zwischen den Büschen scharf vom azuren-milchigen Himmel ab, braun und grau, einige mit furchterregenden Augen, in denen man nur das Weiße sah, andere mit roten Narben und bläulichen Geschwulsten, die Brust nackt und wie geschunden, die tastenden Arme und Finger schwärzlich wie verkohlte Äste. Aber dahinter wanderte das Auge über das Grün, und Gruppen von Stuten mit ihren Fohlen verliehen der Landschaft etwas Großartiges.

Der Klang der Ziehharmonika reichte bis dorthin, das fröhliche Stück lockte zum Tanz, doch bisweilen wurde es klagend, wie übermüdet von der Freude, als beweine es das so flüchtige Vergnügen und die Nichtigkeit aller Dinge. Dann bekamen auch die Augen der Stuten etwas Schwermütiges.

Efix blieb einen Augenblick bei einer Gruppe von Bauern aus Nuoro stehen. Die Frauen saßen nebeneinander vor den Hütten und warteten auf die Stunde der Messe, ihre scharlachroten Mieder gaben dem Mauerschatten eine rötliche Tönung.

Aber die Messe verzögerte sich. Oben auf dem Podest lachten die Priester noch, Natolias Tablett wurde hin- und hergereicht und funkelte zwischen Blau und Schwarz.

Efix fand die Hütte leer, die Herrinnen waren schon in der Kirche, und er wollte auch hin, um sie zu suchen. Doch er wurde von Don Predu, dem Milese und Giacinto aufgehalten, die vor einem Weinverkäufer standen, und sah plötzlich drei gelbe Gläser dicht vor seinem Gesicht.

»Hier, trink, alter Narr!«

»Für mich ist es noch zu früh.«

»Für einen gesunden Mann ist es nie zu früh. Oder bist du krank?«

Don Predu schlug ihm so heftig auf die Schulter, daß er nach vorn kippte, der Wein aus den Gläsern schwappte und sich über ihn ergoß. Also dann in Gottes Namen! Er trocknete sich mit der Hand ab und trank; mit Überraschung und Genugtuung sah er dann, wie Giacinto sein Portemonnaie herauszog und dem Verkäufer einen Fünfziglireschein reichte. Gott sei gelobt, das hieß doch, daß der Junge wirklich Geld besaß.

Im übrigen war es ein Tag voller Freude, einer für die Frauen allerdings eingeschränkten und fast melancholischen Freude, denn die Männer, die sich laut lärmend in ihrer Mitte vergnügten, beachteten sie kaum.

Den ganzen Tag erklang die Ziehharmonika, begleitet vom Rufen der Händler und den Schreien der Morraspieler*, von Chorgesängen oder den Versen der Stegreifdichter.

Sie hatten sich in einer Hütte zusammengesetzt, saßen mit gekreuzten Beinen um einen Weinballon wie um ein Götzenbild herum und improvisierten Achtzeiler für und gegen den Krieg in Libyen.** Es waren mehrere, die nacheinander reimten, umringt von jungen und alten Männern. Von Zeit zu Zeit bückte sich einer, um ein Glas Wein vom Boden zu nehmen.

»*Bibe, diaulu!*«(Trink, zum Teufel)

»Zum Wohl!«

»Auf daß wir es auch die nächsten hundert Jahre noch begehen können, dieses Fest, gesund und fröhlich!«

»*Bibe,* alte Mistforke!

Der Dichter Serafino Masala aus Bultei, mit seinem griechischen Profil und gekleidet wie ein homerischer Held, sang:

»Su turcu non si cheret reduire,
Anzis pro gherrare est animosu,
S'arabu inferocidu est coraggiosu,
Si parat prontu né cheret fuire ...«***

Die Gläser wanderten von Hand zu Hand, ein paar Frauen näherten sich schüchtern der Tür.

* Bei der Morra strecken zwei Spieler gleichzeitig beliebig viele Finger vor und rufen eine Zahl zwischen eins und zehn: Wer der Fingerzahl des anderen am nächsten kommt, gewinnt. – A. d. Ü.

** Stegreifdichter waren im nicht oder wenig alphabetisierten Italien sehr verbreitet. Vgl. Chr. Andersens Roman »Der Improvisator«.
Der Krieg gegen die Türkei in Libyen 1911/12 endete mit der Besetzung durch Italien. – A. d. Ü.

*** Der Türke will sich nicht ergeben, / vielmehr ist er versessen aufs Kämpfen, / Der kriegswütige Araber ist mutig, / er wirft sich hinein und will nicht fliehen ...

Gregorio Giordano aus Dualehi, ein schöner Rotfuchs, angetan wie ein Troubadour, glättete mit beiden Händen sein langes Haar, zog es sich bis über den Hals und sang, fast schluchzend wie ein Klageweib:

»Basta, non poto pius relatare,
Discurro su chi poto insa memoria,
Chi àppana in dogni passu sa vittoria,
De poder tottu l'Africa acquistare;
Tranquillos e sanos a torrare,
Los assistan sos Santos de sa Gloria,
E cun bona memoria e vertude
Torren a dom'issoro chin salude!«*

Applaus und Gelächter erklangen. Alle lachten, waren aber gleichzeitig bewegt.

Im Schatten der Kirche hörte Efix inzwischen andere Gruppen von Bauern über Amerika und über Auswanderer reden.

»Amerika? Wer es nicht versucht hat, weiß nicht, was das ist. Du siehst es aus der Ferne, und es scheint ein geduldiges Lamm; du kommst näher, und schon beißt es dich wie ein Straßenköter!«

»Ja, liebe Freunde, ich fuhr mit einem halbvollen Beutel rüber und glaubte, ich könnte ihn voll wieder mitbringen, aber ich habe ihn ganz leer zurückgebracht!«

Ein Mann aus Baronia, dürr, groß und schwarz wie ein Araber, lud Efix zum Trinken ein und erzählte ihm Episoden aus dem Krieg, aus dem er gerade zurückgekommen war.

»Ja«, sagte er und schaute sich seine Hände an, »ich habe einem, so einem, der den Teufel anbetet, den Skalp abgezogen. Ich hatte

* Genug, ich kann nicht mehr erzählen, / Was ich noch kann, sage ich zum Gedächtnis: / Daß sie (die Italiener) bei jedem Schritt den Sieg haben mögen, / um ganz Afrika erobern zu können. / Ruhig und gesund mögen sie heimkehren, / die Heiligen der Glorie mögen ihnen beistehen. / Und mit guter Erinnerung und Tapferkeit mögen sie nach Hause zurückkommen!

(Die Namen der beiden »Improvisatori« sind erfunden, doch hatte Deledda gewiß bekannte zeitgenössische Stegreifdichter im Auge. – A. d. Ü.)

geschworen, ihm den Skalp abzuziehen, ganz und gar, mit Haut und Haaren. Und so habe ich ihn genommen, ich will erblinden, wenn ich lüge! Ich brachte ihn meinem Hauptmann und hielt ihn wie eine Traube, das schwarze Blut tropfte heraus wie der Saft aus dunklen Beeren. Und der Hauptmann sagte zu mir: Bravo, Conzinu!«

Efix hörte zu, mit einer Zistrose in der Hand. Mit dem Stengel bekreuzigte er sich und sagte:

»Du mußt beichten, Conzí! Du hast einen Menschen getötet!«

»Im Krieg ist das keine Sünde. Habe ich es vielleicht heimlich getan? Nein.«

Nun fingen sie an zu diskutieren, Efix sah dabei die kleine rosa Blüte an, als spräche er allein zu ihr.

»Töten darf nur Gott.«

Doch er mußte das Streitgespräch abbrechen, denn Donna Esther hatte ihm ein Zeichen gegeben, daß er kommen solle. Es war Essenszeit, Giacinto war vom Pfarrer eingeladen, und alle aßen, die einen mehr, die anderen weniger, in fröhlicher Runde. Aus den Hütten drangen Wolken von duftendem Bratengeruch.

Die ruhigste Ecke war die der Damen. Sie saßen in der Hütte und speisten mit Efix Lammbraten, sprachen von der daheimgebliebenen Noemi, von Giacinto, vom Priester und dem Milese und lächelten dabei ohne Arg.

»In den ersten Tagen«, sagte Donna Ruth und schnitt dabei eine kleine Torte in drei gleichgroße Stücke, »hat Giacinto immer davon gesprochen, nach Nuoro zu gehen, wo er einen Posten in der Mühle bekommen könne, wie er sagte. Seit zwei Tagen spricht er nicht mehr davon.«

»Seit zwei Tagen sieht man ihn ja fast gar nicht mehr, er steckt immer bei Don Predu und anderen Leuten.«

»Lassen wir ihn sich doch amüsieren«, sagte Efix. Draußen vor der Tür sah man Kallina auf einem Stein sitzen, ungewohnt untätig, und daneben Grixenda, die das Kind auf dem Schoß hielt und blaß und traurig zur Estrade des Priesters hinüberblickte.

Ach, Giacinto vergnügte sich da oben und dachte gar nicht an sie. Und ihr war, als stehe sie am Rande einer Wüste mit einer Fata Morgana vor Augen. Efix kam heraus und sagte zu ihr:

»Warum amüsierst du dich nicht?«

Sie zupfte an der Kindermütze das gelbe Schleifchen gegen den bösen Blick zurecht, und ihre Augen füllten sich mit Tränen.

»Für mich ist alles aus!«

Von der Hütte riefen ihre Verwandten: »Grixenda, komm her! Was wird deine Großmutter sagen, wenn sie dich so mager sieht? Daß wir dir nichts zu essen gaben?«

»Die denken doch nur an ihren Bauch«, sagte Kallina zu Efix, nachdem sie ihn zu sich gewinkt hatte. »Komm, Efix, trink ein Glas Vernaccia. Weißt du, wer ihn mir geschenkt hat? Dein junger Herr. Gut und freundlich ist er, aber hör zu, du mußt ihm sagen, daß Grixenda nicht für ihn bestimmt ist.«

»Aber laßt sie sich doch amüsieren, wir sind doch auf dem Fest!«

»Hierher kommt man, um zu büßen, nicht, um zu sündigen. Sicher, die Verwandten geben Grixenda zu essen, aber sie passen nicht auf, wohin sie Tag und Nacht mit Don Giacinto geht.«

»Und meine Herrinnen? Merken die nichts?«

»Die? Die sind wie die hölzernen Heiligen in der Kirche, sie schauen, aber sie sehen nichts, das Schlechte existiert nicht für sie.«

»Das stimmt!« bestätigte Efix. Er trank, aber er war traurig und ging, um sich unter einem Mastixbaum im Heidekraut auszustrekken.

Von hier aus konnte er das hohe Gras sehen, das in Wellen wogte, als folge es dem monotonen Takt der Ziehharmonika, und die Pferde, die unbeweglich in der Sonne standen, wie auf das blaue Email des Horizonts gemalt.

Die Stimmen verloren sich in der Stille, die Gestalten lösten sich im Licht auf. Da sah er die Umrisse einer Frau neben einem Busch auftauchen, dann die eines Mannes, und beide kamen sich so nahe, daß sie zu einem Schatten verschmolzen.

Efix fühlte einen Schauer über den Rücken laufen, pflückte eine Margerite, kaute am Stengel und beobachtete neidlos, wie Grixenda und Giacinto sich umarmten. Möge Gott sie beschützen und sie immer so einhüllen, in Sonne und Licht.

Am Nachmittag belebte sich das Fest noch mehr. Die Männer zeigten sich nun aufgeschlossener den Frauen gegenüber und führten sie zum Tanz, und die schräge Sonne tauchte den ganzen Hof, in dem es summte wie in einem Bienenstock, in rosarotes Licht.

Bei Sonnenuntergang versammelte sich das Volk in der Kirche, und Hunderte von Stimmen vereinigten sich zu einer einzigen, wie sich draußen die Blütendüfte vereinten.

Efix kniete in einer Ecke und verspürte die gewohnte schmerzvolle Verzückung. Neben ihm kniete Grixenda, starr und steif wie ein hölzerner Engel, und sang seufzend vor Liebe.

Das rote Dämmerlicht, nur am Altar von den Kerzen überstrahlt, überzog die Menge wie ein Schleier aus Blut, doch nach und nach wurde er schwarz, kaum noch erhellt vom Goldschimmer der Kerzen. Selbst als der Priester seine Gebete beendet hatte, konnte sich niemand entschließen zu gehen, und alles sang weiter die Lauden. Es klang wie das ferne Murmeln des Meeres, das Rauschen der Bäume am Abend. Es war, als wandere ein ganzes uraltes Volk dahin, die schlichten Gebete der ersten Christen singend, weiter und weiter auf einer dunklen Straße, trunken vor Schmerz und vor Hoffnung, einem lichten Ort in unerreichbarer Ferne entgegen.

Efix, das Gesicht in den Händen, sang und weinte. Grixenda schaute mit feuchten Augen, in denen sich das Kerzenlicht spiegelte, vor sich hin, und auch sie sang und weinte. Und der Kummer des einen war gerade so groß wie der Kummer des anderen, und beider Schmerz war der gleiche wie der jenes ganzen Volkes, das gleich dem Knecht eine düstere Vergangenheit hatte und gleich dem jungen Mädchen von einer hellen Zukunft träumte.

Dann war alles still.

Zuannantoni, ungeduldig, wieder mit dem Ziehharmonikaspiel anfangen zu können, sprang als erster auf und lief nach draußen, die Mütze in der Hand. Aber an der Tür blieb er wie gebannt stehen, schaute nach oben und tat einen Schrei. Alle stürzten herbei und schauten ebenfalls. Der junge Mond stieg gerade über die Hofmauer, und es sah aus, als wollte er hineinkommen.

Nach dem Abendessen begannen wieder Gesänge und Rufe rund um das Feuer, sogar Don Predu tanzte und machte alle Frauen glücklich, die hofften, von ihm erwählt zu werden.

Nur Giacinto tanzte nicht, er saß neben der Wucherin und ließ seine Hände zwischen den Knien baumeln, blaß und müde. Indessen hörte Efix die Frauen darüber diskutieren, wer an diesem Tag das meiste Geld ausgegeben und sich am besten vergnügt hätte. Eine meinte: »Don Predu war es.«

»Nein, es war Don Giacinto. Mehr als dreihundert Lire hat er spendiert. Aber er ist reich. Man sagt, er besitzt eine Silbermine; und wie hat er sich amüsiert.«

»Er zahlte allen die Getränke, auch denen, die er gar nicht kannte.«

»Warum hat er das getan?«

»Ach, weißt du, wer es hat, der gibt es auch aus.«

Efix spürte Befriedigung und Unruhe zugleich. Er setzte sich neben Giacinto und erzählte ihm von dem Geklatsch der Frauen.

»Eine Silbermine? Ja, die bringt was ein, aber nicht so viel wie eine Ölquelle. Eine Dame, die ich kenne, träumte, daß an einem ganz bestimmten Punkt auf dem Land eines verarmten Adligen eine wäre. Der war schon so verzweifelt, daß er sich umbringen wollte. Aber dann ließ er dort bohren, wo die Frau es geträumt hatte, und jetzt ist er so reich, daß er seiner Geliebten jeden Monat zwanzigtausend Lire zahlt...«

»Warum hat er denn die mit den Träumen nicht geheiratet? Oder war sie schon verheiratet?« fragte Efix nachdenklich.

Die Frauen tanzten; man sah Grixenda mit gerötetem Gesicht lachen: Sie schien das ausgelassenste Wesen auf dem Fest zu sein. Und Efix murmelte, indem er Giacintos Knie berührte: »Gnädiger Herr... man erzählt... sehen Sie, dieses Mädchen... es ist gut, aber arm, und dann auch noch Waise...«

»Ich werde sie heiraten«, sagte Giacinto, aber dabei blickte er zu Boden und schien zu träumen.

VI

In den Notzeiten, das heißt in den Wochen vor der Gerstenernte, wenn die Leute alle Kornvorräte verbraucht hatten und zur Wucherin liefen, ging die alte Pottoi Blutegel fischen. Ihr beliebtester Platz war eine Bucht am Fluß, unterhalb des *Taubenhügels,* in der Nähe des Besitzes der Damen Pintor.

Dort saß sie Stunde um Stunde unbeweglich im Schatten einer Erle, die nackten Beine im klargrünen, goldschimmernden Wasser. In einer Hand hielt sie die Flasche im Sand, die andere umklammerte ihre Halskette.

Von Zeit zu Zeit beugte sie sich etwas nach vorne, sah ihre vergrößert scheinenden gelben Füße im Wasser baumeln, zog einen heraus, streifte vom nassen Bein etwas glänzend Schwarzes heraus, das wie eine Brombeere aussah und sich festgesaugt hatte, steckte es in die Flasche und schob es mit einer Binse nach unten. Das Ding zog sich in die Länge, dann wieder zusammen und rollte sich zu einem schwarzen Ring, es war ein Blutegel.

Eines Tages, es war etwa Mitte Juni, kam sie zur Hütte von Efix herauf. Es herrschte eine Gluthitze, und das Tal war ganz gelb unter dem verschleiert blauen Himmel. Der Knecht flocht eine Binsenmatte im Schatten des Schilfes, und seine Hände zitterten vom Malariafieber. Als er die Alte bemerkte, die sich zu seinen Füßen setzte, mit der Flasche im Schoß, hob er kaum den verschleierten Blick und wartete ergeben, als wüßte er bereits, was sie von ihm wollte.

»Efix, du bist ein frommer Mann und kannst ganz offen mit mir reden. Welche Absichten hat dein junger Herr? Er kommt in mein Haus, setzt sich hin, sagt zu dem Jungen: Spiel etwas auf der Ziehharmonika; die hat er ihm übrigens geschenkt. Dann redet er zu mir: Ich werde Tante Esther schicken, damit sie um Grixendas Hand bittet. Aber Donna Esther hat sich nicht blicken lassen, und eines Tages bin ich zu ihnen gegangen. Als Lebende kam ich hin, und halbtot bin ich wieder weggegangen, derart hat sie mich mit

Schmähungen überhäuft. Als ich nach Hause kam, war auch Grixenda respektlos zu mir, weil sie nicht wollte, daß ich zu deinen Herrinnen gehe. Ich weiß nicht mehr, an wen ich mich wenden soll, Efix, wir sind es schließlich nicht, die den Jungen von der Straße geholt haben, er ist von selbst gekommen. Kallina sagt zu mir: Jagt ihn doch weg. Aber jagt sie ihn vielleicht weg, wenn er zu ihr kommt?«

Efix lächelte. »Da geht er sicherlich nicht der Liebe wegen hin! ...«

Irritiert hob die Alte den Kopf, und ihr Hals schien noch länger zu werden als sonst, lang wie ein Strick.

»Und kommt er vielleicht in mein Haus der Liebe wegen? Nein, nein, er ist ein braver Junge und rührt auch nicht Grixendas Hand an. Sie lieben sich, ja, aber wie gute Christen in Erwartung der Heirat. Efix, welche Absichten hat er? Sag es mir, tu mir den Gefallen, bei der Seele deines Herrn.«

Efix wurde nachdenklich.

»Ja, eines Abends beim Fest sagte er zu mir: ›Ich werde sie heiraten!‹ Ich glaube aber, daß er es nicht kann.«

»Warum nicht? Er ist doch nicht adlig.«

»Er kann nicht, wiederhole ich, Donna!« sagte Efix mit Nachdruck.

»Daß er Geld hat, das sieht man doch. Er gibt es aus, ohne zu zählen. Dein verstorbener Herr hat einmal zu mir gesagt, daran erinnere ich mich noch ganz genau, als er kam, sich in unserem Haus niedersetzte, er war noch jung und meine Großmutter lebte noch: Die Liebe ist das, was den Mann an die Frau bindet, und das Geld ist das, was die Frau an den Mann bindet.«

»Er, hat er das gesagt? Zu wem?«

»Na zu mir, bist du taub? Ja, zu mir. Ich war fünfzehn Jahre alt und dachte dabei nichts weiter. Aber meine Großmutter jagte Don Zame weg und verheiratete mich mit Priamu Piras. Und mein Priamu war ein Mann mit Grundsätzen. Er hatte einen Ochsenziemer mit einem Dorn an der Spitze, den hielt er mir unter die Nase und sagte: ›Siehst du, ich steche dir die Augen aus, wenn du Don Zame ansiehst, wenn er dich ansieht.‹ So vergingen die Jahre. Aber die Toten kehren zurück, siehst du, wenn Don

Giacinto auf dem Hocker sitzt und Grixenda auf der Türschwelle, dann kommt es mir vor, als wäre ich es und der selige Tote...«

Wenn sie so ins Reden kam, fand sie nie ein Ende, das wußte Efix und schickte sie ärgerlich fort.

»Geh in Frieden! Suche du auch einen Mann mit einem guten Ochsenziemer für deine Enkelin!«

Die Alte, zufrieden zu erfahren, daß der Junge eines Abends auf dem Fest gesagt hatte »ich werde sie heiraten«, ging ohne weitere Einwände. Efix blieb allein und sah den Mond rot aus dem aschenfarbenen Abenddunst aufsteigen, aber er war beunruhigt. Im Schlummer, in den das ganze Tal vor ihm getaucht war, klang ihm das Murmeln des Wassers wie Stöhnen im Fieber, und sogar das Lied der Grillen schien ihm wie eine endlose Klage.

Nein, das Leben, das Giacinto führte, war nicht das eines anständigen, gottesfürchtigen jungen Mannes. Von Tag zu Tag stürzten die großen Hoffnungen, die er in ihn gesetzt hatte, mehr und mehr in sich zusammen und wichen einer bangen Unruhe. Er gab Geld aus und verdiente keines, und auch der tiefste Brunnen, dachte Efix, trocknet aus, wenn man ihm zuviel Wasser entnimmt.

An manchen Abenden kam Giacinto zum Feld, um Obst und Gemüse ins Dorf zu bringen, das die Tanten dann heimlich im Hause verkauften wie Diebesgut, denn es schickt sich nicht für adlige Damen, Gemüse zu verkaufen. Und das war alles, was er Nützliches tat. Den Rest der Zeit verbrachte er damit, überall im Dorf herumzulungern. – Doch da kommt er den Weg herauf und führt sein staubiges Fahrrad neben sich wie einen Hund. Keuchend bleibt er stehen, als käme er vom Ende der Welt, wirft dem Knecht ein Bündel zu und sinkt dann lang ausgestreckt auf die Erde wie ein Toter.

Und wie bei einem Toten war sein Gesicht blaß und seine Lippen grau. Ein starkes Schütteln erfaßte seine linke Schulter, so daß Efix erschreckt ein Glasröhrchen aus der Tasche zog, zwei Chinintabletten auf die Hand fallen ließ und sie ihm in den Mund schob.

»Hier, nimm, du hast Fieber!«

Giacinto schluckte die Pillen, und ohne aufzustehen, drückte er beide Hände an die Schläfen.

»Wie bin ich müde, Efix! Ja, ich habe Fieber, mich hat es erwischt, ja! Wie kann man es sich nicht holen in diesem verdammten Dorf? Was für ein Ort!« sagte er völlig ermattet zu sich selbst, »hier stirbt man, man stirbt...«

»Steh auf«, sagte Efix, über ihn gebeugt. »Nicht so liegenbleiben, die Abendluft macht krank.«

»Laß mich doch krepieren, Efix, laß mich! Was für eine Hitze! Nie habe ich eine ähnliche Glut erlebt. Bei uns konnte man wenigstens baden...«

Was konnte man sagen, um ihn zu trösten? »Warum bist du nicht dort geblieben, wo du warst?« Efix empfand viel zu viel Mitleid angesichts des Elends, das sich ihm zeigte, um so zu sprechen.

»Was hast du heute getan?« fragte er leise.

»Was soll ich schon getan haben? Es gibt nichts zu tun! Ich komme her, um dir Brot zu bringen und gehe zurück, um Gemüse hinzutragen. Und *sie,* die leben wie drei Mumien! Nur Tante Noemi hat sich heute etwas aufgeregt, weil Tante Esther mir erzählt hat, daß sie nicht das Geld zusammenkriegt, um die Steuern zu bezahlen. Das ist doch klar! Sie kommen für mich auf, und von mir wollen sie nichts annehmen! Ich sagte zu Tante Esther: Macht Euch keine Sorgen, ich werde zum Steuerbeamten gehen. Eine Furie, die Tante Noemi! Sie machte Augen wie eine fauchende Katze, ich hätte nicht gedacht, daß sie so wütend werden kann. Und dann sagte sie sogar noch zu mir: Mit deinem Geld kannst du lieber noch eine Ziehharmonika für Grixenda kaufen. Was ist denn da dabei, Efix, wenn ich zu diesem Mädchen gehe? Wohin soll ich sonst gehen? Onkel Pietro schleppt mich ins Wirtshaus, aber ich mache mir nichts aus Wein, wie du weißt. Der Milese will, daß ich spiele, so hat er sein Glück gemacht, aber das Spielen macht mir keinen Spaß. Ich gehe dorthin, zu dem Mädchen, weil es gut zu mir ist und weil die Alte so lustige Sachen erzählt. Was ist daran Schlechtes, sag es mir, sag es mir!«

Er sah ihn von oben bis unten mitleidheischend an, seine Augen schimmerten sanft im Mondlicht. Efix hatte den Beutel mit Brot genommen, aber er konnte nichts essen, seine Kehle war wie zugeschnürt von einer dumpfen Angst.

»Gar nichts Schlechtes! Aber das Mädchen, obgleich gut, ist arm und deiner nicht würdig.«

»Die Liebe kennt nicht arm oder reich. Wieviele noble Herren haben nicht schon arme Mädchen geheiratet? Was weißt du davon? Mehr als ein englischer Lord und mehr als ein amerikanischer Millionär haben Dienstmädchen, Erzieherinnen oder Sängerinnen geheiratet... Warum? Weil sie sie geliebt haben. Und die sind reich, das sind Ölmagnaten, Kupferkönige, Konservenfabrikanten! Was bin denn ich, verglichen mit denen! Und die Frauen? Die russischen Prinzessinnen, die Amerikanerinnen, wen heiraten die? Verlieben die sich nicht auch in arme Künstler oder sogar in ihre Kutscher und Diener? Aber du, was weißt du schon davon!«

Efix zerdrückte ein Stück Brot in der Hand und hatte das Gefühl, als zerdrücke er sein von Erinnerungen gepeinigtes Herz.

»Und dann sagen sie, sie glauben an Gott! Warum lassen sie mich nicht das Mädchen heiraten, das ich liebe?«

»Sei still, Giacinto! Nicht so von ihnen sprechen! Sie wollen nur dein Bestes.«

»Dann sollen sie mich selbst meine Familie gründen lassen. Ich könnte ihnen Grixenda ins Haus bringen, und sie würde ihnen bei der Arbeit helfen. Sie sind schon alt. Ich werde arbeiten. Ich gehe nach Nuoro, kaufe Käse, Vieh, Wolle, Wein und sogar Holz, ja, denn jetzt im Krieg hat alles seinen Wert. Dann fahre ich nach Rom und biete die Ware dem Kriegsminister an. Weißt du, wieviel man da verdienen kann?«

»Ja, aber das Kapital dazu?«

»Sei unbesorgt, das habe ich. Wenn sie mich nur in Ruhe lassen. Ich bin nicht gekommen, um sie auszunutzen oder auf ihre Kosten zu leben. Ach, bloß Tante Noemi ist furchtbar!« seufzte er plötzlich und versteckte sein Gesicht in den Händen. »Ach Efix, ich bin so verbittert! Und ich schäme mich, sie so armselig zu sehen, wie sie heimlich die Kartoffeln, die Birnen, die Äpfel an die Kinder verkaufen, die still und leise auf den Hof kommen, mit dem Geld in der Faust, und flüsternd nach den Dingen fragen, als seien sie gestohlen. Ja, ich schäme mich! Das muß aufhören. Sie werden wieder sein, was sie waren, wenn sie mich nur machen lassen. Wenn Tante Noemi wüßte, wie gerne ich sie habe, würde sie nicht so sein!...«

»Giacinto, gib mir die Hand, du bist gut!« sagte Efix bewegt.

Eine Weile schwiegen sie, dann fing Giacinto wieder an zu reden, mit verhaltener Stimme, die in der Stille der Mondnacht weich wie eine Kinderstimme vibrierte.

»Efix, du bist gut. Ich will dir etwas erzählen, was einem Freund von mir passiert ist. Er war mit mir zusammen beim Zoll angestellt. Eines Tages kam ein pensionierter Hafenkapitän, ein guter Mensch, dick und treuherzig wie ein Kind, um Geld einzuzahlen. Mein Freund sagte: Lassen Sie das Geld hier und kommen Sie später wieder, um die Quittung abzuholen, weil sie vom Vorgesetzten unterschrieben werden muß. Der Kapitän ließ das Geld da. Mein Freund nahm es, ging raus, setzte es beim Spielen ein und verspielte alles. Und als der Kapitän wiederkam, sagte mein Freund, er habe nichts erhalten! Dieser protestierte und ging zum Vorgesetzten, aber der hatte keine Quittung, und alle lachten ihn aus. Und trotzdem wurde mein Freund von seinem Posten verjagt... ja, es werden jetzt vier Monate... ich erinnere mich, es war in der Karnevalszeit. Er ging tanzen, er betäubte sich und trank, bis er keinen Pfennig mehr hatte. Als er vom Tanzen kam, holte er sich eine Lungenentzündung und brach auf einer Parkbank zusammen. Man brachte ihn ins Krankenhaus. Als er wieder herauskam, schwach und abgemagert, hatte er kein Zuhause mehr und nichts zu essen. Er schlief unter den Brücken am Hafen, hustete und hatte schreckliche Träume. Er träumte immer von dem Hafenkapitän, der ihn verfolgte und verfolgte, wie in den Szenen des Kinematographen. Und tatsächlich, eines Abends fand ihn der Kapitän unter den Arkaden am Hafen. Mein Freund glaubte, wieder zu träumen, aber der Mann sagte: Ich suche Sie schon eine ganze Weile. Ich weiß, daß Sie wegen der Einzahlung damals Ihren Posten verloren haben. Aber woran mir liegt, ist, daß Ihre Vorgesetzten und alle anderen die Wahrheit erfahren. Das ist auch für Sie besser. Sagen Sie mir ehrlich, habe ich das

Geld eingezahlt oder nicht? – Mein Freund antwortete: Ja. – Da sagte der Kapitän: Versuchen wir, die Sache wieder in Ordnung zu bringen. Ich will Sie nicht ruinieren. Kommen Sie zu mir, hier ist meine Adresse. Kommen Sie gleich morgen, und wir gehen zusammen zu Ihren Vorgesetzten. – In Ordnung! Aber weder am nächsten Tag, noch später ging mein Freund hin. Er hatte Angst, große Angst. Außerdem war das Wetter schrecklich und er bewegte sich nicht vom Fleck. Er hustete ständig, manchmal brachte ihm ein Lastenträger etwas heiße Milch. War das ein Wetter, ein entsetzliches Wetter!...«, wiederholte Giacinto und hob den Kopf, als wollte er sich vergewissern, daß diese Nacht schön war.

Efix lauschte, die Ellbogen auf die Knie gestützt, das Gesicht auf eine Hand, wie ein Kind, das Märchen hört.

»Aber eines Tages entschloß ich mich und ging hin...«

Schweigen. Die Gesichter beider Männer verdunkelte ein Schatten, und beide senkten den Blick. Die Schultern von Giacinto zuckten krampfhaft, aber er hob und schüttelte sie, als wollte er sich von diesem Zittern befreien, dann fuhr er mit härterer Stimme fort:

»Ja, das war ich, du hast schon verstanden. Ich ging zum Kapitän. Er war nicht zu Hause; aber das Dienstmädchen, ein blasses Kind, das sehr leise sprach, forderte mich auf, im Vorzimmer zu warten. Der Raum war fast dunkel, aber ich erinnere mich, daß, wenn eine Tür aufging, der Fußboden rot glänzte, als wäre er mit Blut aufgewischt worden. Ich wartete stundenlang. Endlich kam der Kapitän mit seiner Frau, die ebenso gutmütig und dick war wie er. Sie sahen aus wie zwei Riesenkinder und lachten schallend. Die Frau öffnete die Türen, um mich besser sehen zu können. Ich hustete und gähnte. Sie merkten, daß es vor Hunger war und baten mich ins Eßzimmer. Ich erinnere mich noch, daß ich aufstand, aber gleich wieder auf die Bank zurückfiel und mit dem Kopf auf die Lehne schlug. Weiter weiß ich nichts mehr. Als ich wieder zu mir kam, lag ich im Bett, bei ihnen im Haus. Das Mädchen brachte mir eine Tasse Fleischbrühe auf einem silbernen Tablett und sprach sehr respektvoll zu mir. Ich blieb länger als einen Monat dort. Efix, verstehst du, vierzig Tage lang. Sie kurierten mich, versuchten, mir einen neuen Posten zu verschaffen, aber ein Posten war schwer zu finden, weil inzwischen alle meine Geschichte kannten. Außerdem wollte ich selbst am liebsten weit weg, über das Meer. Was ich in jener Zeit gelitten habe, kann sich niemand vorstellen. Den Kapitän, seine Frau, das Dienstmädchen, sie alle sehe ich immer wieder im Traum vor mir, und ich sehe sie leibhaftig, auch jetzt hier. Sie waren so gut, und ich möchte mich am liebsten in die Erde verkriechen, um sie nicht mehr zu sehen. Und das Schlimmste war, daß ich mich nicht von ihrem Haus trennen *konnte.* Ich blieb dort, wie betäubt, hörte unbeweglich der Frau zu, die redete und redete, oder saß bei dem Dienstmädchen, das schweigsam war. Ich aß mit ihnen am Tisch, hörte sie scherzen, Pläne für mich schmieden, als wäre ich ihr Sohn, und das alles bereitete mir Höllenqualen, demütigte mich, und dennoch brachte ich es nicht fertig wegzugehen. Schließlich fragte mich die Signora, nachdem sie sah, daß ich völlig wiederhergestellt war, was ich denn vorhätte. Ich sagte, daß ich hierher kommen wolle, zu meinen Tanten, die ich als recht wohlhabend geschildert hatte. Also kauften sie mir eine Fahrkarte und schenkten mir auch noch das Fahrrad. Ich begriff, daß es nun Zeit war zu gehen, reiste ab und kam hierher. Welche Befreiung am Anfang! Aber jetzt, im Hause der Tanten, fühle ich mich wieder genau wie dort... und weiß nicht...«

Ein Schrei, der etwas Höhnisches hatte, durchbrach plötzlich die Stille am Hügel oberhalb der beiden Männer, und Giacinto sprang auf, ganz erschrocken in dem Glauben, irgend jemand hätte seine Erzählung gehört und lache ihn nun aus. Aber er sah nur eine kleine, graue, längliche Gestalt, gefolgt von einer zweiten, dunkleren und kürzeren. Beide sprangen wie fliegend von einem Busch zum anderen um die Hütte und verschwanden so schnell, daß keine Zeit blieb, auch nur einen Stein aufzuheben, um nach ihnen zu werfen. Auch Efix war aufgestanden.

»Es sind Füchse«, flüsterte er. »Laß sie laufen, sie treiben ihr Liebesspiel. Manchmal sehen sie aus wie Geister«, fuhr er fort, während Giacinto sich wieder hinwarf und schwieg. »Hast du gesehen, wie lang sie waren? Sie fressen die sauren Trauben wie die Teufel...«

Aber Giacinto sprach nicht mehr, und Efix wußte nicht, was er sagen sollte, ihn bitten, weiterzuerzählen, ihn trösten oder irgendwie seine Meinung über das Gehörte äußern. Also deshalb war er den ganzen Tag so traurig gewesen, also so geht das im Leben! Doch was sollte er sagen? Im Grunde genommen war er froh, daß die vorbeihuschenden Füchse Giacinto zum Schweigen gebracht hatten, aber trotzdem, irgend etwas mußte er doch dazu sagen.

»Also... dieser Kapitän, man sieht doch, daß er ein weiser Mann ist, er begriff, daß die Jugend... die Jugend... Fehler macht... besonders ein Waisenkind... Los, steh auf, möchtest du etwas essen?«

Er ging in die Hütte und kam mit einer Zwiebel in der Hand wieder, die er zu schälen begann. Giacinto rührte sich nicht, er lag wie erschlagen, vielleicht bereute er seine Beichte, jedenfalls wagte Efix es nicht weiterzureden.

Der Geruch der Zwiebel vermischte sich mit dem Duft der Gräser ringsum, der Weinrebe und der Stechwinde. Die Füchse huschten noch einmal vorüber. Efix aß, aber das Brot schmeckte ihm bitter. Zwei-, dreimal versuchte er, etwas zu sagen, aber es gelang ihm nicht, er konnte einfach nicht, es war wie in einem Alptraum. Schließlich schüttelte er Giacinto, versuchte ihn aufzurichten und sagte sanft zu ihm: »Los, komm rein, das Fieber geht um...«

Aber der Körper des Jungen war schwer wie Blei, er lag lang ausgestreckt auf der Erde, als wollte er sich nicht wieder davon lösen.

Efix ging in die Hütte zurück, konnte aber lange kein Auge schließen, und selbst im Halbschlaf hatte er noch den quälenden Gedanken, er müsse die Geschichte von Giacinto beurteilen, aber er wußte doch nicht wie, ob freundlich oder streng.

»Ich muß ihm sagen: Nur Mut, du wirst dich bessern, schließlich warst du noch ein halbes Kind, und Waise dazu...«

Aber dann träumte er, Noemi sähe ihn mit ihren bösen Augen an und flüstere durch die Zähne: Siehst du, siehst du nun, was für eine Art Mensch er ist?

Mit einem Druck auf dem Herzen erwachte er und stand auf, obwohl es noch Nacht war. Aber Giacinto war schon gegangen.

Viele Tage ließ er sich nicht mehr sehen, so daß Efix schon beunruhigt war, auch deshalb, weil Gemüse und Äpfel sich im Schatten der Hütte schon häuften, und niemand sie holen kam.

Jeden Abend kam Don Predu, der große Ländereien zum Meer hin besaß, auf dem Rückweg vorbei, und wenn er den Knecht sah, zeigte er mit dem Finger auf das Land seiner Kusinen und tippte dann an seine Brust, um anzudeuten, daß er die Enteignung und Besitzübergabe der Felder erwarte. Aber Efix, der diese Mimik schon gewohnt war, grüßte nur und machte seinerseits Zeichen mit der Hand und dem Kopf, die deutlich sagten: Nein, nein, nein!

Doch nach der Beichte von Giacinto war er stärker beunruhigt, wenn Don Predu vorbeiritt, er kam ihm doch höhnischer vor als sonst.

Eines Abends wartete er an der Hecke auf ihn und fragte: »Don Predu, sagen Sie mir, haben Sie meinen jungen Herrn gesehen? Als er neulich abends hier war, hatte er Fieber, und jetzt mache ich mir große Sorgen um ihn.«

Don Predu lachte vom Pferd herab, mit seinem gezwungenen Lachen mit geschlossenen Lippen und aufgeblasenen Backen. »Gestern abend habe ich ihn beim Milese spielen gesehen. Verloren hat er auch noch!«

»Verloren hat er!« wiederholte Efix bestürzt.

»Wie du das sagst! Willst du, daß er immer gewinnt?«

»Zu mir hat er gesagt, er spielt niemals...«

»Und du hast das geglaubt? Der sagt niemals die Wahrheit, nicht einmal, wenn du ihn erschießt. Aber schlecht ist er nicht, er sagt die Lügen einfach so wie ein Kind, weil sie ihm wahr erscheinen.«

»Wirklich, wie ein Kind...«

»Ja, aber wie ein Kind, das schon alle Zähne hat! Und wie er kauen kann! Er wird Euch noch den ganzen Besitz aufessen. Efix, denke daran, ich bin da! Wenn nicht, gibt's Schläge...«

Efix sah ihn verängstigt von unten an; der mächtige Mann auf dem Pferd sah in der Abenddämmerung für ihn wie ein Unglücksvogel aus, wie eines der nächtlichen Monster, vor denen er sich fürchtete.

»Jesus, beschütze uns. Maria vom Guten Rat, denk an uns...«

Don Predu war schon weitergeritten, als Efix hinter ihm hergelaufen kam und ihm mit beiden Händen einen vollen Korb mit Gemüse und Obst reichte.

»Don Predu, bitte schicken Sie den durch Ihr Mädchen meinen Herrinnen. Ich kann nicht von den Feldern weg. Und Don Giacinto kommt ja nicht...«

Zuerst sah der Mann ihn überrascht an, dann aber verzogen sich seine wulstigen Lippen zu einem wohlwollenden Lächeln. Er hob ein Bein an und sagte: »Schau mal, da ist noch Platz drin.«

Efix schob den Korb in die Satteltasche, und während Don Predu fortritt, ohne noch etwas zu sagen, ging er in die Hütte zurück. Er hatte Angst, daß die Herrinnen ihn ausschimpfen würden, er wußte, er hatte etwas Schwerwiegendes getan, vielleicht einen Fehler begangen, aber er bereute es nicht. Eine geheimnisvolle Hand hatte ihn geführt, und er wußte, daß alles, was man so durch eine übernatürliche Kraft tat, gute Taten waren.

Bis spät in die Nacht hinein wartete er auf Giacinto. Der Vollmond erleuchtete das Tal, und die Nacht war so hell, daß jeder Grashalm einen Schatten warf. Nicht einmal die Geister wagten es, in dieser Nacht herauszukommen, so hell war es. So hörte man auch nur das Plätschern des Flusses und nicht das Schlagen der Wäsche der *panas.* Auch die Geister ruhten sich aus in dieser Nacht. Nur der Knecht konnte nicht schlafen. Er dachte an die Geschichte von Giacinto und dem Hafenkapitän, und ihn überkam ein Gefühl unendlicher Zärtlichkeit und unendlicher Traurigkeit.

Wir alle auf dieser Welt sündigen doch mehr oder weniger, früher oder später. Und also? Hatte der Kapitän denn nicht verziehen? Warum sollten die anderen dann nicht auch verzeihen? Ach, wenn sich doch alle gegenseitig verzeihen könnten! Dann hätte die Welt Frieden, und alles wäre hell und ruhig wie in dieser Mondnacht. Er erhob sich, um eine Runde um die Felder zu machen. Auf dem kleinen, fast weiß schimmernden Weg zeichneten sich die Schatten der Blumen ab, und sogar die der Dornen von den Feigenkakteen. Und unten am Fluß, wo das Wasser still war, spiegelten sich die Sterne.

Aber plötzlich bewegte sich ein Schatten hinter der Hecke zwischen den Erlen: Ein deformiertes schwarzes Tier mit silbernen Beinen gleitet langsam über den Sand und bleibt stehen.

Efix lief hinunter, schien zu fliegen. »Du bist es! Bist du es? Hast du mich erschreckt!« Giacinto schob das Fahrrad neben sich her und folgte ihm schweigend, aber als sie vor der Hütte waren, warf er sich wieder auf die Erde und stöhnte:

»Efix, Efix, ich kann nicht mehr... Was hast du getan? Was hast du nur getan!«

»Was habe ich denn getan?«

»Genau weiß ich es auch nicht. Die Magd von Onkel Pietro kam, brachte einen Korb und sagte, du hättest ihn ihrem Herrn mitgegeben. Tante Ruth und Tante Noemi waren im Haus, Tante Esther war zur Abendmesse. Sie nahmen den Korb, dankten dem Mädchen und gaben ihm auch ein Trinkgeld.

Aber gleich darauf wurde Tante Noemi ohnmächtig, und Tante Ruth, die sie schon tot glaubte, fing an zu schreien. Man ließ Tante Esther holen. Sie kam völlig verstört, und zum erstenmal sah auch sie mich böse an und sagte, ich wäre gekommen, um sie alle ins Grab zu bringen. Oh, mein Gott, mein Gott! Ich wusch Tante Noemi das Gesicht mit Essigwasser ab und weinte, ich schwöre es dir bei meiner toten Mutter, ich weinte, ohne zu wissen, warum. Endlich kam Tante Noemi wieder zu sich, schob mich weg und sagte, es wäre wohl besser gewesen, vor diesem Tag gestorben zu sein. Ich fragte: Aber warum denn, Tante Noemi, warum? Sie schob mich wieder mit einer Hand von sich und bedeckte sich mit der anderen die Augen. Was für eine Qual, warum bin ich nur hergekommen, Efix, warum bloß?«

Der Knecht konnte nicht antworten. Jetzt sah er ein, wie falsch es gewesen war, das Körbchen Don Predu mitzugeben, und er dachte nach, wie er das wieder gutmachen könnte, aber er wußte nicht, wie, und einmal mehr fühlte er die ganze Bürde des Unglücks seiner Herrinnen schwer auf sich lasten.

»Sei ganz ruhig«, sagte er schließlich, »ich werde morgen ins Dorf gehen und alles in Ordnung bringen.«

Da faßte Giacinto wieder Mut.

»Du mußt den Tanten sagen, daß nicht ich dir geraten habe,

Onkel Pietro mit dem Überbringen des Korbes zu beauftragen. Das glauben sie nämlich. Sie denken, und besonders Tante Noemi, daß ich die Freundschaft von Onkel Predu suche, um sie zu kränken. Ich bin mit allen gut Freund, warum sollte ich es nicht auch mit Onkel Pietro sein? Aber die Tanten wissen, daß er den Besitz kaufen möchte. Was kann ich dafür? Will ich ihn vielleicht verkaufen?«

»Niemand will ihn verkaufen. Warum also über solche Dinge reden? Aber du, du hast neulich abend dies gesagt und das gesagt, du hast bei mir allen guten Geistern versprochen, daß du deine Tanten glücklich machen willst und statt dessen bist du Spielen gegangen...«

»Wenn man spielt, verdient man doch manchmal dabei. Ich wollte ja gerade für *sie* gewinnen, ich will ihnen nicht länger zur Last fallen. Ich möchte lieber sterben... Siehst du«, fügte er leise hinzu, »jetzt, heute nach dieser Szene fühle ich mich wieder wie im Haus des Kapitäns... Gott helfe mir, Efix!«

Efix hörte erschüttert zu, wieder fühlte er, daß er mit dem schlimmen Schicksal der Familie verwachsen war wie das Moos mit dem Stein, und wußte weder aus noch ein.

»Ach.« Giacinto seufzte tief. »Ganz sicher werde ich weggehen von hier und nicht warten, bis sie mich davonjagen! Sie sind ohne Mitleid, meine Tanten, besonders Tante Noemi. Aber das ist ja nicht so wichtig, sie hat eben meiner Mutter nicht verziehen, wie sollte sie mir verzeihen können? Aber ich, aber ich...«

Er senkte den Kopf und zog aus dem Beutel einen Brief.

»Siehst du, Efix, ich weiß alles. Wenn Tante Noemi meiner Mutter nach diesem Brief nicht vergeben hat, wie kann sie da eine gute Seele haben? Du weißt, was in diesem Brief steht, du hast ihn Tante Noemi gebracht. Und ich habe ihn ihr weggenommen, er lag auf der Bettdecke, am Tag, als ich ankam, da las ich ein paar Zeilen... und dann, heute, habe ich ihn aus dem Schrank genommen... er gehört mir, er ist von meiner Mutter... er hat es nicht verdient, dort zu liegen, dieser Brief...«

»Giacinto, gib ihn mir!« sagte Efix und streckte beide Hände danach aus. »Er gehört dir nicht, ich werde ihn meinen Herrinnen zurückbringen.«

Aber Giacinto drückte den Brief fest zwischen den Händen und schüttelte den Kopf. Efix versuchte, ihn ihm abzunehmen, er bat und flehte, als handle es sich um das höchste Almosen.

»Giacinto, gib ihn mir. Ich bringe ihn zurück, ich lege ihn wieder in den Schrank. Ich spreche mit ihnen und stifte Frieden zwischen euch. Du, warte hier auf mich. Aber gib mir den Brief.«

Giacinto sah ihn an. Seine Schultern zuckten, aber seine Augen waren kalt, fast grausam. Da sprang Efix auf, preßte ihm die Hände auf die Schultern und sagte ihm nur ein einziges Wort ins Ohr:

»Dieb!«

Giacinto hatte das Gefühl, ein Geier halte ihn in seinen Krallen. Er öffnete die Hände, und der Brief fiel zu Boden.

VII

Bei Tagesanbruch machte sich Efix auf den Weg ins Dorf. Die Nachtigallen sangen, das ganze Tal war golden gefärbt, mit einem durch die Spiegelung des heller werdenden Himmels bläulichen Gold. Umrißhaft waren ein paar Fischer zu erkennen, unbeweglich, wie doppelt gemalt: auf dem Grün des Ufers und noch einmal im Grün des Wassers, das zwischen den weißen Kieselsteinen stand.

Obgleich es noch früh war, als er das Dorf erreichte, sah Efix schon die Wucherin auf ihrem Hof sitzen und die Spindel drehen, mitten unter ihren fetten Ferkeln und verliebten Tauben. Er grüßte sie und deutete an, daß er später vorbeikäme. Doch sie drehte nur die Spindel weiter; sie konnte warten, sie hatte keine Eile.

Weiter oben sah er die alte Pottoi mit einer Schale Milch für die Kinder zum Frühstück. Efix wollte sich vorbeischleichen, aber da fing die Alte an, so laut zu reden, daß er stehenbleiben und ihr zuhören mußte.

»Hallo, was habe ich dir denn getan? Müssen wir Alten uns hassen, weil die Jungen sich lieben?«

»Ich bin in Eile, Comare Pottoi.«

»Ich weiß, es gibt Krach im Haus deiner Herrinnen. Aber das ist nicht meine Schuld. Ich verliere dabei in diesem Fall. Dein junger Herr will, daß Grixenda im Hause bleibt, daß sie nicht mehr barfuß läuft und nicht mehr waschen geht. Ich muß die Magd spielen, aber ich tue es ja mit Freuden, wenn es darum geht, die Kinder glücklich zu machen...«

»Gott stehe uns bei!« seufzte Efix. »Laß mich gehen und bete zu Christus und zur Lieben Frau vom Guten Rat...«

»Den guten Rat können wir uns selbst geben«, meinte die Alte. »Mut muß man haben, weiter nichts...«

»Mut muß man haben«, wiederholte Efix bei sich und betrat das Haus seiner Herrinnen.

Alles auf dem Hof war Stille und Sonne. Der Jasmin blühte über dem Brunnen ebenso wie über den Gebeinen der Toten im goldgelben Gras des alten Friedhofs. Der Berg umgab mit seiner grünweißen Haube das Haus; eine der verzierten Säulen war vom Balkon gefallen und lag zwischen den Kieseln wie der Stumpf eines Feuerwerkskörpers. Alles lag in tiefem Schweigen.

Beim Eintreten stellte Efix fest, daß der Korb, den er Don Predu mitgegeben hatte, fast leer auf der Bank stand, ein Zeichen, daß Obst und Gemüse schon verkauft waren. Übriggeblieben waren nur noch die gelben Johannesäpfel. Hatte er geträumt? Er setzte sich und fragte Donna Ruth, die über den Herd gebeugt den Kaffee machte:

»Wo sind die anderen? Was ist passiert?«

»Esther ist zur Messe und Noemi ist oben.«

Weiter sagte sie nichts, bis die Schwestern da waren, Donna Esther mit ihrem Zeigefinger im Knoten des Tuches, Noemi blaß und still, die bläulichen Lider gesenkt.

Efix wagte nicht, sie anzusehen; respektvoll stand er auf, als die Frauen sich auf die Bank setzten, und erst als Donna Esther fragte: »Efix, weißt du, was geschehen ist?« hob er die Augen und bemerkte, daß Noemi ihn mit einem Blick ansah wie der Richter den Angeklagten.

»Ich weiß es. Es ist meine Schuld. Aber ich habe es gut gemeint.«

»Du meinst alles gut. Das wäre ja auch noch schöner, wenn du es böse meinen würdest! Aber trotzdem.«

»Aber es war doch kein Feind. Es war doch schließlich ein Verwandter!«

»Deine Leute, dein Verderben, Efix!«

»Also, es soll nicht mehr vorkommen!«

»Ist er fort?« fragte Donna Esther ängstlich.

»Fort? Don Predu? Wohin denn?«

»Wer spricht denn von Predu? Ich meine diesen Unglückseligen.«

Efix schaute auf den Korb.

»Ich habe Don Predu gemeint... das, was ich gestern getan habe.«

Noemi mußte lächeln, doch das Lächeln verzog ihr Mund und Auge bis zum linken Ohr.

»Efix«, sagte sie bitter, »wir sprechen von Giacinto. Als es darum ging, ob er kommen sollte oder nicht, da hast du gesagt, wenn er sich nicht anständig benimmt, werde ich ihn wegschikken. Hast du das gesagt oder nicht?«

»Ich habe es gesagt.«

»Und nun halte dein Versprechen. Giacinto ist unser Untergang.«

Efix senkte einen Augenblick den Kopf, er wurde rot und schämte sich, daß er rot wurde. Aber er faßte gleich wieder Mut und fragte:

»Darf ich ein Wort dazu sagen? Wenn es nicht gut ist, soll es wie nicht gesagt sein.«

»Sag es nur.«

»Mir scheint der Junge nicht schlecht zu sein. Er ist bisher nur schlecht beeinflußt worden. Er hat seine Eltern verloren zu einer Zeit, als es für ihn am schlimmsten war, blieb als ein Kind allein auf der Straße und hat sich nicht mehr zurechtgefunden. Man muß ihn auf den richtigen Weg zurückführen. Jetzt, hier im Dorf, weiß er nicht, was er anfangen soll. Die Malaria hat ihn gepackt, er langweilt sich, deshalb spielt er und geht auf Liebe aus. Aber er hat einen guten Kern und ist anständig. Hat er es je Ihnen gegenüber an Respekt fehlen lassen?...«

»Das nicht...«, entfuhr es Donna Esther, und auch Donna Ruth schüttelte den Kopf. Aber Noemi sagte mit Bitterkeit, indem sie langsam die Fäuste ballte und Efix entgegenstreckte:

»Seit er gekommen ist, hat er nichts anderes getan, als es an Respekt fehlen zu lassen. Erst ist er gekommen, ohne etwas zu sagen... Kaum hier, hat er Beziehungen zu allen Leuten aufgenommen, die uns verachten. Und dann hat er sich mit einem Mädchen aus einer der schlechtesten Familien in Galte eingelassen. Mit einer, die barfuß an den Fluß geht! Und faul ist er geworden und hat mit allen möglichen Lastern angefangen, das hast du selbst gesagt. Wenn das nicht bedeutet, daß er es uns und unserem Hause gegenüber an Respekt fehlen läßt, was bedeutet es dann? Sag es selbst, und ehrlich...«

»Es ist wahr«, gab Efix zu. »Aber er ist doch noch ein halbes Kind, ich sage es noch einmal. Man sollte ihm helfen, eine Beschäftigung für ihn suchen. Und dann möchte ich noch etwas sagen...«

»Dann sag es doch!« stieß Noemi hervor, aber mit einer solchen Verachtung, daß ihm ganz kalt wurde. Dennoch sprach er tapfer weiter:

»Ich glaube, es wäre gut für ihn, eine eigene Familie zu haben. Wenn er das Mädchen wirklich liebt... warum ihn sie dann nicht heiraten lassen...?«

Noemi sprang auf, ihre zitternden Beine gegen die Bank gestützt.

»Hat er dich dafür bezahlt, daß du so redest?«

Da sah Efix ihr unverwandt in die Augen, und nur die eine Antwort: »Ich bin nicht gewohnt, bezahlt zu werden«, füllte ihm den Mund mit bitterem Speichel. Aber er schluckte Worte und Speichel hinunter, auch weil er sah, wie Donna Esther Noemi an der Jacke zog und Donna Ruth ihn flehentlich ansah; und er verstand, daß alle beide seine Antwort errieten und auch wußten, daß er kein Knecht war, der sich bezahlen ließ. Oder besser: ein Knecht wohl, aber einer, der mit keinem Lohn von der Welt zu entgelten war.

»Donna Noemi, Sie sagen Dinge, die Sie gar nicht meinen! Ihr Neffe hat gar kein Geld, um mich zu bezahlen, und wenn er welches hätte, würde es doch nicht reichen!« sagte er nun doch zitternd vor Zorn; da setzte sich Noemi wieder hin und legte die Hände auf ihre Knie, als wollte sie deren Zittern verbergen.

»Was Geld betrifft, so hat er welches! Zwar nicht sein eigenes, aber er hat welches.«

»Und wer gibt es ihm?«

Sechs Augen starrten ihn überrascht an. Noemi fing wieder an, höhnisch zu lachen, aber Donna Esther legte besänftigend eine Hand auf die ihre und sagte leise:

»Er holt sich Geld von Kallina. Wir dachten, du wüßtest davon, Efix! Er nimmt Geld von Kallina gegen Zinsen, und Predu hat ihm ein paar Wechsel unterschrieben in der Hoffnung, uns das Land abzunehmen. Vestehst du jetzt?«

Er verstand. Mit gesenktem Kopf und geschlossenen Augen, kreidebleich, schloß und öffnete er seine Fäuste und war so entsetzt, daß er außerstande war, zu antworten.

»Und Sie haben geglaubt, ich wüßte davon! Und wie?... Und warum?...« fragte er sich.

»Ja«, sagte Noemi hart. »Wir glaubten nicht nur, daß du davon wüßtest, sondern dachten auch, du bürgst für ihn bei deiner Freundin Kallina...«

»Meiner Freundin?« schrie er und riß entsetzt die Augen auf. Und dann sah er rot. Er schrie noch ein paar Worte, ohne zu wissen, was er sagte, dann rannte er davon und schwenkte wild seine Mütze, als wollte er einen Brand löschen.

Erst im Hof der Wucherin kam er wieder zu sich. Hier war alles friedlich wie auf der Arche Noah. Die weißen Tauben saßen gurrend mit ihren korallenfarbenen Krallen auf dem Querbalken des Vordaches unter einer Weinrebe, die eine goldene Girlande über den dunklen Schatten des Eingangs warf; und in diesem Rahmen saß die Wucherin und spann, mit ihren kleinen nackten Füßen in den bestickten Pantoffeln und dem schwarzen Tuch um den Kopf.

Efix Aufregung störte den Frieden des Ortes.

»Sag mir sofort, was du mit Don Giacinto für Geschäfte gemacht hast.«

Die Wucherin hob ihre kahlen Augenbrauen und sah ihn ganz ruhig an.

»Schickt er dich?«

»Mich schickt der Henker, daß ich dich aufhänge! Sag, was los ist, und zwar sofort.«

Mit drohender Geste hielt er ihre Spindel fest, und sie bekam Angst, zeigte sie aber nicht.

»Also schicken dich deine Damen? Nun gut, kannst ihnen bestellen, sie sollen sich keine Gedanken machen. Das Bezahlen hat keine Eile. Insgesamt habe ich dem Jungen vierhundert Scudi gegeben. Er fing an, mich um Geld zu bitten, als wir auf dem Fest waren. Er wollte eine gute Figur machen und sagte, er erwarte Geld vom Festland. Er ließ mir einen Wechsel da, den Don Predu unterzeichnet hatte. Wie konnte ich da nein sagen? Danach kam er nochmal zu mir und sagte, daß er das Geld vom Kontinent alles mit dem Milesen verspielt habe. Als ich ihm sagte, ich wolle den Wechsel Don Predu vorlegen, da bekam er einen Schreck und brachte mir einen neuen, den Donna Esther unterschrieben hatte. Daraufhin gab ich ihm weiteres Geld. Wie hätte ich nein sagen können? Und du hast nichts davon gewußt?« schloß sie und fing wieder mit dem Spinnen an.

Efix war wie vernichtet. Er dachte daran, daß Donna Esther ja Giacinto heimlich geschrieben hatte, daß er kommen sollte, also konnte sie auch heimlich den Wechsel unterschrieben haben. Wie sollten sie den je einlösen? Wie gelähmt fühlte er sich, als seien seine Beine geschwollen, schwer vom Blut, das nach unten geflossen war und in Herz und Hirn eine Leere hinterließ, daß ihm die Hände zitterten. Wovon sollten sie bezahlen?

Und die Wucherin spann weiter, und die Tauben gurrten, und die Hühner pickten nach den Fliegen auf den rosigen Bäuchlein der Ferkel, die ausgestreckt in der Sonne lagen. Die ganze Welt war friedlich, nur er stand Qualen aus.

»Ach, du hast es also nicht gewußt? Ich dachte, einen Teil des Geldes hätten sie bekommen, deine Damen, um dich zu bezahlen. Ich wollte Giacinto schon vorschlagen, die zehn Scudi abzuziehen, die du mir schuldest, aber dann habe ich gedacht, das könnte vielleicht nicht gut gehen. Aber wenn wir vielleicht den Wechsel neu machen und alles zusammenrechnen sollen...«

Efix versuchte mit aller Kraft, sich zu rühren, riß sich wieder die Mütze vom Kopf und begann, außer sich vor Verzweiflung, ihr damit ins Gesicht zu schlagen.

»Verdammt sollst du sein... Der Henker soll dich holen... Was hast du bloß getan?«

Im Hof entstand ein wüstes Durcheinander, die Tauben flogen aufs Dach, die Katzen sprangen auf die Mauer, nur die Frau blieb still, um keinen Auflauf zu verursachen. Aber sie bückte sich, um den Schlägen auszuweichen und verteidigte sich, nach rückwärts springend, mit der Spindel. Als sie die Küche erreicht hatte, lief sie in die Ecke hinter der Tür, griff mit beiden Händen eine Eisenstange und richtete sich, gegen die Wand gelehnt, auf, schrecklich wie eine Rachegöttin mit der Keule. Und nun war sie es, die den

Mann zurücktrieb, während sie leise und drohend hervorstieß: »Verschwinde, du Mörder, verschwinde...!«

Er wich zurück.

»Mach, daß du wegkommst! Was willst du überhaupt von mir? Komme ich vielleicht, um euch aufzusuchen? Ihr kommt doch alle nur her, wenn der Hunger oder das Laster euch dazu zwingen. Don Zame ist gekommen, seine Töchter sind gekommen, sein Enkel ist gekommen. Und auch du bist gekommen, du Mörder! Wenn ihr was wollt, dann seid ihr zahm, aber sonst fallt ihr über mich her wie reißende Wölfe. Hau ab...«

Efix stand in der Tür. Sie drängte ihn hinaus.

»Und noch eines will ich dir sagen, ich werde keine Geduld mehr haben, wo ihr mich so behandelt. Wenn der Wechsel im September fällig wird, bezahlt ihr mich, oder er geht zu Protest. Und wenn die Unterschrift gefälscht ist, bringe ich den Jungen ins Gefängnis. Raus!«

Er ging. Aber er kehrte nicht nach Hause zurück. Er ging und ging durch das leere Dorf in der glühenden Sonne, stolperte über das Vulkangestein, das verstreut umherlag, und hatte das Gefühl, das legendäre Erdbeben aus grauer Vorzeit habe erst an diesem Morgen stattgefunden.

Er irrte durch die Ruinen und glaubte, im Schutt wühlen zu müssen, um Leichen und verschüttete Schätze auszugraben, es dann aber doch nicht zu können, weil er zu allein und schwach war und zu unsicher, wo er beginnen sollte.

Als er an der Basilika vorbeikam, sah er, daß sie offen war und trat ein. Es fand keine Messe statt, die Mesnerin putzte nur die Kirche, und der Besen machte in der Stille der Dämmerung ein Geräusch, als schritten die Burgfräulein vorbei und ihre Brokatgewänder schleiften über den Boden.

Efix kniete an seinem gewohnten Platz unter der Kanzel nieder, lehnte den Kopf an die Säule und betete. Langsam strömte das Blut wieder durch seine Adern, aber es war heiß und schwer wie Lava. Das Fieber schüttelte seinen ganzen Körper. Die silbernen Staubstrahlen, die von der schadhaften Decke herabkamen, schienen ihm weiße Löcher im schwarzen Fußboden zu sein, und die bleichen Gestalten auf den Gemälden blickten alle auf ihn herab, beugten sich immer tiefer, als wollten sie sich aus den Bildern lösen und herabfallen.

Die Magdalena tritt aus dem schwarzen Rahmen hervor und über die Grenze zum Unbekannten hinaus. Liebe und Trauer, Reue und Hoffnung lachen und weinen aus ihren unergründlichen Augen und dem bitteren Mund.

Efix schaut sie unentwegt an, und ihm ist, als erinnere er sich an ein früheres, weit zurückliegendes Leben, und ihm scheint, als mache sie ihm ein Zeichen, näherzukommen und ihr zu helfen, herauszutreten, ihr zu folgen...

Er schloß die Augen. Sein Kopf dröhnte. Er glaubte, mit ihr im Sand am Fluß entlangzugehen beim Mondschein. Weiter und weiter gingen sie, schweigend und vorsichtig, bis sie die Straße an der Brücke erreichten. Dort verwirrte sich seine Vision. Da stand ein Wagen, auf dem Lia saß, versteckt zwischen Säcken voll Baumrinde. Der Wagen verschwand in der Dunkelheit, aber auf der Brücke im Mondlicht blieb der tote Don Zame im Staub zurück, mit einem geschwollenen Fleck, violett wie eine Weinbeere im Genick. Efix kniete sich neben den Leichnam und schüttelte ihn. »Don Zame, Padrone mio, auf, auf, Ihre Töchter warten!«

Aber Don Zame blieb unbeweglich liegen. Er schluchzte so laut, daß die Mesnerin mit dem Besen in der Hand näherkam.

»Efix, was hast du, bist du krank?«

Angstvoll riß er die Augen auf in dem Glauben, immer noch Kallina vor sich zu haben, die schrie: Du Mörder!

»Ich habe Fieber... ich glaube, ich muß sterben. Ich möchte beichten...«

»Und da kommst du ausgerechnet hierher? Sonst beichtest du doch Christus«, murmelte die Mesnerin und lächelte ironisch. Efix lehnte wieder den Kopf an die Säule der Kanzel, und die Augen zum Altar erhoben, stammelte er konfuse Worte. Dicke Tränen rollten ihm über das Gesicht bis zum zitternden Kinn und fielen Tropfen für Tropfen auf die Erde.

Giacinto lag vor der Hütte und wartete auf ihn. Als er ihn so heraufkommen sah, den Korb in der Hand, der, obwohl er leer war, ihn dennoch zu Boden zu ziehen schien, begriff er sofort, daß man *alles wußte.* Um so besser! So konnte er sich von einem Teil der Last befreien, die ihn bedrückte, dem beschämendsten: dem Schweigen.

»Erzähl mir«, sagte er, während Efix auf seinem gewohnten Platz saß, ohne den Korb aus der Hand zu lassen.

»Erzähl schon!« wiederholte er lauter, da der andere schwieg. »Was ist jetzt?«

Efix atmete schwer.

»Was jetzt ist? Meine Herrinnen haben sich etwas beruhigt, weil ich ihnen versprochen haben, dich davonzujagen, verstehst du? Sie glauben, die Wechsel seien wirklich von Don Predu unterschrieben, und ich hatte nicht den Mut, ihnen die Wahrheit zu sagen, nämlich, daß die Unterschriften gefälscht sind, stimmt das etwa nicht? Ach, sicher stimmt das! Ach, Giacinto, was hast du bloß getan! Und was soll nun werden? Wirst du nach Nuoro gehen, wirst du arbeiten und bezahlen?«

»Es ist so viel... es ist eine große Summe, Efix... Wie soll ich das machen?«

Efix sprach leise, über ihn gebeugt, wie im Fieber: »Geh, Kind Gottes, geh fort! Ich hatte gewünscht, daß du nicht gehst, aber wenn ich dir jetzt selber sage, daß du gehen sollst, dann, weil es keinen anderen Ausweg mehr gibt. Erinnere dich, was für schöne Dinge du neulich abend zu mir gesagt hast. Du sagtest: Ich möchte, daß es den Tanten gut geht, ich möchte, daß das Haus wieder in Ordnung kommt. Dasselbe habe ich auch gedacht, als es hieß, du würdest kommen. Und statt dessen! Statt dessen, wenn du nicht zahlst, bringt die Wucherin den Besitz unter den Hammer und dich ins Gefängnis wegen der gefälschten Unterschriften, und *sie* müssen betteln gehen... Das hast du getan, so ist es! Ich weiß, daß du nichts Böses gewollt hast. Du, der neulich so viel Schönes versprochen hatte, du, Kind Gottes...«

Giacintos Schulter fing an zu zucken. Er hob sein Gesicht dicht unter das heruntergebeugte von Efix, und beide sahen sich voller Verzweiflung an.

»Ich habe nichts Böses tun wollen. Ich wollte Geld verdienen. Aber wie soll man das in diesem Dorf? Du weißt es am besten, du, du bist doch so... so... armselig... geblieben.«

»Die Tanten sollen keine Lira einbüßen«, begann er nach einem Augenblick bedrückten Schweigens erneut. »Ja, auch die Unterschrift von Tante Esther habe ich gefälscht, ich habe es getan, weil die Wucherin mir keinen Kredit mehr geben wollte. Aber ich werde bezahlen, du wirst sehen, und wenn nicht, werde ich ins Gefängnis gehen. Das macht mir nichts aus.«

»Ins Gefängnis? Nein, das erlaube ich nicht, nein.«

»Du, Efix, hast du denn Geld?«

»Wenn ich es hätte, säße ich nicht so gebrochen hier! Ich hätte längst die Wechsel eingelöst...«

»Was sollen wir also tun, Efix? Was sollen wir bloß tun?«

»Also hör zu: du gehst noch einmal zur Wucherin und läßt dir hundert Lire geben, um nach Nuoro zu fahren. Dort suchst du dir eine Anstellung. Wichtig ist, einen neuen Weg einzuschlagen jetzt, dich einmal richtig aufzuraffen, verstehst du?«

Aber Giacinto, der bis zum letzten Augenblick auf die Hilfe des Knechtes gehofft hatte, antwortete nicht, sprach kein Wort mehr. In sich gekehrt wie ein krankes Tier, hörte er die Heuschrecken zwischen den trockenen Blättern umherflattern und beobachtete mit stumpfem Blick, wie sie die Flügel zum Flug spannten. Zwei fielen ihm auf die Hand, ineinander verschlungen, grün und hart wie Metall. Er zuckte zusammen. Grixenda fiel ihm ein, und er dachte daran, daß er abreisen mußte, ohne sie wiederzusehen, so arm, daß er sogar auf ein armes Wesen verzichten mußte. Er vergrub sein Gesicht im Gras, schluchzend, ohne zu weinen, die Schultern von krampfhaftem Zittern geschüttelt.

VIII

Es war ein Donnerstagabend. Die Wucherin spann nicht wie sonst um diese Zeit, aus Angst vor *Giobiana,* der Donnerstagshexe, die nächtlichen Spinnerinnen erscheinen und Böses antun kann.

Statt dessen saß sie auf der Stufe der Haustür unter den Weinranken, die im Mondlicht silbern und schwarz aussahen, und betete. Und jedesmal, wenn sie sich umschaute, glaubte sie immer noch zwischen der Mauer von Feigenkakteen die vor Wut grün blitzenden Augen von Efix zu sehen. Aber es waren nur Leuchtkäfer.

Es waren Leuchtkäfer, doch auch sie glaubte an phantastische Dinge, an das Übernatürliche der nächtlichen Wesen, und erinnerte sich, wie sie einmal als ganz junges Mädchen, als sie noch arm war, um Almosen betteln ging und an den Ruinen der alten Burg Reisig sammelte, von Hunger und Malariafieber gehetzt wie von wilden Hunden, eines Tages beim Hinabgehen zwischen den messerscharfen Steinen, im Gesicht die karmesinfarbene Sonne über den violetten Bergen von Dorgali, von einem Herrn eingeholt wurde, der sie schweigend an der Schulter berührte. Sein Anzug hatte die Farben der untergehenden Sonne und der Berge, und sein Gesicht ähnelte dem eines Sohnes von Don Zame Pintor, der jung gestorben war.

Sie hatte ihn sofort wiedererkannt: Es war der Baron, einer der vielen alten Barone, deren Geister immer noch in der Burgruine lebten und in den unterirdischen Gängen, die man in den Hügel gegraben hatte, und die bis ans Meer führten.

»Mädchen«, hatte er mit fremdartiger Stimme gesagt, »lauf zur Hebamme und bitte sie, heute nacht ins Kastell zu kommen, denn meine Gemahlin, die Baronin, hat Wehen. Lauf schnell, du kannst eine Seele retten. Aber behalte es für dich. Hier, nimm das.«

Kallina zitterte und hielt krampfhaft ihr Reisigbündel fest, das ihr wie eine schwarze Wolke vor der roten Sonne vorkam. So konnte sie die Hand nicht ausstrecken, und die Goldmünzen, die der Baron ihr entgegenhielt, fielen zu Boden.

Er verschwand. Sie warf das Reisigbündel hin, sammelte das Geld auf, ängstlich wie ein Vogel, der eilig Krumen pickt, und huschte hastig davon. Doch die Hebamme, obgleich sie die feuchtwarmen Goldstücke in den glühenden Händen sah, spie dem Mädchen ins Gesicht, um den Zauber zu bannen, und sagte lachend: »Geh, du hast Fieber und sprichst im Wahn, die Münzen wirst du gefunden haben. Man kann sie manchmal dort oben am Kastell finden. Gib sie mir, ich werde sie für dich anlegen, damit sie *Früchte bringen.*«

Kallina gab sie ihr alle bis auf eine, die in der Mitte ein Loch hatte. Die zog sie auf ein rotes Band und trug sie um den Hals.

»Geht hin«, sagte sie zu der Frau. »Rettet eine Seele. Ihr tut so, als ob Ihr mir nicht glaubt, damit ich das Geheimnis bewahre. Aber ich werde es auf jeden Fall wahren.«

Und sie fiel wie tot zur Erde.

Die Hebamme behauptete zeitlebens, daß es lediglich ein Fieberwahn war, aber man weiß ja, daß sie das nur sagte, damit Kallina ihr Geheimnis nicht verriet.

Das Geld *trug inzwischen Früchte,* jedes Jahr wurde es mehr, wie die Früchte an den Granatapfelbäumen, die sie rot und grün unten im Hof von Don Predu wachsen sah.

Eines Abends hatte sie, so alt wie sie nun war, noch einmal das gleiche Gefühl von Freude und Schrecken empfunden wie damals. Als ein junger Herr vor ihr erschienen war, ein Ebenbild des Barons. Es war Giacinto.

Und jedesmal, wenn sie ihn sah, erneuerte sich in ihr dieses Schwindelgefühl, die verworrene Erinnerung an ein früheres, längst vergangenes unterirdisches Leben, das dem der Barone auf der Burg glich. Aber da kommt er ja wirklich. Groß, schwarz, das Gesicht hell im Mondschein. Er tritt auf sie zu und setzt sich neben sie auf die Türschwelle.

»Kallina«, sagte er mit fremder Stimme, »warum haben Sie dem Knecht von meinen Sachen erzählt?«

»Weil er es so verlangt hat. Er hat mich angegriffen und wollte mich umbringen.«

»Sie umbringen? Wegen so einer Kleinigkeit? Ach, dieser Mann und meine Tanten machen so viel Lärm wegen einer kümmerlichen Summe, während es *da drüben* Leute gibt, die machen Millionen Schulden, und niemand weiß etwas davon.«

Aber der Alten waren die Leute *da drüben* ganz gleichgültig.

»Ich mußte die Eisenstange nehmen, um mich zu wehren, verstehen Sie, Herr? Der Knecht ist wild. Vertrauen Sie ihm nicht.«

Giacinto verharrte eine Zeitlang unbeweglich und starrte auf seine Hände, auf die der zitternde Schatten einer Weinrebe fiel. Dann zuckte er plötzlich zusammen.

»Ich werde ihm nicht vertrauen. Ich werde sogar weggehen. Hier kann ich nicht mehr leben... Ich will Geld verdienen. In vierzig Tagen werde ich Ihnen alles zurückzahlen, bis auf den letzten Centesimo. Aber heute müssen Sie mir nochmal Geld für die Reise geben. Ich werde einen neuen Wechsel ausstellen.«

»Von wem unterschrieben?«

»Von mir!« sagte er resolut. »Von mir! Vertrauen Sie mir. Retten Sie eine Seele. Los, schnell! Und behalten Sie es für sich.«

Er faßte nach ihrer Schulter wie der Baron damals, und sie stand auf und holte das Geld aus der Kassette: Zwei Fünfziglirescheine, die sie lange in der Hand gegen das Mondlicht hielt, denn sie sagte sich, daß doch auch einer für Giacintos Reise reichte. Also legte sie den anderen wieder zurück. Der Mond schien durch das kleine Fenster über der Kassette. Der feine Silberstreifen traf auf ihre dürre Brust, und im Ausschnitt ihres Hemdes sah man die Goldmünze an dem inzwischen schwarz gewordenen Band.

Giacinto war nicht zufrieden. Was bedeutete dieser dünne Geldschein im Vergleich zu den Schätzen der großen Herren auf dem Festland? Aber da die Wucherin sagte, sie wolle keinen Wechsel, verstand er, daß sie ihm damit ein Almosen gab und empfand eine unerträgliche Beklemmung. Er kam sich vor, als wartete er immer noch, ohne sich regen zu können, im Vorzimmer des Hafenkapitäns.

»Also spätestens morgen gebe ich es zurück«, versprach er und stand auf.

Und ging zum Milesen, um ihm zu sagen, daß er am nächsten Tag weggehen werde.

Auch dort schaute man durch das Tor auf den Hof, der hell im Mondlicht dalag, nur im Schatten der Pergola tiefdunkel. Die Schwiegermutter saß auf ihrem Hocker wie eine Königin aus Urzeiten, und auch sie spann nicht aus Angst vor der *Giobiana,* sondern unterhielt sich mit ihrer leicht fiebernden Tochter und den blassen Mägden, die mit dem Rücken gegen die Wand gelehnt auf der Erde saßen.

»Mein Schwiegersohn ist gerade weggegangen, sicher zu Don Predu«, sagte sie zu Giacinto. »Und geht es den Tanten des jungen Herrn gut? Ich lasse sie sehr grüßen und ihnen für das Geschenk danken, das sie meinem Bruder, dem Pfarrer, geschickt haben.«

»Die schönen blauen Pflaumen!« rief eine der Mägde, die wohl besonders naschhaft war.

»Natolia, corfu 'e mazza a conca, hat sie alle heimlich aufgegessen.«

»Wenn Sie mir noch mehr davon geben, Don Giací, komme ich mit Ihnen auf die Felder hinunter«, sagte Natolia herausfordernd.

»Kannst ruhig mitkommen«, antwortete er, aber seine Stimme klang traurig; und obwohl die alte Herrin mahnte: »Jeder sollte mit seinesgleichen gehen, Natolia!«, hörte er, als er auf der Straße war, wie die Frauen über ihn und Grixenda herzogen.

Ja, es war Zeit, wegzugehen und sein Glück zu suchen. Um nicht am Hause seiner Braut vorbeigehen zu müssen, nahm er eine kleine Gasse, dann eine andere bis zu einem freien Platz, auf den die Ruinen einer Pisaner Kirche herabsahen.

Ringsum duftete die Wolfsmilch, der bläuliche Mond stand über der Turmruine wie die Flamme über einem schwarzen Leuchter, und es hatte den Anschein, als ob es in diesem toten Erdenwinkel keinen aufgehenden Morgen mehr geben könnte. Aber gleich hinter diesem Platz leuchtete weiß zwischen Granatäpfeln und Palmen wie ein maurisches Bauwerk mit Rundbogen, gemauerten Loggien und halbmondförmigen Fenstern das Haus von Don Predu.

Als Giacinto den weiten Hof überquerte, wo im Mondlicht große Schilfgeflechte leuchteten, auf denen tagsüber das Gemüse getrocknet wurde, das jetzt aber mit Binsenmatten zugedeckt war, sah er die massige Gestalt seines Onkels und die schmächtige des Milesen unbeweglich vor dem goldschimmernden Hintergrund einer Tür mit einem Vordach. In diesem ruhigen Raum zu ebener Erde saßen sie mit übereinandergeschlagenen Beinen, die Ellenbogen auf die Tischkante gestützt, und tranken. Und beide, der Feiste und der Magere, schienen mit dem Leben zufrieden zu sein.

»Hier, trink!« sagten sie gleichzeitig und hielten Giacinto ihren Wein hin, aber der wies beide Gläser ab.

»Geht's dir schlecht, weil du nicht trinkst?«

»Mir geht's schlecht, ja!«

Aber er sagte nicht, warum, denn diese beiden hätten es doch nicht verstanden.

»Hat dich deine Tante Noemi verhauen?«

»Hat dich Grixenda nicht genug geküßt? *Corfu 'e mazza a conca*«, sagte der Milese mit derselben Verwünschung wie die naschhafte Magd.

»Oh, uff!« ächzte Giacinto, stützte ebenfalls die Ellenbogen auf den Tisch und nahm den Kopf zwischen die Hände. Wie aber seine Schulter zuckte, sah Don Predu sie sich an und wurde leicht blaß um die Augen. Diese zuckende Schulter verursachte ihm solches Unbehagen, daß er aufstand, die Hand darauflegte und sagte:

»Gehen wir raus an die Luft.«

Und sie gingen frische Luft schnappen, ihre Schritte hallten in der Stille wider wie die des Nachtwächters.

Bei jeder Runde wurde Giacinto mehr von der etwas bitteren Fröhlichkeit seiner Begleiter angesteckt.

»Wollen wir nicht ins Theater gehen, Onkel Pietro? Um diese Zeit beginnt in den Städten auf dem Festland das Leben und das Vergnügen. Vor den Theatern fahren endlos viele Kutschen vor wie ein schwarzer Strom. Man sieht sogar noch Damen, die ihre Hündchen spazierenführen...«

Der Milese mußte derart lachen, daß er sich verschluckte. Don Predu war zurückhaltender, aber sein Lächeln war, wenn man genau hinsah, schneidend wie ein Messer.

»Dann geh doch wieder dahin zurück! Und führ Grixenda hinter dir her wie ein Hündchen.«

»Meine Güte, was seid ihr stupide hierzulande.«

»Vielleicht nicht so stupide wie ihr dort.«

Er schwieg, fing dann aber wieder an: »Warum nennt ihr mich stupide? Weil ich ein gutes Herz habe? Weil ich meine Jugend genießen möchte? Und ihr, was macht ihr? Ist das ein Leben, was ihr führt? Was für ein Leben führst du, Milese? Du kümmerst dich nicht einmal um deine kranke Frau. Und du, Onkel Pietro? Was ist denn dein Leben? Du häufst Geld auf wie dicke Bohnen auf der Matte, die du später den Schweinen zum Fraß hinwirfst. Du bist überhaupt keinem gut, nicht mal dir selbst.«

Die beiden Kumpane stießen sich an und grinsten.

»Du bist heute abend wirklich krank, krank am Portemonnaie.«

»Mein Portemonnaie ist vielleicht besser gefüllt als deines! Gehen wir ins Wirtshaus, dann werdet ihr schon sehen«, sagte er und wurde rot im Dunkeln.

»Du wolltest nicht mit uns trinken! Nicht einmal, wenn ich dich sterben sähe, würde ich Wein von dir annehmen!«

Aber schließlich landeten sie doch in der fast leeren Schenke, wo nur zwei Männer schweigend beim Spiel saßen und ein dritter abwechselnd dem einen und dann dem anderen in die Karten sah. Aber auf ein Zeichen von Don Predu kam er zu den Neuangekommenen, und alle vier setzten sich an einen anderen Tisch.

Der Wirt, ein kleiner Mann aus dem Dorf, der mit seinem offenen Wams über den orientalischen Hosen eher aussah wie ein Hebräer aus der Bibel, brachte Wein in einem levantinischen Krug und stellte ein eisernes Öllämpchen auf den Tisch. Der Milese mischte mit geneigtem Kopf nachdenklich die Karten und sah abwechselnd den einen und den anderen seiner Spielkumpane an.

»Was setzen wir?«

»Fünfzig Lire«, antwortete Giacinto.

Er zog den Schein der Wucherin heraus.

Und verlor.

Das bläuliche, unbewegliche Flämmchen über dem schwarzen Leuchter sah aus wie der Mond über der Turmruine.

IX

Eines Abends im Juli saß Noemi auf ihrem gewohnten Platz im Hof und nähte. Es war ein glühendheißer Tag gewesen, und der graublaue Himmel schien noch wie durchsetzt von der Asche eines Brandes, dessen letzte Flammen im Westen erloschen. Die schon abgeblühten Feigenkakteen setzten ein paar Goldpunkte in das Grau der Gärten, und unten hinter dem Turm der verfallenden Kirche leuchteten die Granatäpfel von Don Predu, als wären sie mit Blut besprenkelt.

Noemi fühlte in sich all dieses Grau und dieses Rot. Ihre alljährliche Frühlingskrankheit war in diesem Jahr mit Beginn des Sommers nicht abgeklungen, im Gegenteil, jeden Tag mehr verspürte sie ein heftiges Verlangen nach Einsamkeit, das sie zwang, sich irgendwo zu verstecken, um sich besser ihrem zehrenden Sehnen hingeben zu können wie ein Kranker, der nicht mehr auf Genesung hofft.

An diesem Tag war sie allein. Donna Esther und Donna Ruth hatten die Einladung des Pfarrers angenommen, einem Festkomitee anzugehören. Giacinto war in Oliena, um für den Milesen Wein einzukaufen. Ja, das war aus ihm geworden, er machte den Knecht für einen, der früher einmal Straßenhändler war. Noemi verachtete ihn, sprach kein Wort mehr mit ihm. Aber wenn sie allein war, dann sah sie ihn immer vor sich, wie er sich über sie beugte, um ihr Gesicht mit Essig anzufeuchten und mit seinen Tränen, und sie hörte seine zitternde Stimme, hörte, wie er sagte: Tante Noemi, warum, warum nur? Und seine Augen, ebenso traurig und ebenso brennend wie dieser Sommerhimmel, gingen ihr nicht aus dem Sinn.

Noch immer spürte sie auf den Lippen den Geschmack seiner Tränen. Es war der Geschmack der ganzen menschlichen Trauer und Schwachheit. Darüber aber begann sich das gewohnte Bild von ihm mit den verschiedenen alltäglichen Zügen zu verwandeln, das Bild des Gelangweilten, des Unsteten, des Ehrvergessenen, das Bild von einem, gegen den man nicht anzukämpfen vermochte, weil er wie ein großer Felsbrocken schien, der von den Bergen herabgestürzt war, um das Haus zu ruinieren, all das schwand dahin und wich dem Bilde eines guten, eines reumütigen, eines leidenschaftlichen Giacinto.

Dieses Bild, ja, das liebte Noemi, und manchmal fühlte sie es so lebendig und real neben sich, daß sie rot wurde und weinte, als werde sie von einem Liebhaber bedrängt, der heimlich in den Hof eingedrungen war. Dann erzitterte ihre ganze Seele vor Leidenschaft, ein Sturm der Begierde durchfuhr sie und fegte alle tristen Gedanken fort, wie der Wind, der durch die Bäume jagt und alle welken Blätter wegreißt.

Ihr schien jetzt, als sei sie wieder ohnmächtig wie an jenem Tag, und als seien ihre Tränen die von Giacinto; sie schlürfte sie ein wie den Saft einer bitteren Frucht, mit gierigen Lippen, die von all den Küssen bebten, die sie nicht gegeben und nicht empfangen hatten. Die Jugend, die Glut, der Schmerz Giacintos strömten auf sie über. Sie vergaß ihre Jahre, ihr Aussehen, ihr Wesen. Es kam ihr vor, als läge sie auf dem Grund eines klaren Wassers in einem dichten Wald und sähe eine Gestalt sich über ihren Mund beugen, um zu trinken, zu trinken: Es war Giacinto, aber es war auch sie selbst, Noemi, lebend, verschmachtend nach Liebe; es war ein geheimnisvolles Wesen, das alles Wasser aus der Quelle trank, alles Leben aus ihrem Mund, so unstillbar war sein Durst; und dann legte es sich auf den hohlen Grund der Quelle im Dickicht des Waldes nieder und bildete ein einziges Wesen mit ihr.

Ein Klopfen am Hoftor rief sie in die Wirklichkeit zurück. Sie ging öffnen in dem Glauben, es seien die Schwestern oder sogar Giacinto selbst, vor dessen Gegenwart sie keine Angst hatte, denn sie allein genügte schon, um den Zauber zu bannen. Aber es war die alte Pottoi, vor der sie instinktiv das Tor schloß, um sie nicht hereinzulassen. Die Alte aber drückte von der anderen Seite dagegen.

»Wollen Sie mich zerquetschen wie eine Spinne, Donna Noè! Ich komme nicht, um Ihnen Böses zu tun.«

Noemi trat kalt und verächtlich zurück und sah auf das Leinentuch, das sie in der Hand hielt.

»Was wollt Ihr?«

»Ich möchte mit Vossignoria reden, aber in Ruhe wie unter Christenmenschen«, sagte die Alte, die ihre Korallenkette an ihrem braungebrannten Hals richtete und zitterte, abgemagert und elend wie ein Skelett.

»Donna Noemi, sehen Sie mich an! Schlagen Sie nicht die Augen nieder. Ich bin gekommen, um Sie um Hilfe zu bitten.«

»Mich?«

»Ja, Ihre Hilfe, Vossignoria. Es sind jetzt drei Monate, daß die Damen mich nicht den Fuß über ihre Schwelle setzen lassen. Recht haben sie. Aber heute nacht habe ich von Donna Maria Cristina geträumt, neben meinem Bett habe ich sie gesehen, genau so, wie sie damals gekommen ist, als ich die letzte Ölung bekommen hatte. Schön war sie, Donna Maria Cristina, sie hatte ein Tuch um, weiß wie eine Lilienblüte. Geh zu Noemi, sagte sie zu mir, Noemi hat mein Herz, denn das Herz der Toten bleibt bei den Lebenden. Geh, Pottoi, sagte sie zu mir, du wirst sehen, daß Noemi dir hilft. Genau diese Worte hat sie zu mir gesagt.«

Neben dem Hoftor stehend, versuchte Noemi weiterzunähen und beugte den Kopf über das Leinen, das den roten Schimmer des Himmels über dem Berg reflektierte.

»Na und, was wollt Ihr?«

»Ich will es Ihnen sagen. Aber Sie wissen es schon. Die Kinder haben sich lieb. Ich habe gesagt: Wenn sie sich gerne haben, warum soll man es ihnen verwehren? Haben wir nicht auch geliebt, als wir jung waren? Doch die Zeit vergeht, Vossignoria, und der Junge ist ganz sonderbar geworden. Meine Grixenda ist nur noch ein Strich. Er will nicht, daß sie das Haus verläßt, daß sie arbeiten geht, und wenn er sie auf der Schwelle antrifft, muß sie ins Haus zurück. Und wenn Grixenda sich beklagt, dann sagt er: Deinetwegen lasse ich die Tanten vor Kummer sterben, besonders Tante Noemi. Weiter sagte er nichts, denn er ist gut und anständig, aber diese Worte sind wie Gift, das einen zermürbt, ohne daß man schreien kann.

Sie seufzte tief auf, ergriff einen Schürzenzipfel von Noemi und wickelte ihn sich um ihre schwarzen Finger.

»Donna Noemi, Vossignoria mia, Sie haben das Herz Ihrer

Mutter. Ihnen kann ich es sagen. Als mein Vater mir drohte: Wenn du noch einmal Don Zame ansiehst, stech ich dir die Augen mit dem Ochsenstachel aus, da habe ich die Augen geschlossen, und Don Zame war von diesem Augenblick an tot für mich. Aber Grixenda ist anders, Grixenda kann nicht die Augen schließen.«

Gegen ihren Willen fühlte Noemi sich verstört. Die Alte, die wie ein Kind ihren Schürzenzipfel rollte, bereitete ihr Qualen.

»Die Schuld liegt bei Euch«, sagte sie mit schwerer Stimme. »Ihr wußtet, alt wie Ihr seid, wie solche Dinge enden.«

»Wissen, wissen, wir wissen alles – und wissen doch nie etwas, Vossignoria mia. Das Herz wird nie alt.«

»Das ist wahr«, stimmte Noemi zu, aber mit einer Stimme, die klang, als kämen ihr die Worte ungewollt über die Lippen. Doch sofort zog sie die Brauen zusammen, hob den Blick und sah der Alten kalt und spöttisch ins Gesicht: »Na und, was wollt Ihr von mir?«

»Daß Sie mit Don Giacinto sprechen; ja, daß Sie ihm sagen, laß Grixenda in Ruhe oder heirate sie.«

»Ich soll ihm das sagen? Und warum gerade ich?« fragte Noemi, und weil die andere sie ebenso unverwandt ansah und nicht antwortete, hatte sie das unangenehme Gefühl, die Alte *wisse*. Da senkte sie den Blick und sagte kalt und scharf: »Ich werde ihm gar nichts sagen. Macht Euch das klar. Ihr habt genau gewußt, wer er war, und Ihr seid eine schlechte Großmutter gewesen, zu erlauben, daß Grixenda sich mit einem einließ, der nicht zu ihr paßte.«

»Warum nicht zu ihr paßte? Ein freier Mann paßt doch immer zu einer freien Frau. Es genügt, daß sie sich lieb haben. Und bitte, Vossignoria mia, tun Sie mir den Gefallen, mit ihm zu reden. Es ist kein Brot, worum ich bitte, es ist mehr, es geht um das Wohl eines Mädchens. Und der Junge wird auf Sie hören, denn er ist gut und sagt immer: Ich habe sonst gar nichts dagegen, nur daß Tante Noemi meinetwegen leidet... Wirklich, ich vertraue es Ihnen an, er spricht immer von Vossignoria, und er mag Sie gerne. Grixenda ist sogar eifersüchtig auf Vossignoria.«

Da lachte Noemi laut auf, aber sie fühlte, wie ihre Knie zitterten, und sie fühlte im Herzen die leuchtende Schönheit des Sonnenunterganges; wie ein Meer von Licht war es, in dem goldene Inseln schwammen, mit einem Traumbild ganz im Hintergrund. Noch nie hatte sie ein ähnliches Glücksgefühl erlebt. Nur ein einziger Augenblick, und die Welt hatte ihr Gesicht verändert. Die Alte sah sie an, und in ihren gläsernen Augen blitzte die Schläue wie die Perlen der Jugendzeit an ihrem dürren Hals.

»Was sagen Sie mir nun also, Donna Noemi? Kann ich etwas beruhigter nach Hause gehen? Sie werden mir helfen, nicht?«

»Gehen Sie ruhig«, sagte Noemi mit veränderter Stimme. Aber die Alte ging nicht, sondern überschüttete sie mit demütigen Dankesworten.

»Unser armseliges Haus hat immer neben dem Ihren gestanden wie die Magd neben der Herrin. Unsere Feindschaft konnte nicht länger andauern! Mein Zuannantoni weint jedesmal, wenn er aus dem Garten kommt, er weint und sagt: Warum haben die Damen mich weggejagt? Und dann nimmt er seine Ziehharmonika und geht hier hinter die Mauer, um zu spielen. Er sagt, er spielt eine Serenade für Donna Noemi. Haben Sie ihn gehört, Vossignoria? Nun muß alles gut werden.«

»Hoffen wir, daß alles gut wird«, sagte Noemi, doch sie wußte selbst nicht, was eigentlich gut werden sollte. Es stieg nur ein plötzliches Gefühl von Liebe allen gegenüber in ihr auf. »Sagt Zuannantoni, er soll heute abend kommen, ich werde ihm die roten Birnen schenken.«

Die Alte ergriff ihre Hand, küßte sie und ging weinend fort. Noemi kehrte auf ihren alten Platz zurück. Im Osten war der Himmel ohne Farben, aber über dem Berg brannte er noch immer, als hätte sich aller Glanz des Tages dort oben gesammelt. Sie zwang sich, weiterzunähen, aber sie sah weder den Stoff noch die Nadel, nur dies große Leuchten, dies grenzenlose, unermeßliche Traumbild. Ihr war, als höre sie die Serenade des Jungen und als klängen Verse der Liebe durch die Luft der Dämmerung. Und wieder sah sie sich oben auf der Estrade des Priesters stehen, dort unten bei der Kirche vom Guten Rat, im Hof brannte das Johannisfeuer, und das Fest war in vollem Gange. Und plötzlich ging auch sie hinunter und fügte sich in die Reihe der Tanzenden ein. Auch sie nahm am Fest teil. Und sie war die Ausgelassenste von allen, sie war wie Grixenda und Natolia und spürte in sich die Glut, Zärtlichkeit und Leidenschaft all der Frauen zusammen. Giacinto drückte ihre Hand, und das Fest um sie her, auf dem Hof, auf der Welt, war für sie beide...

Doch nach und nach erwachte sie. Das Feuer schien ihr zu erlöschen und das Blut nicht mehr so stürmisch in ihren Adern zu pulsieren. Scham über ihre Träume kam sie an. Das Versprechen fiel ihr ein, das sie der Alten gegeben hatte: Alles wird gut werden. Nun suchte sie nach passenden Worten für den Neffen, die ihn dazu bringen konnten, auf den rechten Weg zurückzukehren und Grixenda zu heiraten. Sollten die beiden glücklich sein! Sie liebte sie jetzt alle beide, die junge Frau, weil sie mit ihrer Liebe ein Teil des Mannes war. Sollten sie glücklich sein in ihrer Armut und in ihrer Liebe auf ihrem Weg ins gelobte Land. Sie liebte beide, weil sie sich mitten unter ihnen fühlte, als ein Teil von ihnen, vereint mit dem Mann durch ihre Liebe, vereint mit der Frau durch ihr Leid. Sie segnete beide wie eine alte Mutter, doch sie fühlte sich dabei unter sie versetzt, in mystisch-geheimnisvoller Existenz, wie Jesus zwischen seinen Eltern auf der Flucht nach Ägypten...

Und wie die Kinder und die Greise weinte sie, ohne zu wissen warum – vor Schmerz, der auch Freude war, vor Freude, die auch Schmerz war.

Da klopfte es wieder. Rasch wischte sie sich mit dem Leinen die Tränen ab und ging öffnen. Ein Mann trat ein und schloß das Tor hinter sich.

Es war der Gerichtsvollzieher, ein hagerer Mann, aus der Stadt, dessen seit acht Tagen nicht rasierte Bartstoppeln sein Gesicht dunkel erscheinen ließen.

In der Hand hielt er ein langes, zusammengefaltetes Stück Papier. Er nahm den steifen grünen Hut vom kahlen Kopf und sah Noemi verlegen an.

»Ist Donna Esther nicht zu Hause?«

»Nein.«

»Ich sollte ... sollte ihr das übergeben. Aber ich kann es ja auch Ihnen übergeben«, setzte er schnell hinzu und schrieb ein paar Zeilen unten auf das Schreiben, indem er Silbe für Silbe mitsprach.

»Aus- ge- hän- digt- ausgehändigt- der Schwester des E- delfräu- leins, Donna No- e- mi Pin- tor.«

Sie schaute wie versteinert zu, innerlich zitternd. Hundert Fragen drängten sich auf ihre Lippen, aber sie wollte sich nicht neugierig und schwach vor diesem Mann zeigen, den alle im Dorf fürchteten und verachteten.

Der Gerichtsvollzieher zögerte seinerseits, ehe er den Brief übergab, doch endlich entschloß er sich und ging dann eilig fort.

Sie begann zu lesen, das Leinen unter dem Arm, die Augen noch feucht von Tränen.

»Im Namen Seiner Majestät des Königs ...« Das Papier hatte etwas Mysteriöses und Erschreckendes, wie von einer bösen Macht gesandt.

Wie sie dann las und nach und nach begriff, glaubte Noemi zu träumen. Sie setzte sich hin, las noch einmal genauer. Caterina Carta, Hausfrau von Beruf, verlangte von der Edelfrau Esther Pintor innerhalb von fünf Tagen nach Bekanntgabe des Protestes die Rückzahlung von zweitausendsechshundert Lire, einschließlich der Zinsen des von der genannten Edelfrau Esther Pintor unterzeichneten Wechsels.

Zunächst glaubte auch Noemi, wie vorher Efix, an eine unüberlegte Handlung Esthers.

Eine flüchtige Röte huschte über ihre Stirn. Wie eine Flamme, die einen Augenblick aufleuchtet und dann in der Ferne der dunklen Nacht verlischt, stieg aus der Tiefe ihres Bewußtseins die Gewißheit, daß ja auch sie selbst noch wenige Augenblicke zuvor jede Dummheit für Giacinto begangen hätte. Dann Stille, Dunkel. Sie gerade eben, ja, aber Esther? Esther *konnte* doch nicht die gleiche Tollheit empfunden haben wie sie. Esther *konnte* doch nicht die Familie ruiniert haben aus Liebe zu diesem Abenteurer.

Dann überkam sie die Wahrheit wie ein Blitzschlag, ließ sie

aufspringen und hin- und herlaufen, strauchelnd und taumelnd wie in einem Fieberanfall. So fanden sie die Schwestern.

Donna Esther nahm das Schreiben mit der Hand, die immer aus dem Schal herausgestreckt war, und Donna Ruth zündete die Lampe an, denn inzwischen war es dunkel geworden.

Alle drei setzten sich auf die Bank, und Noemi las, wieder ruhig und kalt geworden, das Schreiben laut vor. Die Schwestern beugten sich über den Brief, Angstschweiß perlte auf ihren Gesichtern. Noemi hob die Augen und sagte: »Wenn du, Esther, nichts unterschrieben hast, müssen wir auch nicht zahlen. Das ist ganz klar, warum sich also aufregen?«

»Er wird ins Gefängnis kommen.«

»Seine Schuld!«

»Kannst du denn so sprechen, Noemi? Darf man einen Christenmenschen ins Gefängnis bringen?«

»Was willst du sonst tun?«

»Bezahlen.«

»Und dann vielleicht um Almosen betteln?«

»Auch Jesus hat um Almosen gebettelt.«

»Ja, aber Jesus hat auch gestraft, er bestraft die Sünder, die Betrüger und Fälscher...«

»Im Jenseits, Noemi!«

Donna Ruth schwieg, während die beiden anderen Schwestern diskutierten, schweißgebadet lehnte sie sich mit herabhängenden Händen wie tot auf der Bank zurück. Zum ersten Mal in ihrem Leben empfand sie das Bedürfnis, sich zu bewegen, *irgend etwas* zu tun, um der Familie zu helfen.

»Ach«, sagte Donna Esther, stand auf und zog den Schal über der Brust zusammen, »vor allen Dingen müssen wir jetzt Ruhe und Vernunft bewahren. Ich werde zu Kallina gehen und sie bitten, sich zu gedulden.«

»Du, liebe Schwester? Du ins Haus der Wucherin? Du, Donna Esther Pintor?«

Noemi hielt sie am Schalende fest, aber Donna Esther, die eben noch Ruhe und Vernunft gepredigt hatte, wurde selbst heftig:

»Bleib mir doch gestohlen mit deiner *Donna* Esther! Die Not, Schwesterherz, macht alle gleich.«

Und draußen war sie.

Noemi fühlte sich gedemütigt; Zorn überkam sie. Schlagartig stand ihr Efix vor Augen: das Opfer, das sich fromm zur Schlachtbank führen ließ. Und sie lief über den Hof zum Tor hinaus, um jemanden abzupassen, den sie bitten konnte, den Knecht zu holen.

»Er allein ist schuld an allem! Er hatte versprochen, auf Giacinto aufzupassen und uns vor ihm zu beschützen...«

Niemand kam vorbei, alles blieb still, und auch von Donna Ruth im Haus war kein Laut zu hören. Nie vergaß Noemi diesen Augenblick des Wartens im letzten Licht des Tages, das ihr wie das letzte Licht ihres Lebens erschien. Unbeweglich auf der bröckelnden Schwelle stehend, beugte sie sich nach vorn, als erwarte sie ein geheimnisvolles Wesen, Retter und Rächer in einer Person.

Da waren Schritte zu hören, etwas schleppend und schwer, und eine Gestalt zeichnete sich unten auf der Straße ab, kam näher und wurde riesengroß vor dem farblosen Hintergrund. Es war die Gestalt eines Mannes, schwarz, aber auf seiner Brust in Höhe des Herzens leuchtete es wie Feuer.

Als er bei Noemi war und merkte, wie aufgeregt sie war, blieb er stehen, während sie sich mit einer Hand an die Mauer stützte, um nicht umzufallen, so sehr quälten sie der Drang und zugleich ihr Abscheu, sich an diesen Passanten zu wenden.

Doch da fragte dieser selbst: »Noemi, was ist los?«

Sie fühlte, wie ihr Herz zerging, nach Hilfe rief.

»Predu, tu mir den Gefallen und such jemand, der Efix vom Feld holen kann.«

»Das kann ich doch machen, Noemi.«

»Du? Du? Nein, du nicht...«

»Warum nicht?« kam es schrill zurück, »hast du Angst, ich könnte dir deine Melonen stehlen?«

Aber sie stammelte immer wieder, völlig außer sich: »Du nicht, nein, du nicht...«

Don Predu erriet, was für ein Drama sich da drinnen abspielte. Er wußte nicht warum, aber seit einiger Zeit, seit dem Abend, an dem er den Korb gebracht hatte und Giacinto zu ihm gesagt hatte:

»Du häufst dein Geld auf wie deine dicken Bohnen, die du den Schweinen vorwirfst«, fühlte er eine Leere in sich, ein merkwürdiges Leiden, als hätte der zugereiste Junge seines auf ihn übertragen, und seitdem empfand er ein ungewohntes Mitleid mit seinen Kusinen. Er sah, wie Noemi zitterte, und lehnte sich auch mit der Hand an die Mauer neben ihrer. Ihre Gesichter waren sich ganz nahe, seines hatte einen männlichen Geruch, nach Schweiß, sonnenverbrannter Haut, Wein und Tabak, ihres roch nach Lavendel und nach Tränen.

»Noemi«, sagte er halb rauh, halb zaghaft, wobei er den Hut abnahm und ihn wieder aufsetzte, »wenn Ihr mich braucht, sagt es mir. Was ist denn passiert?«

Noemi antwortete nicht, sie konnte nicht sprechen.

»Was ist geschehen?« wiederholte er laut.

»Wir sind ruiniert, Predu«, sagte sie schließlich, als spräche sie gegen ihren Willen. »Wir sind vernichtet. Giacinto hat die Unterschrift von Esther gefälscht... und die Wucherin hat den Wechsel zu Protest gehen lassen...«

»Ah, zum Henker!« schrie Don Predu und schlug mit der Faust gegen die Mauer.

Noemi erschrak bei diesem Fluch und das Gefühl der Schicklichkeit gab ihr die Beherrschung wieder. Sie fürchtete, die Nachbarn könnten zuhören und sich an ihrem Unglück weiden.

»Komm ins Haus, Predu, ich werde dir alles erzählen.«

Und er betrat das Haus, dessen Schwelle er seit zwanzig Jahren nicht mehr überschritten hatte.

Die Öllampe brannte auf der alten Bank, mitleidig schien die Flamme Donna Ruth Gesellschaft zu leisten, die immer noch so unbeweglich dasaß, den Kopf auf der Rückenlehne, beide Hände schlaff mit den Knöcheln auf der hölzernen Sitzfläche. Die eine Gesichtshälfte im Licht war wächsern, die andere schwarz im Schatten. Die halbgeschlossenen Augen blickten dennoch nach oben, verdreht, als strengten sie sich an, einen sehr weit entfernten Punkt zu fixieren. Kaum hatte Don Predu sie gesehen, zuckte er zusammen und blieb wie angewurzelt stehen. Und an dieser Bewegung erkannte Noemi die Wahrheit. Sie sah erst ihn entsetzt an, dann die Schwester und lief hin, um ihr beizustehen.

»Ruth, Ruth!« rief sie leise, über sie gebeugt, und umklammerte ihre Schultern.

Donna Ruths Kopf neigte sich erst zur einen, dann zur anderen Seite, dann schien der ganze Körper sich nach vorne zu beugen, als wollte er der Erde lauschen, die ihn zu sich rief.

Die klagenden Töne der Ziehharmonika von Zuannantoni erreichten Noemi im tiefsten Chaos ihres Schmerzes wie ein fernes Licht. Der Junge sang, sich selbst begleitend, mit einer herben Stimme voll unaussprechlicher Melancholie, welche die Nacht mit Zartheit und Helle erfüllte.

Noemi kniete noch neben der Bank, auf der die Leiche von Donna Ruth lag, hob den Blick und sah sich um. Sie war allein. Don Predu war gelaufen, um Donna Esther zu holen. Ihr fiel ein, daß die Alte gesagt hatte: Zuannantoni kommt und spielt eine Serenade für Sie, und es kamen Schmerzenslaute über ihre grünlichen Lippen, Stöhnen, Seufzer und Klagen, die sich mit den Tönen des Instruments und dem Gesang des Jungen vereinten, wie die Hilfeschreie eines einsamen Verwundeten im Wald sich mit dem Gesang der Nachtigall vereinen.

Doch plötzlich war alles still, dann hörte man Schritte und Stimmen. Der Hof füllte sich mit Menschen. Noemi sah neben sich den Jungen, der sich blaß und mit angstvoll geweiteten Augen die Ziehharmonika an die Brust drückte, als wollte er sich vor einem Angriff verteidigen. Sie flüsterte ihm ins Ohr: »Lauf und rufe Efix.«

X

Donna Ruth war von ihnen gegangen, Schatten und Schweigen umgaben erneut das Haus.

Efix saß auf der Treppe, eine Jasminblüte in der Hand, den Kopf an die Mauer gelehnt und wartete auf die Rückkehr von Giacinto mit einem leisen Angstgefühl.

Giacinto kam nicht. Sicher hatte er von dem Unglück erfahren und vermied es deshalb, zurückzukommen. Wo war er? Noch in Oliena oder in Nuoro oder noch weiter?

Efix versuchte, seine Gedanken zu ordnen, die Erinnerungen und Eindrücke dieser drei Schreckenstage. Da war ihm, als säße er noch vor seiner Hütte und lauschte der Nachtigall, die unten in den Erlen sang: Es schien die Stimme des Flusses, diese Welle des Wohllauts, die erquickend durch die Nacht strömte, so betörend und herzergreifend, daß selbst die Geister der Nacht sich zum Saum des Hügels hinaufgeflüchtet hatten, um von dort gespannt und regungslos zu lauschen. Wie von einem Windhauch fühlte Efix sich davongetragen: Erinnerungen und Hoffnungen hoben ihn empor.

Er wartete auf Giacinto, und Giacinto kam herauf mit phantastischen Nachrichten: Er hatte einen Posten gefunden, er hatte sein Versprechen gehalten, der Trost der alten Tanten zu sein. Und Don Predu hatte Noemi die Heirat angetragen...

Aber anstelle von Giacinto erschien Zuannantoni mit etwas Schwarzem auf der Brust, das aussah wie ein toter Geier. Von diesem Augenblick an hatte Efix das Gefühl, in Fieberträume verfallen zu sein. Welch ein Alptraum, die weißlich-blasse Straße in der Nacht und das Quietschen der Ziehharmonika, die vom Hügel herabkam und die Nachtigall zum Schweigen brachte! Plötzlich waren alle Geister und Ungeheuer losgelassen und tanzten im Schatten bedrohlich um ihn her.

Und nun wartete er wieder, aber Giacinto war für ihn jetzt auch zum Monster geworden, als hätten die Geister der Nacht ihn fortgetragen in ihr geheimnisvolles Reich und er müßte schrecklich entstellt von dort zurückkehren.

Besser, er käme niemals zurück.

Aus der Küche fiel ein Lichtschein und erleuchtete einen Teil des Hofes. Drinnen hörte man leise Geräusche, Noemi und Esther hantierten dort, aber es schien, als hätten auch sie Angst, Angst, man könne hören, daß sie lebten. Da drückte jemand das Tor auf, und alle drei, die Damen und der Knecht, schreckten hoch, als erwachten sie aus diesem Todestraum.

Es war wieder die alte Pottoi, die kam, um zu fragen, ob man etwas von Giacinto gehört hätte. Sie näherte sich wie ein Schatten, aber sie mußte jemanden draußen gelassen haben, denn sie sah sich um, während die Damen ärgerlich wieder hineingingen.

»Seit fünf Tagen ist der Junge nicht da, und keiner weiß, wo er steckt! Sag du, Efix, wo ist er?«

»Wie kann ich es dir sagen, wenn ich es selbst nicht weiß?«

»Sag es mir, sag es mir doch«, drängte sie ihn. Dabei neigte sie sich zu ihm und zog an ihrer Halskette, als wollte sie sie abreißen und ihm schenken. »Habt Ihr ihn weggeschickt? Hat Donna Noemi ihn weggeschickt?... Sag es mir, du weißt es bestimmt. Grixenda stirbt mir...«

Immer näher beugte sie sich zu ihm und über den schwarzen Linien ihres Gesichts sah Efix wie über einer Bergkette einen Stern leuchten.

»Was kann ich dir schenken, mein Lieber!«

»Aber nichts, Alte!« sagte er laut. »Ich schwöre dir, daß ich es nicht weiß. Sobald er kommt, werde ich es dich wissen lassen...«

»Du bist gut, Efix! Gott wird es dir lohnen. Komm mit raus... Tröste sie...«

Sie griff nach seiner Hand und zog ihn mit sich. Grixenda stand an der Mauer und weinte, als stünde sie vor einem Gefängnis, das ihr Allerbestes einschloß und in das sie nicht hineinkonnte.

»Na, na, was hast du? Er wird zurückkommen, ganz sicher.«

»Hörst du es, mein Herzchen?« sagte die Alte und zog das Mädchen von der Mauer weg. »Er kommt zurück, er ist nicht für immer weggegangen, nein!«

»Ja, er kommt zurück, mein Mädchen!«

Grixenda nahm seine Hand und küßte sie schluchzend. Er fühlte ihre tränenfeuchten Lippen auf seinen Fingern wie die Berührung einer taufeuchten Blume. Erschauernd hatte er das Gefühl, als löse der Alptraum, der ihn seit drei Tagen umschlossen hatte, sich auf.

»Er wird zurückkommen«, wiederholte er laut. »Und alles wird gut werden. Er wird Vernunft annehmen, bereuen und ihr werdet glücklich sein. Ja, alles wird gut werden...«

Die beiden Frauen gingen getröstet fort. Als er zurückkam, sah er Noemi wie einen schwarzen, unbeweglichen Schatten vor sich auftauchen.

»Efix, ich habe alles gehört. Efix, bilde dir ja nicht ein, daß du auch uns umbringen kannst. Giacinto darf nie wieder in dieses Haus zurückkommen.«

Efix hielt immer noch den Jasmin in der Hand, und die kleine Blüte zitterte im Dunkeln, als empfände sie selbst einen Schmerz.

»Sie umbringen... ich! Warum denn?«

»Efix, ich habe alles mitangehört«, wiederholte sie mit monotoner Stimme. Doch plötzlich sprang die Gestalt auf und der Schatten wurde riesenhaft. Efix sah sie wie eine Tigerin über sich.

»Efix, hast du verstanden? Er darf nicht wieder hierher zurück, nicht einmal ins Dorf! Du, du bist schuld an allem. Du hast ihn herkommen lassen, du hast gesagt, du wolltest uns vor ihm beschützen... du...«

Er nahm die Mütze vom Kopf wie ein Büßer.

»Donna Noemi, vergeben Sie mir! Ich glaubte, etwas Gutes zu tun. Ich dachte, wenn ich nicht mehr bin, dann haben Sie wenigstens jemanden, der Sie beschützt...«

»Du? Du bist ein Knecht und basta! Du verzeihst uns nicht, daß wir adlig sind und möchtest uns am liebsten mit deinem Beutel betteln gehen sehen. Aber eher werden dir die Raben die Augen auspicken. Zwei von uns hast du schon fortgehen sehen von hier, aber die anderen beiden nicht. Und du wirst immer der Knecht sein und wir die Herrinnen...«

Er schlug vor ihr das Kreuz wie vor einer Besessenen und ging, um seinen Beutel zu holen und bis ans Ende der Welt zu fliehen, aber Donna Esther hielt ihn an der Hand fest, und Noemi, die hinter ihm hergelaufen war, fiel auf die Bank nieder wie Donna Ruth, die Augen in ihrem bleichen Gesicht geschlossen. Er lief hinaus auf die Treppenstufe und blieb dort die ganze Nacht unbeweglich sitzen, das Gesicht in den Händen vergraben.

Vor Anbruch des Tages machte er sich auf die Suche nach Giacinto. Immer aufwärts wanderte er auf der schmalen Straße, die zuerst grau, dann weiß und später rosa war; die Morgenröte schien aus dem Tal heraufzuziehen wie roter Rauch und die bizarren Bergspitzen am Horizont zu überfließen.

Der Monte Corrasi, Monte Uddè, Bella Vista, Sa Bardia und Santu Juanne Nou stiegen aus der leuchtenden Mulde auf wie die Blütenblätter einer sich am Morgen öffnenden Riesenblume, und der Himmel selbst schien sich blaß und ergriffen über so viel Schönheit zu neigen.

Doch als die Sonne aufgegangen war, verschwand dieser Zauber, Falken flogen kreischend vorbei, und ihre Flügel blinkten wie Messer; das Profil des Orthobene, das aussah wie eine Nuraghenstadt, erstreckt sich gegenüber den weißen Bergen von Oliena, und dazwischen tauchte am Horizont der Dom von Nuoro auf.

Efix wanderte mit vom Fieber verschleierten Augen. Ihm kam es vor, als sei er tot und ginge weiter und weiter wie eine verdammte Seele auf dem Weg zu ihrer ewigen Bestimmung. Von Zeit zu Zeit aber lehnte sich etwas in ihm dagegen auf und zwang ihn, stehenzubleiben und sich auf einen Meilenstein zu setzen, um in die Ferne zu schauen. Die Straße, die zwischen dem Tal und den Bergen, zwischen Felsen, Olivenbäumen und Feigenkakteen, alle von der gleichen grüngrauen Farbe, anstieg, schien ihm gewiß sein Leidensweg zu sein, aber auch ein Weg, der ihn zu einem Ort der Freiheit führen konnte. Dort oben, dachte er, als er die Gipfellinie des Orthobene betrachtete, ist eine Stadt aus Granit mit verlassenen Burgen, warum ziehe ich mich nicht dorthin zurück, ganz allein, und ernähre mich von Kräutern und gestohlenem Vieh, frei wie die Banditen?

Aber da erblickte er von einem Punkt aus, wo das Tal sich öffnete, die Erlöserstatue auf einem Felsen, mit ihrem großen

Kreuz, das den blauen Himmel mit der grauen Erde zu verbinden schien, und er kniete sich nieder, senkte den Kopf und schämte sich seiner Phantastereien.

Giacinto war in Oliena, wußte vom Unglück und dem Tod Tante Ruths und hatte Angst zurückzugehen.

Er lebte von den wenigen Lire, die er beim Weinverkauf für den Milesen verdient hatte, wußte aber noch nicht, was er dann machen würde. Auch er schaute in die Ferne aus dem Fenster seines winzigen Zimmers über einem abschüssigen Hof, an dessen Ende man wie durch ein Loch das große Tal von Isporosile und den Dom von Nuoro sehen konnte, der zwischen zwei Hügeln in den rosafarbenen Himmel ragte.

Doch nicht einmal nach Nuoro zu gehen, konnte er sich entschließen. Eine unbestimmte Erwartung, daß noch irgend etwas geschehen würde, hielt ihn zurück, und so trieb er sich im Ort umher, genoß vor der Kirchentür die Sonne. Das weiße Dorf unter den klarblauen Bergen, wie aus Marmor und Luft gemacht, glühte wie eine Kalkgrube, die von Zeit zu Zeit vom Wind abgekühlt wurde. Und das Rauschen der Nuß- und Pfirsichbäume in den Gärten mischte sich mit dem Plätschern des Wassers und dem Gezwitscher der Vögel.

Giacinto beobachtete die Frauen, die zur Messe kamen, ernst und feierlich, mit eckigen blassen Gesichtern, eingerahmt von glänzend schwarzen Haaren und mit ihren nackten, schlanken Fesseln und schön bestickten Schuhen. Wie sie auf dem Fußboden der Kirche knieten in ihren roten Miedern und fast gänzlich eingehüllt in die zugebundenen Kopftücher, erinnerten sie an eine Wiese mit lauter Blumen. Die ganze Kirche war voller Bänder und Idole; kleine schwarze Heiligenfiguren mit Perlenaugen und große unförmige, mehr Monstren als Idole.

Nach der Messe gingen die Leute nach Hause, und Giacinto begab sich wieder in sein Refugium. Eine Kirchenruine, an der er vorüberging, erinnerte ihn an das Haus seiner Tanten dort unten. Er dachte mehr an Tante Noemi als an Grixenda, und ihn kam Lust an zu weinen, nach dort zurückzugehen, sich neben sie zu setzen, wie sie im Hof nähte, und den Kopf in ihren Schoß zu legen, unter das Leinen. Aber dann schämte er sich seiner Träumerei, kehrte ans Fenster seines einsamen Zimmers zurück und schaute auf die Kirche von Nuoro. Vielleicht lag dort oben seine Rettung.

Schwalbennester, die mit der Zeit die Farbe der Mauersteine angenommen hatten, liefen wie ein Schmuckfries zwischen Dach und Fenstern des kleinen Hauses entlang. Jedes Nest beherbergte eine Menge kleiner Vögel; von Zeit zu Zeit lugte ein Köpfchen hervor, glänzend rund wie eine Kastagnette, schlüpfte eine Schwalbe aus, dann die nächste und immer mehr, zehn, zwanzig, es war ein einziges Flattern und Schlagen von kleinen schwarzen Kreuzen, ein klagendes Piepsen rund um das kleine Fenster von Giacinto. Er versuchte, eine zu fangen, so dicht kamen sie an seinem Gesicht vorbei. Unbeweglich stand er auf der Lauer, und so verging die Zeit. Doch eines Tages sah er die müde Gestalt von Efix über den Hof heraufkommen und wußte, daß er es war, auf den er gewartet hatte.

Unter dem Fenster angekommen, blickte der Knecht nach oben, ohne ein Wort zu sagen, denn er konnte kaum den Mund öffnen, bewegte nur den Kopf und deutete auf die Straße, wohin Giacinto ihm folgen sollte, und Giacinto folgte ihm.

Sie gingen hinter die Kirche, lehnten sich an die verfallene Mauer, vor sich die weite, lichtdurchflutete Landschaft.

»Nun?« fragte Efix mit zitternder Stimme.

Über dieses Wort mußte Giacinto lachen, warum, wußte er nicht, aber dem Elend des Knechtes gegenüber fühlte er sich plötzlich überlegen.

»Nun, das fragst du mich? Das frage eher ich dich. Was gibt es Neues, das dich an meine Fersen heftet? Bist du gekommen, um Wein zu kaufen für die Hochzeit von Tante Noemi?«

»Respekt vor deinen Tanten! Du wirst sie nicht wiedersehen. Donna Ruth ist tot.«

Giacinto senkte den Kopf und starrte auf seine Hände.

»Siehst du? Siehst du? Nicht ein Wort des Schmerzes hast du! Nicht mal eine Träne! Und deinetwegen ist sie gestorben, du miserabler Kerl! Sie ist gestorben aus Kummer, den du verschuldet hast.«

Giacintos Schulter fing an zu zucken, auch seine Unterlippe zuckte, aber er biß sich wütend darauf, ballte die Fäuste und öffnete sie wieder, als wollte er etwas nehmen und wieder wegwerfen.

»Was habe ich denn getan?« fragte er frech.

Efix sah ihn von oben bis unten voller Schmerz und Verachtung an.

»Und das fragst du auch noch? Und warum bist du dann noch hier, wenn du nicht weißt, was du getan hast? Ich sage dir nichts und bitte dich um nichts, weil du ja doch nichts hast. Nicht einmal Herz hast du! Ich bin nur gekommen, um dir zu sagen, daß du nie wieder deinen Fuß über ihre Schwelle setzen darfst!«

»Diese Mühe hättest du dir sparen können! Wer denkt denn daran, zurückzugehen?«

»So antwortest du? Sag wenigstens, was du jetzt vorhast. Du hast sie an den Bettelstab gebracht, deine unglücklichen Tanten. Was willst du also tun?«

»Ich werde alles bezahlen.«

»Du? Mit leeren Versprechungen! Ach, zum Teufel, jetzt reicht es aber. Jetzt kannst du niemanden mehr an der Nase herumführen! Hör auf mit der Heuchelei, denn von uns kannst du sowieso nichts mehr erwarten. Hast du verstanden, du miserabler Kerl?«

Nun war es Giacinto, der ihn von oben bis unten musterte, erstaunt und boshaft. Dann hob er die Arme, als wollte er sich von der Erde erheben und bewegte sie rüttelnd auf Efix zu wie ein Adler über seine Beute. Seine Augen und seine Zähne glänzten im Sonnenuntergang, und sein Gesicht nahm einen wilden Ausdruck an.

»Sag mal, schämst du dich nicht?« fragte er leise, ergriff Efix' Arm und sah ihm fest in die Augen.

Efix hatte das Gefühl, dieser Blick versenge ihm die Pupillen, dumpf dröhnte es in seinen Ohren.

»Schämst du dich nicht! Miserabler Kerl, du! Es kann ja sein, daß ich Fehler gemacht habe, aber ich bin jung und kann noch lernen. Warum kommst du mich quälen? Ich wußte, du würdest kommen und habe auf dich gewartet. Du wenigstens, du solltest mich verstehen und mich nicht verdammen. Hast du begriffen?

Jetzt sagst du nichts mehr? Ah, jetzt zitterst du, Mörder? Geh, ich schäme mich ja, daß ich dich angefaßt habe.«

Er versetzte ihm einen Stoß und wandte sich zum Gehen. Efix lief ihm nach und ergriff seine Hand.

»Warte!«

Einen Augenblick standen sie schweigend, als hörten sie eine ferne Stimme.

»Giacinto, du mußt mir nur eines sagen. Giacinto! Ich spreche wie ein Sterbender zu dir, Giací! Sag es mir bei der Seele deiner Mutter! Woher weißt du es?«

»Was geht das dich an?«

»Sag es mir, sag es mir, Giací! Bei der Seele deiner Mutter.«

Nie vergaß Giacinto die Augen von Efix in diesem Moment, Augen, die ihn aus der Tiefe eines Abgrunds anzuflehen schienen, während die Hand, die die seine umklammert hielt, ihn nach unten zog und der Körper des Knechtes langsam zusammensank. Aber er schwieg.

Efix ließ seine Hand los, fiel zu Boden, krümmte sich tastend auf der Erde und fing an, zu husten und Blut zu spucken. Sein Gesicht war dunkel, wie verfallen. Giacinto glaubte, er werde sterben. Er zog ihn hoch, lehnte ihn mit dem Rücken an die Mauer, stand auf und sah ihn von oben an.

»Sag es mir, sag es mir!« stammelte Efix und hielt ihm seine blutverschmierten Handflächen entgegen. »Ist es deine Mutter gewesen? Sag mir wenigstens, daß sie es nicht gewesen ist.«

Giacinto schüttelte den Kopf. Da schien sich Efix etwas zu beruhigen.

»Es ist wahr«, sagte er leise. »Ich habe ihn getötet, deinen Großvater, ja. Tausendmal wollte ich es gestehen, auf der Straße, in der Kirche, aber *ihretwegen* habe ich es nicht getan. Wenn ich nicht mehr dagewesen wäre, wer hätte ihnen beistehen sollen? Aber es war ein Unglück, Giací! Das schwöre ich dir. Ich wußte, daß deine Mutter fliehen wollte, und ich hatte Mitleid, denn ich war ihr gut; das war meine erste Sünde. Ich hatte meine Augen zu ihr erhoben, ich, der Wurm, ich, der Knecht. Aber sie hat meine Zuneigung ausgenutzt und sich meiner bedient, um wegzukommen... Und *er,* der Vater, ahnte alles. Und eines Abends wollte er mich umbringen. Ich habe mich verteidigt und ihm mit einem Stein auf den Kopf geschlagen. Er drehte sich ein paarmal um sich selbst wie ein Kreisel, mit einer Hand im Nacken, dann fiel er nieder, ein Stück entfernt von der Stelle, wo er mich angegriffen hatte... Ich glaubte, er verstelle sich nur... wartete und wartete, daß er aufstehen würde... Dann brach mir der Schweiß aus... aber ich konnte mich nicht rühren... Immer noch glaubte ich, er tue nur so... und schaute und schaute... so verging eine lange Zeit. Endlich ging ich näher hin... Giací? Giací!« wiederholte Efix mit ängstlicher Stimme, als riefe er immer noch sein Opfer. »Ich rief ihn an... er antwortete nicht. Ich brachte es nicht fertig, ihn anzufassen... und bin weggelaufen – und dann wieder zurückgerannt... Dreimal hintereinander, ich konnte ihn einfach nicht berühren. Ich hatte Angst...«

Giacinto stand da, groß und schwarz gegen den roten Himmel, und hörte zu, seine Schulter zuckte, und Efix, der ihn von unten sah, glaubte den ganzen Horizont zittern zu sehen.

Doch plötzlich ging Giacinto weg, ohne etwas zu sagen, und Efix sah vor sich nur noch den freien Raum, das von rosa Schatten durchzogene Tal und hoch oben, schwarz im Gegenlicht, die Hügel von Nuoro. Unendliche Stille herrschte. Nur vereinzelte Schreie der Schwalben schienen aus der verfallenen Mauer zu kommen, und von weiter her war der Hufschlag eines Pferdes zu hören, das sich rasch entfernte.

»Das ist Giacinto«, dachte Efix, »er hat ein Pferd genommen und reitet ins Dorf zurück, erzählt alles den Tanten und quält sie damit.«

Angestrengt lauschte er. Ihm war, als hallte der Hufschlag von der Mauer über ihm wider und glitt von dort tiefer, über seinen Körper, über sein Herz.

»Er ist weggeritten, ohne mir etwas zu sagen. Aber ich, als er mir seine Geschichte mit dem Kapitän erzählte, ich habe es nicht so gemacht!«

Plötzlich sprang er hoch, als hätte ihn etwas gestochen, schüttelte sich den Staub von den Kleidern und rannte los, an der Kirche vorbei, zur Straße hinunter, getrieben von dem Gedanken, Giacinto könne zum Haus laufen und die Frauen quälen.

Aber als er dort ankam, war das Haus wieder in seine Friedhofsruhe verfallen. Donna Esther wusch das Getreide, bevor sie es zur Mühle bringen ließ. Mit einem Sieb tauchte sie es immer wieder in einen Trog mit Wasser. So blieben alle kleinen Steine in einer Ecke liegen, und sie konnte sie mit einem Schwung ausschütten. Staubig und steinig war das Getreide, denn es war das letzte aus dem Sack, der ihnen noch geblieben war.

Was Efix jedoch beeindruckte, war Donna Noemi, die das weiße Tuch von Donna Ruth umgebunden hatte zum Zeichen der Trauer. Sie war gealtert und weiß im Gesicht wie das geflickte Laken, das sie immer noch ausbesserte.

Er setzte sich vor sie auf die Bank, und alle drei waren so ruhig, als ob nichts vorgefallen wäre.

»Geht er fort oder nicht?« fragte Noemi.

»Er wird gehen.«

Sie sah ihn fest an. Er sah so grau und mager aus, daß sie Mitleid mit ihm bekam und nichts mehr sagte.

Und acht Tage lang lebten alle drei in Angst und Hoffnung, daß Giacinto zurückkäme und alles wieder gutmachte, daß er sich davonmachte und sich nie wieder blicken ließ.

XI

Eines Tages im Herbst ging Efix in das Haus von Don Predu. Nur die Mägde waren da, eine dicke ältere, die sich wichtig tat, als sei sie die Schwester des Pfarrers, und eine andere, jung und flink, allerdings angegriffen vom Malariafieber. Er mußte in dem Vorraum zu ebener Erde warten und vertrieb sich die Zeit, indem er den großen Hof mit den Schilfmatten betrachtete, auf denen grüne und blaue Feigen, dunkle Weintrauben und Tomaten lagen, die schon aufgeplatzt und mit Salz bestreut waren. Das ganze Haus atmete Frieden und Wohlstand, auf den weißen Mauern zitterte der Schatten der Palmen, und im goldgelben Laub der Granatapfelbäume waren die roten Früchte geplatzt, und man sah die Kerne glänzen wie Kinderzähne. Efix dachte an das trostlose Haus seiner armen Herrinnen und an Noemi, die darin verwelkte wie eine Blume im Dunkeln...

»Wie bist du abgemagert«, meinte die ältere Magd, die an der Tür saß und spann, »hast du Fieber?«

»Ja, es nagt an meinen Knochen und läßt mich mager werden, bei Gott«, seufzte er und betrachtete seine zitternden Hände.

»Geht es deinen Herrinnen gut? Man sieht sie nirgends mehr, nicht mal in der Kirche!«

»Nicht einmal in die Kirche gehen sie seit dem Unglück.«

»Und Don Giacinto, kommt er nicht zurück?«

»Nein, er kommt nicht zurück. Er hat einen Posten in Nuoro.«

»Ja, mein Padrone hat ihn kürzlich gesehen. Aber ein sehr nobler Posten scheint es nicht zu sein.«

»Es genügt doch, daß man lebt, Stefana!« meinte Efix, ohne den Kopf zu heben. »Es genügt zu leben, ohne zu sündigen.«

»Das ist das Schwierige, mein Lieber! Wie soll man durch den Fluß waten, ohne naß zu werden?«

»Über die Brücke gehen«, sagte die andere Magd vom Hof her, wo sie ein Häufchen Mandeln schälte. Dann fragte sie: »Und

Grixenda? Die trägt ja auch Trauer und geht nicht mehr aus dem Haus?«

Efix antwortete nicht.

»Und Don Predu, kommt der jetzt zu euch?«

»Ich weiß es nicht, ich bin immer oben auf den Feldern.«

Die Frauen brannten vor Neugier, denn seit einiger Zeit schickte ihr Padrone den Kusinen Geschenke, und obwohl er manchmal seine Witze über sie machte, erlaubte er anderen nicht, sie in seiner Gegenwart schlecht zu machen. Aber Efix hatte keine Lust, etwas auszuplaudern. Don Predu hatte ihn rufen lassen, und er war hier, um auf ihn zu warten und nicht, um zu klatschen. Seine Ohren rauschten vom Fieber und von der Erschöpfung, es hörte sich an wie der Fluß in der Nacht und wie ferne Stimmen. In seinem Kopf existierte nur noch seine eigene Welt, in der er lebte, weit ab von der realen.

Weder Giacinto noch Grixenda interessierten ihn noch, ja beinahe nicht einmal mehr seine Herrinnen. Alles erschien ihm weit entfernt und entfernte sich immer mehr, als säße er in einem Boot und sähe vom grauen, stürmischen Meer aus das Land am Horizont verschwinden.

Don Predu kam herein, er war weniger dick als früher, wirkte wie leergepumpt. Die Goldkette über seiner keuchenden Brust hing ein wenig durch. Efix stand auf und wollte sich nicht mehr zum Niedersetzen bewegen lassen.

»Ich muß gehen«, sagte er und zeigte nach draußen wie jemand, der noch einen weiten Weg vor sich hat.

»Hast du so viel zu tun? Oder gehst du zu einem Fest?«

Eigentlich tat ihm Don Predus Ironie nicht mehr weh, dennoch gab ihm die Anspielung auf ein Fest einen Stoß.

»Ja, ich will zum Fest von San Cosimo und San Damiano.«

»Na gut, dann geh, aber ich nehme an, du brichst nicht sofort auf. Setz dich, ich muß dich etwas fragen. Stefana, bring Wein!«

Aber Efix schob das Glas mit einer Geste von Abscheu von sich. Keinen Wein mehr, keine Laster mehr. Seit zwei Monaten fastete er bereits, und manchmal, wenn er Durst bekam, trank er nicht aus Buße. Ergeben setzte er sich und sah auf seine Hände. Don Predu ließ den Hof nicht aus den Augen, damit die Mägde nicht lauschten, und fragte mit leiser Stimme: »Sag mir, wie geht's bei meinen Kusinen?«

Efix sah auf, senkte aber gleich wieder die Augen; eine dunkle Röte verfärbte sein ausgedorrtes Gesicht, das nur noch aus Haut und Knochen bestand.

»Meine Herrinnen haben kein Vertrauen mehr zu mir und sagen mir nichts mehr von ihren Geschäften. Recht so. Wozu mir davon erzählen? Ich bin nur der Knecht.«

»*Corfu 'e mazza a conca,* dann sollen sie dich wenigstens bezahlen. In diese Geschäfte sollten sie dich wenigstens einbeziehen. Wieviel schulden sie dir?«

»Sprechen wir lieber nicht davon, Don Predu mio! Quälen Sie mich nicht!«

»Du quälst dich selbst, Alter! Also hör zu. Auch ich gehe manchmal zu ihnen, aber es ist nicht möglich, etwas aus ihnen herauszubekommen. Esther würde vielleicht reden, aber Noemi ist hart wie eine Schuhsohle. Am ersten Abend, als das mit Ruth passierte und ich zufällig vorbeikam, nur an dem Abend hat sie sich mir anvertraut. Aber ich wette, verdammt noch eins, das war nur der Moment der Verzweiflung. Später war sie verschlossen wie immer. Wenn ich hinkomme, empfängt sie mich höflich, aber von Zeit zu Zeit sieht sie mich so feindselig an, als sei ich die Ursache ihres Unglücks. Und wenn Esther den Mund aufmacht, um etwas zu sagen, dann wirft sie ihr einen Blick zu, daß ihr das Wort im Mund erstarrt.«

»Mit mir macht sie es ebenso«, sagte Efix. »Ganz genauso.«

Er empfand fast ein Gefühl der Erleichterung, denn die Erinnerung an den Blick von Noemi verfolgte ihn quälender als sein altes Schuldgefühl.

»Also hör mir jetzt zu. Da ich gesehen habe, daß man aus ihnen nichts herausbekommen kann, habe ich die Kallina gefragt. Aber auch sie, der Teufel soll sie holen, sagt nichts. Sie versteht ihr Geschäft, die verdammte Hexe, tut so, als glaube sie, Esther hätte wirklich den Wechsel unterschrieben, und sagt, sie wolle nur ihr Recht. Ich weiß, daß du und Esther zu ihr gegangen seid, um die Sache irgendwie zu regeln, und daß Kallina den Wechsel um drei Monate verlängert hat, mit Spesen und höheren Zinsen, und daß sie eine Hypothek auf Haus und Land genommen hat, zum Henker mit ihr! Also gut, aber jetzt, im Oktober, was werdet Ihr da machen?«

»Ich weiß es nicht, sie sagen mir gar nichts.«

»Ich weiß, daß Esther auf der Suche nach Geld unterwegs ist, aber da kann sie lange suchen, die letzten Zähne werden ihr ausfallen, und sie wird immer noch keins haben. Ich weiß auch, daß sie bereit ist zu verkaufen, aber nicht an mich.«

Efix schaute auf seine Hände und schwieg, aber Don Predu, irritiert von dieser Gleichgültigkeit, schlug ihm mit der Hand aufs Knie.

»Was denkst du, du holzgeschnitzter Heiliger, los, sag es!«

»Also gut, ich werde Ihnen die Wahrheit sagen. Ich hoffe, daß es Giacinto gelingt zu bezahlen.«

Da schüttelte sich Don Predu auf seinem Stuhl vor Lachen, seine Brust schwoll an, und seine Zähne blitzten zwischen den wulstigen Lippen. Sogar seine Finger, in denen er die Goldkette hielt, schienen mitzulachen. Efix schaute ihn erschrocken an, mit verängstigten Augen wie ein verwundetes Tier.

»Der, der hat doch selber nichts zu beißen! Ich habe ihn neulich gesehen. Wie ein Bettler sah er aus mit seinen zerrissenen Schuhen. Sogar sein Fahrrad hat er verkauft, mehr brauche ich dir wohl nicht zu sagen!«

»Doch, sagen Sie es! Hat er gestohlen?«

»Gestohlen? Bist du verrückt? Jetzt verdächtigst sogar du ihn, deinen Wunderknaben, deinen Leinwandengel. Und was hätte er stehlen sollen? Nicht einmal dafür taugt er.«

»Und... was hat er gesagt? Wird er zurückkommen?«

»Wenn ihm das auch nur in den Sinn kommt, dann breche ich ihm alle Knochen«, sagte Don Predu, und seine Miene verfinsterte sich. Da hatte Efix plötzlich das Gefühl, seine unglücklichen Herrinnen hätten nun endlich eine Stütze gefunden, einen Beschützer, der stärker war als er. Gott sei gedankt, er läßt seine Geschöpfe nicht im Stich. Und wieder belebte sich seine frühere Hoffnung, daß Don Predu Noemi heiraten und das Haus seiner Herrinnen vor dem Ruin retten könnte. Aber so schnell, wie seine Freude gekommen war, verflog sie auch wieder, und er befand sich erneut in seiner Einöde, auf seinem Meer, seiner geheimnisvollen, schrecklichen Reise zur göttlichen Bestrafung. Alle Schätze der Erde, auch wenn sie ihm gehörten, auch wenn er König wäre und alle Menschen auf der Welt glücklich machen könnte, würden nicht ausreichen, seine Schuld zu tilgen und ihn aus der Hölle zu befreien. Wie konnte er sich also freuen? Wieder schaute er auf seine Hände, damit man ihm seine Gedanken nicht ansehen konnte. Don Predu fing wieder an:

»Giacinto wird weder zurückkommen noch wird er seine Schulden bezahlen, das garantiere ich dir. Aber denk an das, was ich dir tausendmal gesagt habe: Das Land will ich haben. Ich werde alles bezahlen, so bleibt ihnen das Haus. Versuch du, sie dazu zu überreden, diese Starrköpfe. Ich nehme dich in meinen Dienst.«

»Warum sprechen Sie nicht selbst mit ihnen? Auf mich hören sie doch nicht.«

»Und auf mich vielleicht? Ich habe versucht, mit ihnen zu reden, aber es ist, als spräche man gegen eine Mauer. Du mußt sie überreden, du!« bekräftigte er und schlug ihm wieder aufs Knie. »Wenn es stimmt, daß du ihr Bestes willst, gibt es nur diesen Weg. Du *mußt,* es ist deine Pflicht, ihnen die Augen zu öffnen, wenn sie blind sind. Du *mußt* einfach, verstehst du? Oder hast du Würmer in den Ohren?«

Efix machte ein verschlossenes Gesicht, als wäre er taub. *Mußt?* Drohte Don Predu? Wußte er etwas, Don Predu? Ihm war das alles nicht mehr so wichtig, er hatte nur noch Angst vor der Hölle. Dann überlegte er wieder, ob Don Predu nicht vielleicht doch recht hatte.

»Wie soll ich es denn anfangen?«

»Du mußt beweisen, daß du ein Mann bist, wenigstens dieses eine Mal. Du mußt ihnen sagen, daß, wenn sie dich schon nicht mit Geld bezahlen, sie es wenigstens mit Dankbarkeit sollten. Wenn das Land in die Hände eines anderen Herrn überginge, würde der dich davonjagen wie einen Hund. Und dann würdest du auf die Feste gehen, aber so wahr mir Gott helfe, mit den Bettlern!«

Efix erschrak, diese Strafe war sein Alptraum. Er stand auf und sagte: »Ich werde alles tun; das einzige wäre...«

»Das einzige?« fragte Don Predu und packte ihn am Ärmel. »Setz dich, zum Teufel, und trink, was wäre das einzige?«

Efix ließ sich auf den Stuhl zurückfallen. Er zitterte, der Schweiß brach ihm aus, er glaubte ohnmächtig zu werden.

»Das wäre, daß Vossignoria Donna Noemi heiratet.«

Don Predu schüttelte sich erneut vor Lachen. Er lachte und hielt dabei Efix fest, als wollte er ihn gar nicht mehr weglassen.

»Bist du heute aber amüsant, Teufel nochmal! Ich behalte dich mein Leben lang bei mir! Du vertreibst mir die schlechte Laune! Und ich verheirate dich mit Stefana. Sie ist zwar ein bißchen zu dick für dich, vielleicht, aber dafür ungefährlich, denn die Dreißig hat sie schon ein Weilchen überschritten...«

»Stefana, Stefana«, schrie er, ihn immer noch festhaltend, und wandte sein lachendes Gesicht zur Tür, »hör mal, hier ist ein Freier für dich.«

Die Magd kam näher, schwarz, mit dickem Leib und dickem Busen und dem feierlichen Gesichtsausdruck einer Dame. Efix sah sie einen Augenblick flehend an.

»Don Predu hat Lust zu lachen.«

»Ein schlechtes Zeichen, wenn er Lust zu lachen hat, dann müssen immer andere weinen«, sagte die Frau und wich dem Blick ihres Herrn aus. Und hinter ihrem Rücken lächelte Pacciana, die andere Magd, bleich, mit einem schmalen Mund, den zwei Grübchen begrenzten.

»Ich sage dir, du wirst Efix heiraten, Stefana. Jetzt sagst du nein, aber nachher wirst du ja sagen. Was gibt's da zu lachen?«

»Gemeines Lachen!« zischte Pacciana leise hinter ihr und stieß Stefana an, damit sie dem Herrn eine passende Antwort gab. Aber diese fand es unter ihrer Würde, den Scherz weiterzutreiben, und hielt den Mund, bis ihr Padrone und Efix hinausgegangen waren.

Nun fingen die beiden Mägde an, über die Kusinen ihres Herrn herzuziehen.

»Wenn ich zu ihnen gehe, mit einem Geschenk im Korb, dann empfangen sie mich, als käme ich betteln. Und dabei bin ich es, die ihnen Almosen bringt. Siehst du nicht, wie verhungert Efix aussieht? Seit zwanzig Jahren haben sie ihm keine einzige Lira mehr gegeben, und jetzt geben sie ihm nicht einmal mehr etwas zu essen. Und hast du nicht gehört, wie unser Padrone sich ereifert, wenn man Anspielungen auf seine Kusinen macht?«

»Die Zeiten ändern sich, auch Fohlen werden einmal alt«, sagte Stefana bedeutsam, und beide fühlten, daß etwas Neues, Schweres über ihrem Dienstbotenschicksal in diesem frauenlosen Haushalt schwebte.

Inzwischen begleitete Don Predu Efix immer höher die schmale, vom letzten Regen reingewaschene Straße hinauf. An den Mauern der leeren Häuser wuchs junges Gras. Tiefe, sanfte Stille hüllte alle Dinge ein, gelbe Wolken tauchten wie verwundert über dem feuchten Berg auf, und von oben vor dem Hoftor der Damen Pintor sah man die weite, mit goldgelben Binsen bedeckte Ebene und den grünen Fluß zwischen Inseln aus weißem Sand. Die Stille war so groß, daß man hören konnte, wie die Frauen unten an der alleinstehenden Pinie am Ufer ihre Wäschestücke ausschlugen.

Die alte Pottoi stand auf der Schwelle und schaute, mit der einen Hand an die Mauer gestützt, die andere über die Augen gehalten. Elend und klein sah sie aus, und der Schmuck fiel auf ihrem abgemagerten Körper noch trauriger auf.

»Was macht Ihr da?« grüßte Don Predu.

»Ich warte auf meine Grixenda, die zum Fluß gegangen ist. Ich wollte es nicht, um die Wahrheit zu sagen, weil der Junge, der Neffe von Vossignoria, es ihr verboten hat. Und wenn er kommen und es sehen würde, wäre er böse. Aber Grixenda hat immer ihren eigenen Kopf.«

»Was, hat Giacinto Euch denn geschrieben?«

»Geschrieben, wem geschrieben? Nie hat er geschrieben, keiner weiß etwas von ihm, aber er muß ganz sicher zurückkommen, weil er es versprochen hat.«

»Ach ja, es kommen ja auch die Toten zurück, das sagt Ihr doch immer!«

Die Alte wandte sich an Efix, der mit gesenktem Kopf dastand und auf das Pflaster starrte.

»Hat er nicht zu dir gesagt, daß er sie heiraten wird? Los, sag es, hat er es gesagt oder nicht?«

Efix schaute sie einen Augenblick an, wie er Stefana angesehen hatte, aber er antwortete nicht.

»Was mir wirklich Kummer macht, ist der Groll der Damen«, sagte die Alte und schaute wieder zum Fluß hinunter. »An uns lassen sie ihn aus, nur Zuannantoni hat manchmal Zutritt zu ihrem Haus, das fester verschlossen ist als die Burg zu Zeiten der Barone. Der Kallina haben sie verziehen, die Pest über sie, aber uns nicht. Unsere Liebe Frau mag ihnen helfen. Und wenn der Junge erst zurückkommt, dann wird alles gut werden, das sagt auch Donna Noemi.«

Die beiden Männer entfernten sich, aber die Alte rief Don Predu zurück und flüsterte ihm zu: »Können Sie mir nicht einen Gefallen tun? Sagen Sie doch Grixenda, sie soll nicht an den Fluß gehen. Das schickt sich nicht für sie, wenn sie einen Herrn heiraten will.«

Don Predu öffnete seine dicken Lippen, um zu lachen und einen seiner gewohnten Scherze zu machen, aber als er die zitternde Alte sah, senkte er den Blick und betrachtete ihre Halskette und die glänzenden Ohrringe, und auch er griff an seine Goldkette, und sein Gesicht verfinsterte sich wie an jenem Abend, als er die Schulter seines Neffen zucken sah.

Er holte Efix ein, und sie blieben vor dem geschlossenen Tor der Damen stehen. Brennesseln wuchsen auf den Stufen. Jedesmal erinnerte sich Don Predu daran, wie Noemi hier in der Dämmerung gestanden und gewartet hatte.

»Also gut, wir sind uns einig. Du machst es so, wie ich dir gesagt habe, verstanden?«

»Verstanden, werde alles so machen«, sagte Efix.

Er klopfte, aber niemand öffnete. Don Predu stand da, hielt seine Kette und sah zum Fluß hinunter, als erwarte auch er jemanden.

»Meine Güte, sind die auch gestorben?«

»Donna Esther wird in der Kirche sein, und Donna Noemi hat sich vielleich schon hingelegt.«

»Warum, ist sie krank?«

»Ach, schon eine ganze Zeit, jedesmal, wenn ich komme, hat sie sich hingelegt. Sie hat Kopfschmerzen.«

»Oh, dann muß sie rausgehen und ein bißchen frische Luft schnappen.«

»Ja, das denke ich auch, aber wohin?«

Don Predu schaute hinunter zum Fluß, sein Gesicht bekam einen anderen Ausdruck, sah beinahe schön aus, etwas traurig und verträumt wie das seines Neffen.

»Ach, man kann überall hingehen, zum Beispiel auch nach Badde Saliche, meinem Gut am Meer, da gibt es noch ein paar grüne Trauben...«

Efix' Miene hellte sich auf; er wollte gerade etwas sagen, da hörte man, wie von der anderen Seite das Tor aufgeschlossen wurde, und Don Predu lief weg, ohne sich umzudrehen, und versuchte, sich an der Mauer zu verstecken.

XII

Zur großen Überraschung von Efix ging Donna Esther auf die Vorschläge des Vetters ein. So wurde das Land verkauft und der Wechsel eingelöst. Gleichzeitig passierte aber noch etwas, worüber man im ganzen Dorf redete. Efix blieb zwar im Dienst von Donna Esther und Donna Noemi, bekam aber das Land in Halbpacht und brachte den ihm zustehenden Teil der Erzeugnisse immer ins Haus seiner Herrinnen. Endlich, so sagten die Lästerzungen, sei er vom Knecht zum Mitglied der Familie aufgestiegen, ja sogar zum Beschützer der Damen Pintor.

Aber was am meisten überraschte, war die Leutseligkeit Don Predus, schien dieser doch seit einiger Zeit ein anderer geworden zu sein. Sogar abgenommen hatte er, und es ging das Gerücht, er sei »toccato a libro«; das bedeutete: kraft einer mit der Heiligen Schrift durchgeführten Hexerei verzaubert worden. Wer hatte wohl Interesse daran, so etwas zu tun?

Man wußte es nicht, solche Dinge erfährt man niemals klar und präzise, denn wenn man sie erführe, wären sie ja nicht mehr groß und geheimnisvoll. Tatsache war, daß Don Predu dünner geworden war, nicht mehr so höhnisch zu seinem Nächsten war und schließlich die Dummheit begangen hatte, ein Landgut ohne jeden Wert zu kaufen und mit dem Gut den Knecht, dem er noch dazu seine volle Freiheit ließ.

Stefana und Pacciana sagten: »Es ist ein Geschenk, das er seinen unglücklichen Kusinen geben wollte.«

Doch da Don Predu auch weiterhin immer wieder Geschenke an die Damen Pintor schickte, mußte er, so meinten sie unter sich, wirklich verhext sein, und so sprachen sie von Efix nur noch flüsternd. Alles war ja möglich auf dieser Welt, und Efix liebte seine Herrinnen so sehr, daß er bestimmt fähig war, für sie sogar zu hexen und zu zaubern. Vor allem sein dauerndes Ein- und Ausgehen bei Don Predu rief den Argwohn der Mägde hervor. Stefana sah sogar unter der Türschwelle nach, ob dort vielleicht ein magischer Gegenstand versteckt war, und Pacciana fand eines Tages eine schwarze Spange im Bett des Padrone... da mußten doch merkwürdige Dinge geschehen.

Den Winter über blieben die Damen Pintor immer im Hause und sprachen nie davon, zum Gute-Rat-Fest zu gehen, doch als die Tage länger wurden und das Gras auf dem alten Friedhof zu wachsen begann, schien auch Donna Esther von einer Art Mattigkeit befallen zu werden, von dem gleichen zehrenden Sehnen, wie es Noemi jedes Jahr im Frühling erblaßte. In die Kirche ging sie kaum noch, sondern wanderte durchs Haus, setzte sich immer wieder hin, ließ die Arme hängen und sagte, die Füße täten ihr weh. Im Haus war zwar die Not nicht größer als in den Jahren vorher, weil Efix für das Nötigste sorgte, aber die Luft selber schien noch wie getränkt mit Trauer.

In der Fastenzeit gingen die beiden Schwestern zur Beichte. Es war ein klarer, hell klingender Morgen. Man hörte Kindergeschrei und Herdengeläut in den Binsen der Flußniederung, und die Stimme des mehr und mehr anschwellenden Flusses schien drohen zu wollen, aber nur zum Scherz. Am türkisblauen Himmel war nicht ein Wölkchen zu sehen, die Luft war so klar, daß man oben auf dem Felsen die Steine der Burg glänzen und durch eine von Efeu umrankte Fensteröffnung in den Ruinen das Azur leuchten sah.

Priester Paskale saß in seinem Beichtstuhl und machte keine Anstalten herauszukommen, obwohl Natolia ihn in der Sakristei mit Kaffee und einem Körbchen Gebäck erwartete. Als sie die beiden neuen Büßerinnen kommen sah, machte die Magd eine Gebärde der Verzweiflung und dachte, daß es gut wäre, den Kaffee bei ihrer Freundin Grixenda aufzuwärmen. So ging sie mit dem Korb auf dem Kopf hinter der Apsis vorbei und den kleinen Weg zwischen tauglitzernden Brombeersträuchern hinunter. An der offenen Tür der alten Pottoi sah man Grixenda über das Herdfeuer gebeugt, um Kaffee für die Großmutter zu kochen, die krank im Bett lag.

»Du wirst jeden Tag weniger«, sagte Natolia beim Eintreten.

Grixenda war wirklich sehr mager und blaß, jung zwar noch, aber bereits wie verwelkt. Manche Bewegungen ihres dünnen

Halses und die gelbliche Gesichtsfarbe erinnerten an die Großmutter. Nur die Augen leuchteten groß und klar, hatten einen zugleich melancholischen und tückischen Glanz wie das Wasser der Sümpfe zwischen den Binsen der Flußebene.

»Mir ist der Kaffee kalt geworden, und jetzt sind noch deine Tanten gekommen, da wird er ja wie Eis werden«, sagte Natolia und zog die kleine Kanne aus dem Korb. »So kann ich auch ein bißchen trinken.«

»Meine Tanten! Peitschen sollte man sie! Und dich mit ihnen! Wenn sie den ganzen Sack ihrer Sünden ausleeren, kriegt dein Herr sicher einen Herzschlag in seinem Beichtstuhl...«

»Was für Reden! Man merkt, daß dich die Viper gebissen hat. Hier, nimm einen Zwieback, ich biete ihn dir an wie eine Blume, damit dein Herz etwas sanfter wird...«

Aber Grixendas Herz war tatsächlich wie vergiftet, und sie litt keine Scherze.

»Wenn du gekommen bist, um mir weh zu tun, dann bist du im Irrtum, Natolia, du hast nämlich keine Dornen, denn du bist nur wie Wolfsmilch und nicht wie die Rose. Mir tut nichts weh und mir tut auch nichts leid. Ich bin stark wie die Pinie am Flußufer. Eines Tages wirst du zu mir kommen und mich bitten, meine Magd zu werden.«

»Und wen willst du heiraten, den Burgherren vielleicht?«

»Ich werde einen Lebenden heiraten, nicht einen Toten, die Toten sollen sich an deine Fersen heften!«

»Mir scheint, du bist es, die Don Predu verhext hat.«

»Wenn ich will, heirate ich auch Don Predu«, sagte Grixenda und hob stolz das noch so kindliche und doch schon gezeichnete Gesicht, »aber ich habe andere Vorstellungen im Kopf.«

Natolia sah sie an und hatte Mitleid mit ihr. Sie schien ein wenig von Sinnen, die Unglückliche, und so hörte sie auf, sie weiterzuquälen. Sie nahm einen Zwieback, um ihn der alten Pottoi anzubieten. Ein Streifen Licht fiel von der Decke des winzigen Raums zu ebener Erde und beleuchtete das Bett, in dem die Alte angekleidet und mit Halskette und Ohrringen geschmückt lag, steif und unbeweglich wie eine Tote, die man zum Begräbnis vorbereitet hat.

In dem Glauben, sie schliefe, berührte Natolia ihre fieberheiße Hand, aber die Alte zog sie zu sich heran und flüsterte:

»Hör zu, Natolia, tu mir den Gefallen, geh zu Efix Maronzu und sage ihm, daß ich ihn sprechen muß, aber nicht, daß Grixenda etwas merkt, geh, mein Täubchen, geh!«

»Und wo finde ich Efix? Ist er im Dorf?«

»Er kommt immer vom Feld herunter, oft sehe ich ihn«, meinte die Alte, dabei legte sie einen Finger über die Lippen, denn Grixenda kam mit dem Kaffee herein.

»Siehst du, Natolia, sie wollte heute morgen aufstehen, dabei hat sie hohes Fieber. Nonna, Nonna, zurück unter die Decke.«

»Gleich, gleich gehe ich unter die Decke, wir kommen alle unter die Decke«, sagte die Alte. Natolia ging mit schwerem Herzen.

Gerade als sie am Haus der Damen vorüberging, kam Efix die einsame Straße herauf. So gebückt war er unter der Last eines schweren Sackes, daß es aussah, als suche er etwas auf der Erde.

»Die Alte muß sterben, deshalb hat sie schon das Zweite Gesicht«, dachte Natolia. Efix sah sie mit gleichgültigen Tieraugen an und sagte nicht, ob er zu der Alten gehen würde oder nicht. Als er erfuhr, daß seine Herrinnen zur Beichte gegangen waren, nahm er den Rucksack ab, setzte sich auf die Stufen und wartete. Die Brennesseln verbrannten ihm die Hände.

Die Magd ging zurück in die Kirche und schaute, ob sie den Damen sagen könnte, daß der Knecht gekommen war, auf diese Weise würden sie vielleicht den Priester in Ruhe lassen. Aber an einer Seite des Beichtstuhles sah man Donna Esther. Ihr Schalende schaute wie ein schwarzer Flügel heraus. An der anderen bewegte sich der gebückte Rücken von Donna Noemi leicht hin und her unter dem stumpfen schwarzen Stoff, und aus ihrem weiten Rock kam ein schmaler, nerviger Fuß hervor.

Die anderen Gläubigen knieten hier und da auf dem grünlichen Fußboden und beteten. Eine tiefe Stille, bläuliches Licht und der Duft von Gras erfüllten die Basilika, die trostlos und feucht war wie eine Grotte. Die Magdalena in ihrem Rahmen schien den Frühlingsstimmen zu lauschen, die hereingeweht wurden, und auch Noemi verspürte bis hier innen, bis an das Gitter, aus dem der Geruch von Rost und menschlichem Atem drang, einen bebenden Lebensdrang, eine zehrende Todessehnsucht, eine angstvolle Leidenschaft, ein demütigendes Verlangen, all die Kümmernis, die Reue und keuchende Zerrissenheit der Sünderin aus Liebe.

Als sie wieder nach Hause kamen, sahen sie, wie Efix sich mühsam hochrappelte, die Hand auf die Stufen gestützt. Noemi, noch erwärmt von Barmherzigkeit und Gottesfurcht, wurde zum ersten Mal gewahr, daß der Knecht gebrechlich, alt und grau geworden war und seine Kleider ihm am Leibe hingen. Da streckte sie die Hand aus, als wollte sie ihm beim Aufstehen helfen. Aber er war schon hoch und beachtete ihre Geste nicht.

Und als sie im Hause waren und Donna Esther nach den Feldern fragte, als gehörten sie immer noch ihr, zuckte er mit ungewohnter Schroffheit die Schultern und ging sich am Brunnen waschen.

Der April machte auch den öden Hof freundlich, die Schwalben steckten ihre schwarzen Köpfe aus den Nestern an der Veranda und sahen ihren Gefährtinnen zu, die so niedrig flogen, als verfolgten sie ihre eigenen Schatten auf dem dichten Gras des alten Friedhofs.

»Efix, ich glaube, es geht dir nicht gut. Du müßtest etwas einnehmen oder dich ein paar Tage ausruhen«, sagte Noemi.

»Ach ja, Donna Noemi? Und wenn ich lieber gehen will!«

»Ich sage dir, du bist krank, mach keine Scherze. Was fehlt dir?«

Er sah sie mit lebhaft glänzenden Augen an, und es hatte den Anschein, als würden durch eine aufkommende Freude aus den tiefen Falten um seine Augen lauter Strahlen kommen.

»Ich werde alt«, sagte er und schlug die Hände zusammen, und urplötzlich war seine Freude wieder verschwunden, so rasch, wie sie gekommen war.

Er war ins Dorf gekommen, weil Don Predu ihn hatte rufen lassen, sonst hätte er sich nicht von seinen Feldern weggerührt. Was konnte das Mitleid von Donna Noemi gegen sein Leiden ausrichten? Dadurch konnte es nur noch größer werden.

Also begab er sich zu seinem neuen Herrn und fand ihn auf

einer Leiter stehen, wie er unterhalb des Granatapfelbaumes mit seinen goldgelben Blättern die Weinreben stutzte. Auch hier flogen Schwalben flink hin und her, aber höher, vor dem hellen Himmel. Im Haus hörte man die Frauen die Zimmer saubermachen, um alles für Ostern vorzubereiten, und ringsum herrschte tiefer Frieden.

Nie vergaß Efix diese Momente. Er war von seinen Feldern gekommen mit der Gewißheit, daß etwas Außerordentliches geschehen müßte, doch als er die Leiter hochschaute, kam es ihm vor, als sei auch Don Predu traurig, fast krank, als käme er absichtlich nicht gleich herunter, in einer Hand das glänzende Rebmesser, in der anderen den Rebling, aus dessen Ende dunkle Tropfen fielen wie Blut aus einer abgeschnittenen Hand.

»Warte, bis ich fertig bin, oder bist du in Eile?« fragte Don Predu, doch gleich darauf schien er sich zu besinnen, kam schwerfällig heruntergestiegen und ließ Efix die Leiter herüberziehen.

»Also«, begann er, als sie im sonnendurchfluteten Verandazimmer standen, an dem die Schatten der Schwalben vorbeihuschten, »also, ich muß dir etwas sagen...« Er zögerte und betrachtete seine Fingernägel. »Also, ich will Noemi heiraten.«

Efix Hand auf dem Tisch fing derart an zu zittern, daß es aussah, als springe sie hoch. Da begann Don Predu wieder sein böses, höhnisches Gelächter, wie er es früher an sich gehabt hatte.

»Ich hoffe doch, nicht du willst sie heiraten! Für dich habe ich Stefana, wie du weißt!«

Efix schwieg lange und sah ihn an, und seine Augen waren so voller Leiden, Angst und Freude, daß Don Predu ernst wurde. Aber immer noch versuchte er, ein wenig zu scherzen.

»Warum regst du dich denn so auf? Hoffst du, daß ich dir alles zahle, was sie dir schuldig sind? Nein, das mußt du mit Esther abmachen. Und dann noch eins...«

Er kratzte sich mit dem Fingernagel einen Fleck von der Weste, den er aufmerksam betrachtete.

»Wird sie mich überhaupt wollen?«

»Ach, was denken Sie denn!« stammelte Efix.

»Sei nicht so sicher! Also jetzt sprechen wir ernsthaft. Ich habe lange nachgedacht, ehe ich mich entschieden habe. Ich tue es, das kannst du mir glauben, mehr aus Pflichtgefühl als aus einer Laune heraus. Was erwarte ich? Wohin gehe ich? In meinem Alter paßt eine sehr junge Frau nicht zu mir. Aber das ist Nebensache, ich bin entschlossen. Und ich will es auch gar nicht leugnen: Noemi ist schön und gefällt mir, sie hat mir eigentlich immer gefallen. Aber was willst du, das Leben fließt vorbei, und wir lassen es vorbeifließen wie das Wasser im Fluß, und erst, wenn es ausbleibt, merken wir, was es eigentlich war. Aber lassen wir das«, fügte er hinzu und schlug sich mit den Händen auf die Knie. Dann stand er auf, setzte sich aber gleich wieder. »Jetzt kommt es darauf an zu wissen, ob Noemi annimmt. Ich werde später den Antrag so vorbringen, wie es sich gehört und ihr Pfarrer Paskale schicken oder den Doktor oder wen sie will. Aber ich möchte mir keine Absage holen, das nicht, so wahr mir Gott helfe, das nun wirklich nicht! Verstehst du, Efix?« Efix verstand sehr gut und nickte mehrfach zustimmend mit leuchtenden Augen.

»Soll ich mit Donna Noemi reden?«

Don Predu schlug ihm mit der Hand aufs Knie.

»Bravo, genau das! Und je eher, desto besser, Efix! Diese Dinge darf man nicht sauer werden lassen. Du mußt sie fragen: Wen soll man für den offiziellen Antrag schicken? Pfarrer Paskale, seine Schwester oder wen sonst? Wenn sie sagt, man solle niemanden schicken, um so besser, mein Gott, um so besser! Und dann treiben wir die Sache voran, schnell und ohne viel Aufhebens, wir sind schießlich keine Kinder mehr. Was hältst du davon? Ich werde im September achtundvierzig, und sie wird so um die fünfunddreißig sein, was sagst du? Weißt du es genauer? Ja, und dann mußt du ihr noch sagen, daß sie sich um nichts zu kümmern braucht, das Haus ist bereit, Mägde sind auch da, zwei Schandmäuler zwar, aber sie sind da, und gut entlohnt. Die Wäsche ist da, alles ist da. Auch an Vorräten fehlt es nicht. Und somit Gott befohlen! Das genügt, über diese Dinge werden wir dann mit Esther reden. Nur eines tut mir leid... na, ich kann es dir ja sagen: daß Ruth so gestorben ist... Vielleicht hätte sie sich auch gefreut...«

Efix sprang auf. Er fühlte es am ganzen Körper kribbeln; er wollte los, um das Schicksal zu beschleunigen.

»Halt, warte noch mal, zum Teufel! Ich will dir noch etwas zu trinken geben. Ein bißchen Aquavit? Oder einen Anis? Stefana, Gott straf dich, dein Freier ist da, Stefana!«

Man hörte, wie die Frauen mit Getöse die Polster ausklopften. Schließlich erschien die ältere Magd mit einer Serviette auf dem Kopf und einer weiteren in der Hand, ernst und würdig, und dennoch in den Augen voller Ergebenheit für die Wünsche des Herrn. Sie öffnete den Schrank, goß Anislikör ein und sah Efix mit einem Anflug von Angst an, aber auch, um zu ergründen, ob er die Scherze ihres Herrn etwa ernst nahm. Doch Efix sah so demütig und bestürzt aus, daß sie wieder nach oben ging und zu der jüngeren Magd sagte:

»Wenn er ihn verhext hat, dann hat er es gut gemacht. Das Glück hat diese Menschen wie ein Pfeil getroffen. Mach nur gut sauber, dann ist das für die Hochzeit schon erledigt.«

»Zu deiner mit Efix?« fragte Pacciana. »Für Don Predu muß man ja erst noch abwarten, ob Donna Noemi ihn nimmt!«

Aber Stefana zeigte ihr die Feige, so absurd schienen ihr diese Worte.

Als er auf der Straße war, bis wohin Don Predu ihn begleitet hatte wie einen Freund, schaute Efix sich um und seufzte. Alles hatte sich verändert. Die Welt weitete sich wie das Tal nach einem Gewitter, wenn der Nebel hochsteigt und sich auflöst. Die Burg vor dem blauen Himmel, die Ruinen, auf denen das Gras schwer von Tauperlen schwankte, die Ebene dort unten mit den rostroten Flecken der Binsen, alles hatte die Süße der Kindheitserinnerungen der seit langem verlorenen, seit langem betrauerten, herbeigesehnten und schließlich vergessenen Dinge, die man plötzlich wiederfindet, wenn man gar nicht mehr daran denkt und nicht mehr um sie trauert.

Alles ist sanft, gut, vertraut: da die Brombeersträucher um die Basilika, überzogen mit Spinnweben, die grün und violett von Tauperlen glitzern, da das graue Mauerwerk, das verfallene Eingangstor, der alte Friedhof mit den weißen Blüten der Knochen inmitten von Hafer und Brennesseln, die enge Straße und die Hecke mit den kleinen lila Schmetterlingen, die roten Marienkäferchen, die wie kleine Blüten und Beeren aussehen. Alles ist frisch, unschuldig und schön wie in der Kinderzeit, wenn man von zu Hause weggelaufen ist, um durch die wunderbare Welt zu streifen.

Die Basilika war offen in diesen Fastenwochen. Efix ging hinein und kniete an seinem gewohnten Platz unter der Kanzel nieder. Magdalena schaute herab, auch sie heute leicht und froh, wie eine Dame der spanischen Gesellschaft, die, bei den Baronen zu Gast, sich auf dem Altan des Kastells zeigt. Auch sie fühlte den Frühling und war glücklich, obwohl es die Leidenszeit Unseres Herrn war. Manch reicher Feudalherr mußte sie zur Braut begehrt haben, und so lächelte sie von ihrem Balkon herab den Passanten zu und lächelte auch den dort knieenden Efix an.

»Herrgott, ich danke dir, Herr, nimm jetzt meine Seele zu dir, ich bin glücklich, gelitten zu haben, gesündigt zu haben, denn ich fühle deine göttliche Milde, deine Vergebung, deine Hilfe, deine unendliche Größe. Nimm meine Seele auf, wie der Vogel das Samenkorn nimmt, Herr, zerstreue mich in alle vier Winde, ich werde dich loben, denn du hast mein Herz erhört...«

Doch als er sich mühsam mit eingeschlafenen Knien erhob, fühlte er eine Pein, als zöge der Schatten einer Wolke über die Kirche und verdunkle den Blick der Magdalena.

Auch das Gesicht von Donna Noemi war von einem Schatten verdunkelt. Efix pflückte ein Stiefmütterchen am Brunnenrand und reichte es ihr. Sie hob erstaunt den Blick, nahm aber die Blume nicht an.

»Erraten Sie, wer es Ihnen schickt? Nehmen Sie es.«

»Du hast es gepflückt, und du sollst es auch behalten.«

»Nein, wirklich, nehmen Sie es, Donna Noemi.«

Er setzte sich vor sie hin, auf die Erde, mit überkreuzten Beinen wie ein Sklave, und nahm die Füße in die Hände. Er wußte nicht, wie er beginnen sollte, aber er fühlte, daß die Herrin etwas erriet. Tatsächlich, Noemi hatte die Blume in eine Falte des weißen Leinens fallen lassen, und das Herz fing ihr heftig an zu klopfen. Ja, sie ahnte etwas.

»Wo ist Donna Esther?« fragte Efix und beugte sich über seine Füße. »Wie wird sie sich freuen, wenn sie es erfährt! Don Predu hat mich nur deshalb ins Dorf kommen lassen...«

»Wovon redest du, Unglücklicher?«

»Nein, nennen Sie mich nicht unglücklich! Ich bin glücklich, als dürfte ich in diesem Moment sterben in Gott und sähe den Himmel offen. Ich war in der Kirche, bevor ich herkam, um dem Herrn zu danken. Auf Ehre und Gewissen, es ist so...«

»Aber warum, Efix?« fragte sie unsicher und stach mit der Nadel in die Blüte. Ich verstehe dich nicht.«

Er hob die Augen; blaß war sie, ihre Lippen bebten, und ihre Augenlider sahen aus wie bei einer Toten. Sicher ist es die Freude, die sie so blaß werden läßt. Er spürt einen Schauder, den Drang, sich vor sie hinzuknien und ihr zu sagen: Ja, ja, es ist eine große Freude, Donna Noemi, lassen Sie uns zusammen weinen.

»Nehmen Sie an, Donna Noemi, Padrona mia? Sind sie wirklich froh? Darf ich ihm sagen, daß er kommen soll?«

Sie tat sich selbst Zwang an, biß sich auf die Lippen, öffnete wieder die Augen, und das Blut kehrte in ihr Gesicht zurück, aber langsam, kaum erst um die Augenlider und die Lippen. Sie sah Efix an, und er blickte in dieselben Augen wie in jenen schrecklichen Tagen, voll von Groll und Hochmut. Wieder hüllten ihn dunkle Schatten ein.

»Seien Sie nicht verletzt, wenn ich als erster zu Ihnen davon spreche, Donna Noemi! Ich bin nur ein armer Knecht, ja, aber ich bin verschwiegen wie ein Grab. Wenn Sie annehmen, wird Don Predu den Pfarrer schicken, um Sie zu fragen, oder wen Sie wollen...«

Noemi warf die zerstochene Blume auf die Erde und fing wieder an zu nähen. Aber sie schien ganz ruhig.

»Wenn Predu Lust hat, zu lachen, dann soll er lachen, mich stört es nicht.«

»Donna Noemi!«

»Ja, ja! Ich sage ja nicht, daß er es nicht ernst meint. Sonst wärst du nicht hier. Aber jetzt tu mir den Gefallen, steh auf und verschwinde.«

»Donna Noemi?«

»Was denn noch? Steh auf, knie hier nicht mit gefalteten Händen! Du bist ein Dummkopf!«

»Aber Donna Noemi, was ist? Lehnen Sie ab?«

»Ich lehne ab.«

»Sie lehnen ab? Aber warum, Donna Noemi mia?«

»Warum? Hast du das denn vergessen? Ich bin alt, Efix, und die Alten lieben solche Scherze nicht. Sag mir nichts mehr davon.«

»Nur das haben Sie mir zu sagen?«

»Nur das habe ich dir zu sagen.«

Schweigen. Sie nähte. Er hatte die Knie angezogen und seine Hände dazwischengeklemmt. Er glaubte zu träumen und konnte nicht begreifen. Schließlich hob er die Augen und sah sich um. Nein, es war kein Traum, alles war wirklich; der Hof mit Sonne und Schatten, ein paar Holzspäne fielen vom morschen Balkon wie Piniennadeln im Herbst; und hinter der Mauer war der weiße Berg, wie aus Zucker, und alles war friedlich und still wie am Morgen, als er Don Predus Haus verlassen hatte. Immer noch glaubte er zu hören, wie die Mägde dort die Polster ausklopften, aber jedesmal war es wie ein Schlag auf ihn, ja, irgend etwas traf hart seinen Rücken, seine Schultern, seine Arme, seine Knie und Fingergelenke. Und Donna Noemi saß da, nähte und nähte und traf ihn mit jedem Nadelstich in die Seele. Die Schwalben flogen unaufhörlich über ihre Köpfe wie eine bewegliche Girlande aus lauter schwarzen Blumen, aus kleinen, schwarzen Kreuzen. Ihre Schatten huschten über den Boden wie Blätter, die der Wind treibt. Efix dachte an die Qual, die er empfunden hatte, als er beim Aufstehen unter der Kanzel den Schatten auf dem Antlitz der Magdalena sah. Er seufzte tief. Er hatte verstanden. Es war die Strafe Gottes, die auf ihm lastete.

Nach einer ganzen Weile fing er behutsam an zu reden, faßte nach dem Rockzipfel von Noemi und begriff selbst nicht ganz, was er eigentlich sagte, aber es mußte nicht sehr überzeugend klingen, denn Donna Noemi nähte weiter, ohne zu antworten, wieder ganz ruhig, mit einem vieldeutigen Lächeln um die Lippen.

Erst nachdem er alles geschildert zu haben glaubte, all die vergangenen Miseren, alle Herrlichkeiten der Zukunft, begann sie zu sprechen, ganz langsam, kaum die Augen hebend, als spräche sie überhaupt nur mit den Augen.

»Mach dir nicht so viele Gedanken, Efix, und misch dich nicht weiter in unsere Angelegenheiten. Außerdem weißt du doch auch, wir haben bisher gelebt, und ist es uns bisher nicht ganz gut gegangen? Was hat uns denn gefehlt? Und so wird es weitergehen, mit Gottes Hilfe. Das Brot wird nicht fehlen. Im Hause von Don Predu gibt es zu viele Dinge, und ich weiß nicht einmal, ob ich dort alles richtigmachen könnte.«

Efix überlegte verzweifelt. Was sollte er anderes tun, als zu Lügen greifen?

Wieder zupfte er sie am Rock.

»Dann muß ich Ihnen noch etwas Ernstes sagen, Donna Noemi mia. Ich wollte es eigentlich nicht, aber mit Ihrer ablehnenden Haltung zwingen Sie mich dazu. Don Predu ist so verliebt, daß er sterben will, wenn Sie ihn nicht wollen. Ja, er ist wie verhext, er schläft nicht mehr. Sie wissen nicht, was Liebe ist, Donna Noemi mia, sie kann tödlich sein. Und es ist leichtfertig, einen Menschen zu töten...«

Nun lachte Noemi, und ihre gesunden Zähne strahlten wie die eines übermütigen jungen Mädchens. Doch dieses Lachen schmerzte Efix, irritierte ihn, machte ihn böse und verlogen.

»Und dann noch eine andere Sache, Donna Noemi! Ja, Sie zwingen mich, sie Ihnen zu sagen. Don Giacinto droht, hierher zurückzukommen, verstehen Sie?«

Sie hörte auf zu nähen, richtete sich auf und legte den Kopf zurück, um besser Luft holen zu können, ihre Finger krallten sich in das Leinen.

Efix sprang erschrocken hoch in dem Glauben, sie würde gleich in Ohnmacht fallen. Aber es dauerte nur einen Augenblick, dann hatte sie sich wieder in der Gewalt, sah ihn mit ihren bösen Augen an und sagte ruhig:

»Auch wenn er zurückkommt, gibt es nichts mehr zu verlieren. Und wir brauchen niemanden, der uns beschützt.«

Er hob die Blume vom Boden auf und setzte sich auf die Treppe, wie in jener Nacht nach dem Tode von Donna Ruth. Er fragte sich nicht mehr, warum Donna Noemi sich dem Leben verweigerte, er glaubte zu verstehen. Es war die Sühne Gottes für ihn, die Sühne, an der das ganze Haus zu tragen hatte. Er war der Wurm in der Frucht, er war der Holzbock, der das Schicksal der ganzen Familie zernagte. Genau wie ein Holzwurm hatte er alle Dinge heimlich getan, hatte genagt und genagt, und da wunderte er sich noch, daß alles um ihn herum zerbröckelte? Er mußte fortgehen, das allein begriff er. Ein einziger Hoffnungsstrahl hielt ihn noch, wie der noch frische Stengel das verwelkende Stiefmütterchen in seinen Händen noch hielt. Gott würde die unglücklichen Frauen nicht verlassen. Wenn er gegangen war, würde Donna Noemi, die vielleicht nur von der Form der Brautwerbung verletzt war, sich womöglich doch noch beugen. Schließlich konnten zwei Frauen allein doch einfach nicht leben.

Er mußte gehen. Wie kam es nur, daß er das bisher nicht begriffen hatte? Es war, als riefe ihn eine Stimme – und auch in der Wirklichkeit rief ihn eine Stimme. Sie kam von der anderen Seite der Mauer, von der stillen Straße.

Er stand auf und ging hin, kam aber noch einmal zurück, um seinen Sack zu holen, den er an dem Pfahl unter der Veranda aufgehängt hatte. Dieser Pflock, vor Jahrhunderten dort eingeschlagen, löste sich und sprang zwischen die Pflastersteine des Hofes wie ein großer dunkler Finger. Er erzitterte. Ja, es war Zeit zu gehen: Auch der Holzpfahl löste sich nun schon, um den Sack nicht mehr tragen zu müssen. Und zur Überraschung von Noemi, die aus den Augenwinkeln heraus jede seiner Bewegungen genau verfolgt hatte, steckte er den Pfahl nicht wieder an seinen Platz, sondern ging einfach fort.

»Efix, gehst du weg?«

Er blieb mit gesenktem Kopf stehen.

»Wartest du nicht auf Esther? Kommst du zu Ostern zurück?«

Er schüttelte den Kopf.

»Efix, bist du beleidigt? Habe ich etwas Böses gesagt?«

»Nichts Böses, Padrona mia. Nur, daß ich gehen muß, weil es Zeit ist.«

»Na, dann geh mit Glück.«

Er dachte einen Moment nach in dem Gefühl, etwas vergessen zu haben, wie wenn man eine Reise macht und sich fragt, ob man auch an alles gedacht habe.

»Donna Noemi, haben Sie keine Befehle für mich?«

»Keine. Nur scheint mir, dir geht es nicht gut: Bist du krank? Bleib hier, wir werden den Doktor rufen, dir zittern ja die Beine.«

»Ich muß jetzt gehen.«

»Efix, höre, nimm mir das nicht übel, was ich dir gesagt habe. Es ist einfach so, ich kann nicht, glaub mir. Ich weiß, daß es dich betrübt, aber ich kann nicht. Sag Esther nichts davon. Und geh, wenn du gehen willst. Aber wenn du krank wirst, dann komm zurück, denk daran, daß dies auch dein Zuhause ist.«

Er lud sich den Sack auf die Schultern und ging hinaus. Auf den Stufen des Eingangstores schüttelte er nacheinander die Füße aus, um nicht einmal den Staub aus dem Hause wegzutragen, das er verließ.

XIII

Draußen wartete Zuannantoni auf ihn.

»Ich habe dich dreimal gerufen, gehen wir, Großmutter ist krank und will dich sprechen, warum bist du nicht gleich gekommen? Keiner will dir das Brot aus dem Sack stehlen.«

Die Alte lag immer noch angezogen auf dem Bett, die heißen Hände mit roten Flecken auf der Bettdecke. Sie schien zu schlafen, aber als Efix sich über sie beugte, sagte sie mit tonloser Stimme:

»Siehst du, sie ist doch wieder an den Fluß gegangen. Und du hattest gesagt, er würde sie heiraten!«

»Tante Pottoi! Wir müssen Geduld haben. Wir sind zum Leiden geboren.«

Die Alte hob den Arm und zog ihn beharrlich zu sich heran. Ein Geruch von Tod und Verwesung schlug ihm von der Bettdecke entgegen. Doch er wich nicht zurück, obwohl die Halskette der alten Pottoi heiß wie Feuer sein Gesicht berührte und ihr Atem ihm wie eine Spinne über das Haar glitt.

»Hör mich an, Efix, wir stehen vor Gott. Ich bin schon auf dem Weg. Er, Don Zame, kommt selbst, um mich abzuholen, wie wir es vereinbart haben in den Zeiten unserer Kindheit. Jetzt ist Zeit, daß wir endlich gemeinsam weggehen. Und auf der Straße werde ich ihm sagen, er soll nicht da stehenbleiben, wo er gefallen ist, wo du ihn getötet hast, und daß er dir vergeben soll wegen der Liebe, die du seinen Töchtern bewiesen hast. Er wird dir vergeben, Efix, du hast Last genug getragen; dafür sollst du, Efix, meine Grixenda retten, sie geht zugrunde, sie wartet nur auf meinen Tod, um wegzulaufen, und ich kann nicht ruhig die Augen schließen. Geh du zu dem Jungen und sage ihm, er soll sie nicht zugrunde gehen lassen, sondern daran denken, daß er ihr versprochen hat, sie zu heiraten. Und daß er sie heiratet, ja, dann wird nämlich auch Donna Noemi nicht mehr an ihn denken. Geh.«

Sie schob ihn zurück, und er riß die Augen weit auf, aber es war ihm, als wären sie verbrannt, von Asche verklebt, als käme er aus der Hölle. Die Alte hatte die ihren nicht mehr geöffnet. Mit fieberheißen Händen, die knochigen Finger gespreizt, bewegte sie noch einmal die blauschwarzen Lippen, aber sprach nicht mehr. Sprach nie mehr.

Aus einer Ritze im Dach drang wie aus einem umgestülpten Trichter ein goldener Strahl und beleuchtete auf dem Lager ihren dunklen Körper und ihre Ketten, der Rest des armseligen Raumes blieb im Dunkeln.

Efix blickte wie aus einem tiefen Brunnen zu diesem Punkt da ganz oben. Plötzlich schien es ihm, daß der Strahl sich auf ihn richte, zu ihm herabkam, um ihn zu beleuchten. Alles wurde hell und klar, er konnte alles unterscheiden, die dunklen Fehler ringsumher, die Helligkeit in der Mitte, das war Gottes Strafe für ihn.

Und wieder nahm er den Sack auf und ging davon, ohne ein Wort zu sagen.

Als er am Haus von Don Predu vorbeikam, rief er Stefana und sagte ihr, daß er wegen persönlicher Angelegenheiten gezwungen sei fortzugehen, und daß er noch nicht wüßte, wann er zurückkäme.

»Sag wenigstens, wo du hingehst.«

»Nach Nuoro.«

Um nach Nuoro zu kommen, brauchte Efix zwei Tage. Er stieg ganz langsam aufwärts, in kleinen Etappen, und wenn er müde wurde, warf er sich am Straßenrand nieder. Er schloß die Augen, aber er schlief nicht. Wenn er sie wieder öffnete, sah er, wie sich die gelbliche Straße zwischen dem Grün und dem Azur in der Ferne verlor, oben bei den Nuoreser Bergen, unten am Meer der Baronia, und ihm kam es vor, als habe er immer so gelebt, am Rande einer Straße, die er halb schon hinter sich, halb aber noch vor sich hatte. Weit unten hatte er den Ort seines Verbrechens zurückgelassen, und hoch oben, zwischen den Bergen, lag der Ort seiner Buße.

Das Wetter war schön. Die Täler waren schon mit Gras

bewachsen, und die Myrtenblüten leuchteten wie Kinderaugen.

An grünen Hängen glitzerten Wasseradern, und der Fluß rauschte zwischen den Erlen. Fuhrwerke rollten auf der Straße vorbei, und Efix überkam der Wunsch zu fragen, ob man ihn mitnehmen könnte, aber sofort war er darüber betrübt.

Nein, er mußte gehen, um zu büßen, mußte sein Ziel ohne fremde Hilfe erreichen.

Diese seine erste Reise hatte jedoch noch ein bestimmtes Ziel; er bekümmerte sich also noch um die Dinge dieser Welt, er wollte bald ankommen und sich eilen; danach würde er dann frei sein, allein mit seiner Last, die es geduldig zu tragen galt bis zum Tod.

Die erste Nacht machte er in einem Straßenwärterhaus des Tales Halt, aber schlafen konnte er nicht. Die Nacht war hell und mild, am weißlichen Himmel über dem von Felssäulen umschlossenen Tal hing der Mond wie die goldene Laterne an einem antiken Tempelgewölbe. Aber ein kranker Mann stöhnte in dieser trostlosen Unterkunft, die wie ein Stall war, und der menschliche Schmerz störte die Stille der Natur.

So brach Efix schon vor Tagesanbruch auf, zerschlagener als vorher. Und da tauchen vor ihm die Berge von Oliena auf aus den Tiefen, die eine weiße, dampfige Masse bilden wie Weihrauch vor dem Granitaltar des Monte Orthobene. Die ganze Landschaft hat etwas Sakrales, und der Erlöser hält in seinem Flug auf dem höchsten Felsen inne, da, wo das Kreuz steht, das seine schwarzen Arme wie Flügel vor der goldenen Blässe des Himmels schwingt.

Efix sinkt in die Knie, aber er betet nicht, kann nicht beten, hat die Worte vergessen. Doch seine Augen, die zitternden Hände, sein ganzer vom Fieber geschüttelter Körper sind ein einziges Gebet.

Je höher er aufstieg in Richtung Nuoro, desto stärker und immer stärker hörte er es über dem Tal schlagen wie ein großes Herz.

»Es ist die Mühle, und dort ist Giacinto«, dachte er mit Freude.

Es war die letzte Etappe seiner irdischen Reise, das letzte Stück seines Kreuzwegs, dieser steile Weg, schmutzig, ölig, mit einer toten Katze mitten im Unrat und einem roten Himmel über den unkrautüberwucherten hohen Mauern.

Auf halbem Wege sah er sich um. Aus dem Tal stieg der Schatten, beschrieb einen braunen Kreis bergauf zu den rosigen Abhängen des Orthobene und erreichte auch ihn. Von oben tönte das Stampfen der Mühle, ein hartes, männliches Geräusch im Gegensatz zu dem weichen, weiblichen einer Kirchenglocke, die den Abend einläutete. Unten auf der Straße gingen Bauern mit Ochsengespannen vorüber, gewichtige Bürgersleute wie Don Predu, und Frauen mit Krügen auf dem Kopf. Andere Frauen saßen blaß auf den Mauersteinen, die einen großen Außenhof umgaben, und ruhten sich aus.

Efix sprach sie an, stand müde vor ihnen mit dem Sack, der ihm von den Schultern rutschte.

»Wo wohnt Don Giacinto?«

»Wer, der von der Mühle? Dort weiter oben, was bringst du ihm denn da in deinem Sack? Bist du sein Knecht?«

»Ja, und was macht er, Don Giacinto?«

»Oh, der arbeitet und amüsiert sich. Er ist fröhlich. Er ist ein richtiger Goldjunge. Alle Frauen sind hinter ihm her... streiten sich um ihn wie um einen Honigkuchen...«

Da fiel Efix wieder das Gute-Rat-Fest ein, wie Natolia und Grixenda den Fremden umtanzt hatten, und ein brennender Schmerz überkam ihn, aber mit diesem Schmerz auch der heftige Wunsch, etwas gegen das Schicksal zu tun.

»Aber wo kann ich ihn finden? Ist er in der Mühle um diese Zeit?«

»Da kommt er ja gerade!«

Tatsächlich kam Giacinto angelaufen, barhäuptig, Haare und Kleidung weiß von Mehl, sicher war schon irgend jemand zu ihm gelaufen, um ihn von der Ankunft des Knechts zu unterrichten.

»Was suchst du denn hier oben?« fragte er, packte ihn an den Schultern und schüttelte ihn.

Efix sah ihn an, ohne zu antworten, und ließ sich die Gasse entlangziehen bis zu einem kleinen Hof zwischen zwei Häusern über dem Tal. Ein kleiner, fast zwergenhafter Mann mit großen melancholischen Augen in dem weißen Gesicht schöpfte gerade Wasser aus dem Brunnen, und Giacinto stellte ihn als den Hausbesitzer vor.

»Ich muß mit dir reden«, sagte Efix.

»Hier bin ich, also rede.«

Sie setzten sich in die Küche, doch der Hauswirt bereitete das Abendessen zu, und Efix wollte nicht in seiner Gegenwart sprechen. Giacinto seinerseits scherzte und lachte und begann kein ernsthaftes Gespräch.

Durch das kleine Fenster sah man auf den Felsen des Orthobene das Kruzifix, klein wie eine Schwalbe. Vom Garten her wehte ein Duft von Goldlack und erinnerte an den Hof der Damen. Efix tat das Herz weh, und er konnte nicht reden.

Er sagte nur: »Giacintí, du bist fröhlich geworden, scheint mir!«

»Was soll ich sonst tun, mich aufhängen?«

Der kleine Mann, der Makkaroni kochte, hob seine traurigen Augen, und Giacinto lachte und schaute auf die Balken an der Decke.

»Weißt du, Efix, die ersten Tage, als ich hier war, in Pension bei diesem braven Diener Gottes, da habe ich wirklich versucht, mich aufzuhängen. Wissen Sie noch, Micheli?«

Der Mann nickte erst, doch dann schüttelte er vorwurfsvoll den Kopf.

»Und er hat mich gerettet, er legte mich ins Bett wie ein Kind, er band mich fest, wenn er wegging, ich hatte ja hohes Fieber. Aber dann ging das alles vorbei, und nun bin ich glücklich und zufrieden. Nicht wahr, Micheli? Bin ich etwa nicht glücklich und zufrieden? Los, Efix, nun rede. Sicher bist du gekommen, um mir den Spaß zu verderben.«

»Die alte Pottoi ist tot«, sagte Efix endlich, und Giacinto richtete die Gabel auf sein Gesicht, als wollte er ihn stechen.

»Oh, du Unglücksrabe! Ich wußte, du würdest eine Todesbotschaft bringen! – Und sonst?«

»Und Grixenda bereitet sich darauf vor, uns zu verlassen. Sie wird dich hier in ein paar Tagen aufsuchen. Das wollte ich dir sagen.«

Giacinto bekam wieder sein Kindergesicht von früher, traurig und bestürzt.

»Nein, das nicht, das nicht! Ich will nicht, daß sie kommt.«

»Du willst nicht? Und wie willst du sie daran hindern? Schließlich ist sie deine Braut, du hast versprochen, sie zu heiraten.«

»Ich kann sie nicht heiraten. Nein, wirklich nicht, ich kann nicht, nicht wahr, Micheli, ich kann nicht, und ich will auch nicht! Ich bin nicht in der Lage zu heiraten, ich bin bettelarm und habe andere Pflichten, das weißt du. Vor diesem Mann hier kann ich offen sprechen, er weiß alles über mich ebenso wie du, und er versteht mich. Ich muß die Schulden der Tanten bezahlen. Das war auch der Grund, weshalb ich sterben wollte, weil ich völlig verzweifelt war. Aber dieser Mann sagte zu mir: Ich nehme dich umsonst in mein Haus auf, ich gebe dir Unterkunft und Essen, soviel ich habe, aber du mußt arbeiten und deine Schulden bezahlen.«

Efix betrachtete den kleinen Mann teils mit Staunen, teils mit Argwohn. Warum diese Großzügigkeit? Und der Mann, der mit dem Gesicht über den Teller gebeugt dasaß, hob die Augen und sagte: »Weil wir Christen sind!«

Efix kehrte in sich selbst zurück, als ginge er in das Haus seiner Seele und dachte daran, warum er gekommen war.

»Giacinto, trotz allem ist es notwendig, daß du Grixenda heiratest. Sie kommt her in ein paar Tagen, schick sie nicht weg, richte sie nicht zugrunde!«

»Heiliger Gott! Hast du keine Ohren im Kopf? Ich sage dir doch, daß ich sie nicht hierbehalten kann, daß ich sie nicht heiraten kann. Ich muß den Tanten die Schulden zahlen.«

»Die kannst du auch bezahlen, wenn du heiratest.«

»Hat sie denn soviel geerbt?« sagte Giacinto nun lachend.

Doch Efix sah ihn ernst an und wiederholte:

»Ich bin gekommen, um mit dir darüber zu sprechen.«

Der Besitzer des Hauses verstand nun, daß seine Gegenwart störte, und ging schweigend hinaus, trotz des Protestes von Giacinto.

»Laß ihn gehen«, sagte Efix, »was ich dir zu sagen habe, braucht niemand sonst zu wissen.«

Doch auch als sie allein waren, verspürten beide ein Gefühl der Scheu. Das Licht lag wie eine Schranke zwischen ihnen. Sie gingen in den Hof hinaus, setzten sich auf die Stufen, und Giacinto zog die Tür hinter sich zu, als wollte er dem Licht und dem Feuer verwehren, zuzuhören. Efix suchte nach Worten, um das quälende Geheimnis aus seinem Herzen zu holen.

Ach, es erschien ihm so unendlich groß und schwer, daß er es nicht auf einmal konnte. Vielleicht in Stücken, in blutigen Stükken. Er sank vornüber und quälte es schweigend nach und nach herauf, wie einen Felsbrocken aus dem Brunnen. Endlich richtete er sich auf und seufzte, müde und kraftlos.

»Giacinto, ich sage dir, der Lauf der Dinge in der Welt ist so. Don Predu will Donna Noemi heiraten, und Donna Noemi will nicht. Und das ist deine Schuld!«

Giacinto antwortete nicht, riß aber Efix am Arm, als wollte er ihn ausreißen, dann ließ er ihn los.

Efix hörte ihn leise aufstöhnen wie bei einem Schmerzanfall, und auch er seufzte angstvoll, während er sich den Arm rieb, der von dem harten Griff brannte.

»Ja, deine Schuld, deine Schuld«, fing er fast aggressiv wieder an. »Hast du das nicht gewußt? Um so besser! Wenigstens das hat dir die Alte nicht gesagt. Aber jetzt müssen wir ernsthaft darüber nachdenken. Das muß sie sich aus dem Kopf schlagen, deine Tante, verstehst du? Das bohrt ihr im Hirn wie ein Wurm, verstehst du?«

»Was kann ich dagegen tun?« fragte Giacinto schließlich. Und wieder schien er in seine alte Melancholie zu verfallen. In sich zusammengesunken schaute er in der Abenddämmerung auf die Erde zu seinen Füßen und blickte in einen schwarzen Abgrund.

»Was du dagegen tun kannst? Du weißt es, ich habe es dir gesagt. Tu erst du deine Pflicht, dann wird sie auch ihre tun...«

»Was kann ich tun, was kann ich denn? Du glaubst, man könnte sein Schicksal beeinflussen? Erinnere dich an das, worüber wir oben auf den Feldern sprachen, erinnerst du dich? Und du, hast du vielleicht dein Schicksal in die Hand nehmen können?«

Auch Efix sackte in sich zusammen, und so hockten sie nebeneinander, so nah, daß einer die Wärme des anderen spüren konnte,

Schläfe an Schläfe, als lauschten sie auf eine Stimme aus der Erde.

»Das ist wahr! Wir können das Schicksal nicht bestimmen«, räumte Efix ein.

»Sag mir, glaubst du, daß sie glücklich wäre, wenn sie Onkel Pietro heiratete? Brot allein genügt nicht, um glücklich zu sein, das merke auch ich jetzt... Man braucht mehr!«

»Aber du, sag mir... du...«

»Ich?«

»Ja du, hast du es gewußt?«

»Was soll ich dir antworten? Ein Mann merkt solche Dinge immer. Aber ich schwöre dir bei der Seele meiner Mutter, ich habe sie immer respektiert, Noemi, wie etwas Heiliges... Allerdings, ja, dir sage ich es, weil ich weiß, dir kann man es sagen. Nur ein einziges Mal, als sie ohnmächtig wurde und ich über ihren Augen geweint habe, ja, ich kann es dir sagen, wie ich es meiner Mutter sagen würde, mit demselben reinen Gewissen, ja, da haben wir uns in die Augen gesehen... durch die Tränen hindurch, und vielleicht da... vielleicht da... ich weiß auch nicht, das war es, etwas anderes kann ich dir nicht sagen. Aber vielleicht bin ich deshalb weggegangen, vielleicht deshalb mehr als wegen allem, was ich sonst begangen habe.«

»Laß mich dich noch etwas anderes fragen. Als du zu mir kamst, auf die Felder, das letzte Mal, wußtest du es da schon?«

»Ja, da wußte ich es schon.«

»Nun gut«, sagte Efix und stand auf. »Du bist ein Mann!«

»Was willst du«, antwortete Giacinto plötzlich geschmeichelt, »ich kenne das Leben ein wenig, weiter nichts. Man lernt es rasch kennen, das Leben, wenn man dort geboren wird, wo ich geboren bin. Aber auch du kennst das Leben, auf deine Art, und deshalb haben wir uns verstanden, auch wenn wir mit verschiedenen Zungen reden. Erinnere dich, als ich zu dir auf die Felder kam... ich hatte gespielt und die Unterschriften gefälscht, weil ich den Kapitän bezahlen wollte und einen guten Eindruck bei ihm machen, wenn ich zurückkam. Dann hätte er gesagt: Der Unglückliche hat sich wieder gefangen. Aber statt dessen bin ich mehr und mehr heruntergekommen... Es war, als hätte mich der

Wahnwitz gepackt. Aber jetzt sind mir die Augen geöffnet worden, und ich sehe, wo die wahre Rettung liegt. Du, wo hast du die wahre Rettung gefunden? Indem du nur für andere lebst, und so will ich es auch machen, Efix«, sagte er dicht vor dem Gesicht des anderen. »Du bist es, der mich gerettet hat, ich will so sein wie du... Antworte mir, habe ich recht? Ich habe dich zu Boden geworfen, da unten in Oliena, aber auch die Heiligen sind gequält worden und sind deshalb doch Heilige geblieben. Antworte, habe ich recht?« wiederholte er und schüttelte Efix an den Schultern. »Denkst du noch an das, was wir damals auf dem Feld gesprochen haben? Ich denke immer daran und sage auch zu mir selbst: Efix und ich sind zwei Unglückliche, aber wir sind wirklich beide auch Männer, mehr als Onkel Pietro und ganz sicher mehr als der Milese! Onkel Pietro? Was ist schon Onkel Pietro? Er hat die Tanten leiden lassen, viele Jahre lang, ausgeliefert ihrer Misere und dem Spott des ganzen Ortes. Und jetzt glaubt er, etwas Gutes zu tun, wenn er Noemi heiratet! Aber er tut es nur, weil sie ihm als Frau gefällt, so wie mir Grixenda gefällt, nichts anderes. Ist das Liebe oder ist es Mitleid? Und sie tut gut daran, daß sie ihn nicht will. Gut tut sie daran! Recht hat sie! Die wahre Liebe ist deine gewesen, ihnen gegenüber, und wenn es jemanden gibt, den sie lieben und heiraten müßten, ja, das sage ich, dann wärest du das und nicht Onkel Pietro... Aber statt dessen haben sie dich weggejagt, wie einen alten Hund, jetzt, wo du zu nichts mehr taugst, und doch liebst du sie um so mehr deshalb, weil dein Herz das Herz eines wirklichen Mannes ist. Und was tust du jetzt? Oh, Mann, du solltest dich schämen! Hast du noch nicht genug Tränen vergossen? Auf, hab Mut, sei ein Mann! Geh.«

Er hatte ihn von hinten an den Schultern gepackt und rüttelte ihn wieder; aber Efix war vornüber gesunken und weinte, den Kopf auf den Knien, und während sein Schluchzen die Stille der Nacht erfüllte, dachte er an das Blut, das er vor der alten Kirche in Oliena gespuckt hatte, nach der anderen Szene mit Giacinto, und auch jetzt hatte er das Gefühl, das Blut fließe aus seinen Augen hinaus, all das schlechte Blut, das Blut der Sünde. Sein Körper blieb leer zurück, und seine Seele flatterte darin umher, in einem leeren, nachtschwarzen Raum. Nur die liebevollen

Worte von Giacinto leuchteten in dem düsteren Grunde auf, und seine eigenen Tränen erhellten ihn, erglänzten um ihn her wie Sterne.

Eine Woche blieb er in Nuoro.

Sowohl er als auch Giacinto erwarteten jeden Moment, Grixenda auftauchen zu sehen. Doch die Tage vergingen, und sie kam nicht.

Giacinto hatte immer noch keine Entscheidung getroffen, aber er schien ruhig, arbeitete, kam nur zu den Mahlzeiten nach Haus, scherzte mit seinem Padrone und fragte ihn um Rat, wie er das Mädchen empfangen sollte.

»Zugrunde richten will ich sie bestimmt nicht, die arme Waise! Wenn wir sie nun mit Ihnen verheiraten würden? Hier fehlt eine Frau im Haus.«

Der kleine Mann schaute ihn vorwurfsvoll an, sagte aber nichts, zumindest nicht in Gegenwart von Efix. Und dieser wollte das Schicksal nicht zwingen in dem Glauben, es sei Sünde, sich dem Willen der Vorsehung zu widersetzen. Man mußte sich ihr überlassen, wie sich das Samenkorn dem Wind überläßt. Gott weiß, was recht ist.

Und dennoch konnte er sich nicht zum Gehen entschließen, weil er Grixenda erwartete, und wenn Giacinto nicht im Hause war, ging er die kleine Gasse hinunter, setzte sich auf einen Abhang zum Tal hin und spähte die helle Straße zu Füßen des Berges entlang. Das Klopfen der Mühle erweckte in ihm ein Gefühl der Rührung, ja fast der Bestürzung, es kam ihm vor wie das Schlagen eines Herzens, eines neuen Herzens, das die alte, wilde Erde verjüngte. Dort drinnen, in jedem Schlag, pulsierte das Blut von Giacinto, und wenn Efix an ihn dachte, kamen ihm die Tränen. Deutlich stand er ihm vor Augen, groß und heiter, weiß vom Mehl wie eine junge Pflanze vom Reif, geläutert durch Arbeit und gute Vorsätze. Alle liebten ihn, und er war freundlich zu allen. Die Frauen, die das Getreide zur Mühle bringen, drängen sich um ihn, der gebückt dasteht und das Mehl abwiegt, und sie schauen ihn mit mütterlichen oder mit verliebten Augen an. Eines Abends war Efix gegangen, um ihn abzuholen, und zwischen dem Stampfen der Mühle und den Bewegungen der blassen Gestalten vor dem brennenden Abendhimmel, zwischen den sich kreuzenden Schatten und dem Klirren der Gewichte hatte er das Gefühl gehabt, eine Spanne des Fegefeuers zu sehen, wo Giacinto zwischen den Verdammten Buße tat, aber schon mit seiner Erlösung vor Augen.

Am Sonntag nach Ostern besuchte er ein kleines, ländliches Fest in der Kirche von Valverde.

Es war ein kalter Nachmittag, und in dem vom Nordwind durchfegten Isalletal mit dem Monte Albo im Hintergrund, der zwischen den Wolken aussah wie ein Schiff bei stürmischer See, schien immer noch der Winter zu herrschen.

Efix folgte einer Anzahl von Bäuerinnen, die sich fest in ihre schweren Umhänge gewickelt hatten, und als der starke Wind auf seine Brust drückte, fühlte er eine neue, starke Kraft bis in sein Herz dringen. Die Leute gingen in Trauer und still wie in einer Prozession, deren Ziel nicht ein Fest, sondern ein Ort der Gebete war. Auch die Ziehharmonika, die aus der Ferne herüberklang, wiederholte die religiösen Motive der Lauden. Da fühlte Efix, daß sein Bußgang begonnen hatte.

Als er in der kleinen Kapelle auf dem felsigen Hügel angekommen war, setzte er sich neben die Tür und begann zu beten. Es schien ihm, daß die kleine Madonna ein wenig erschrocken aus ihrer feuchten Nische auf die Menschen blickte, die kamen, ihre Einsamkeit zu stören, und sie schien zu wünschen, daß der Wind immer stärker wehte und die Sonne schneller hinter die Hügel fiel, um die Ruhestörer zum Aufbruch zu treiben. Und in der Tat zogen die Frauen ihre Tücher noch fester zusammen und machten sich, nachdem sie einen Rosenkranz gebetet hatten, auf den Heimweg.

Zurück blieben nur eine Frau, die Nougat und bezuckerte Honigkuchen verkaufte, sowie zwei Männer, die zu beiden Seiten der Kapellentür im halbverfallenen Vorraum saßen.

Efix setzte sich etwas entfernt von ihnen nieder und betrachtete sie mit ernsten Augen. Er erkannte sie, hatte sie schon auf dem Gute-Rat-Fest damals gesehen. Es waren zwei Bettler, einfach gekleidet, mit blauen Hosen und weiten Baumwolljacken. Einer war noch jung, groß, mit leicht gekrümmtem Rücken, einem mageren, gelblichen Gesicht, das nur noch aus Haut und Knochen zu bestehen schien, mit gesenkten Augenlidern.

Er bettelte unaufhörlich, bewegte dabei aber kaum seine farblosen Lippen über den großen vorstehenden Zähnen, als schliefe er und spräche im Traum, gleichgültig gegenüber der äußeren Welt. Der andere war schon alt, aber kräftiger, mit rotem, aufgedunsenem Gesicht, die ganze Gestalt geschüttelt von einem Zittern, das vorgetäuscht schien. Er hatte seinen Hut zwischen die gespreizten Beine gelegt und beugte sich von Zeit zu Zeit nach vorne, um die kleinen Münzen darin zu betrachten. Es wurde rasch dunkel, der Himmel war wolkenverhangen, und die Leute gingen nach Hause. Auch die Zuckerwarenfrau schloß ihre noch fast vollen Schachteln und fing ärgerlich ein Gespräch mit den Bettlern an:

»Hat sich wirklich nicht gelohnt, den weiten Weg zu machen! Ein Fest für nichts und wieder nichts, meine Lieben!«

»Damit ist doch kein Durchkommen mehr«, sagte der Alte und schüttete die Münzen in ein Taschentuch. Dann setzte er den Hut auf und wollte aufstehen. Doch er fiel wieder hin, als seien ihm die Füße auf dem Steinboden weggerutscht. Er schlug mit dem Kopf gegen die Wand und mit den Händen auf die Erde. Als die Münzen auf den Steinen klimperten, hob der andere Bettler sein erdiges Gesicht und riß die glasigen Augen weit auf, als hörte er ein bedrohliches Geräusch.

Der Alte stöhnte. Die Frau und Efix waren zu ihm hingestürzt, konnten ihn aber nicht soweit bringen, daß er den Kopf hochhielt.

»Wir müssen ihn langlegen«, sagte die Frau, »dann werde ich ihm ein bißchen Likör geben. Leg ihn hin, hilf mir.«

Er wurde der Länge nach hingelegt, aber die Tropfen der grünen Flüssigkeit, die sie ihm trotz der zusammengebissenen Zähne in den Mund flößen wollte, rollten über sein Kinn.

»Er scheint tot zu sein. Und du, stehst du nicht auf?« fragte sie den anderen Bettler. »War er denn krank? Warum antwortest du nicht?«

Der Mann versuchte zu sprechen, aber es drang nur ein zitterndes Stammeln aus seinem Mund, und dann fing er an zu weinen.

»Los, beweg dich, ruf die Hirten, die sind da unten im Wald...«

»Wo willst du denn den hinschicken, wo er doch blind ist?« sagte Efix, der niedergekniet war und eine Hand auf die Brust des Alten legte. Das Herz zuckte, als wolle es sich immer wieder erheben und fiel doch gleich wieder zusammen.

Und der Schatten verdichtete sich rasch. Jede Wolke, die über den nahen Horizont zog, ließ einen Schleier zurück, der Wind heulte hinter der Kirche, alle Büsche zitterten und beugten sich zum Tal hin, als wollten sie fliehen, leuchteten in einem metallischen Grün, geschüttelt von Trauer und Schrecken. Auch die Frau fürchtete sich vor der Einsamkeit und dem unvorhergesehenen Tod. Sie stellte sich die Schachteln auf den Kopf und sagte:

»Ich muß jetzt gehen. Ich werde dem Arzt in Nuoro Bescheid sagen.«

So blieb Efix allein, zwischen dem Sterbenden und dem Blinden.

»Mein Kamerad war herzkrank«, erzählte der Bettler. »Schon in den vergangenen Tagen ging es ihm nicht gut, aber niemand glaubte uns das. Die Menschen glauben nie...«

»War es ein Verwandter von dir?«

»Nein, wir haben uns vor zehn Jahren getroffen, auf dem Fest der Wunder. Ich hatte damals einen anderen Begleiter, Juanne Maria, der mich ständig quälte. Er quälte mich wie einen Hund. Da nahm mich dieser arme Alte mit sich. Er behandelte mich wie einen Sohn, er ließ meine Hand nicht eher los, als bis ich sicher auf der Erde saß. Jetzt ist alles aus...«

»Und was wirst du jetzt machen?«

»Was soll ich machen? Ich werde hier sitzenbleiben und auf den Tod warten. Ich habe alles bei mir, Gott schütze meine Seele.«

»Ich kann dich nach Nuoro zurückführen«, sagte Efix und fing plötzlich an zu weinen.

Er beugte sich über den Sterbenden und versuchte, ihn zu beleben, indem er ihm die Lippen mit dem Likör benetzte, den die Frau dagelassen hatte, und die Stirn mit einem Fetzen Stoff betupfte, den er in Wein getaucht hatte. Aber das schreckliche Gesicht des Kranken verfärbte sich immer mehr, wurde blau und grünlich, immer starrer und ausdrucksloser im trüben Licht der Dämmerung. Nun hörte auch das Herz auf zu schlagen. Noch einmal durchlebte Efix die schrecklichste Stunde seines Lebens, dachte an die Brücke dort unten, an die im Mondlicht wogenden Binsen und daran, wie er sich nach vorne gebeugt hatte, um zu hören, ob das Herz seines Herrn noch schlug...

Und dennoch fühlte er sich erleichtert wie jemand, der nach langem Umherirren in unwegsamer Gegend endlich den verlorenen Weg wiedergefunden hat, den Punkt, von wo er ausgegangen war.

»Und du, gehst du nicht weg?« fragte der Blinde, der immer noch unbeweglich auf seinem Platz saß.

»Ich gehe, wenn Gott es befiehlt. Jetzt werde ich Feuer machen, denn wir müssen die Nacht hier verbringen.«

Er ging Holz suchen. Der Wind wurde immer heftiger, und die Wolken stiegen und fielen über dem Orthobene wie Lavaströme, wie Rauchschwaden, und breiteten sich über das ganze Tal aus. Doch über den Höhen von Nuoro blieb ein Streifen Himmel von mattem Lapislazuli-Blau, und der junge Mond sank rosa zwischen zwei Felsen herab.

Als er unter das Vordach zurückkam, sah Efix den Blinden, der aufgestanden war, sich über seinen Begleiter gebeugt hatte und ihn beim Namen rief. Er weinte und suchte nach dem Bündel mit den Münzen. Dann hatte er es gefunden, schob es sich in die Brusttasche und weinte weiter.

So verbrachten sie die Nacht. Der Blinde erzählte seine Erlebnisse, abwechselnd mit Geschichten aus der Bibel, und so wurde sein Schmerz rasch gemildert wie ein Fieberanfall, der schnell vorübergeht.

»Was glaubst du, Bruder? Ich bin reich geboren worden. Mein Vater war wie Jakob, aber ohne so viele Söhne, und er sagte: Mir macht es nichts aus, daß mein Sohn blind ist, seine Augen sind vergoldet (damit spielte er auf seinen Reichtum an), und er wird trotzdem sehen können. Und meine Mutter, deren Stimme weich wie eine Frucht war, daran erinnere ich mich, sagte immer, es genügt, wenn mein Istene sich seine Unschuld bewahrt, alles andere ist nicht so wichtig. Und so, das kann ich dir sagen, haben sie mir alles aufgegessen, nachdem mein Vater und meine Mutter gestorben waren. Sie haben mich leergepflückt wie eine Weintraube, alle, Verwandte wie Bekannte, Gott möge ihnen verzeihen. Sie haben mich gezwungen, betteln zu gehen, aber meine Reinheit habe ich mir bewahrt, das sage ich dir. Nie habe ich einem Menschen etwas zuleide getan. Und der Herr hat mir immer weitergeholfen, zuerst mit Juanne Maria, Gott möge seiner Seele gnädig sein, dann mit diesem. Beide waren meine Begleiter, meine Brüder, wie die Engel, die Tobias begleitet haben. Und jetzt...«

»Auch jetzt wird es dir an einer Begleitung nicht fehlen«, sagte Efix mit ernster Stimme. »Aber was meinst du damit, wenn du sagst, du bist unschuldig?«

»Daß ich in die Ewigkeit wandere«, sagte der Blinde leise.

»Ich gehe auf eine Tür zu, die sich mir weit auftun wird, an etwas anderes denke ich nicht. Wenn ich Brot habe, dann esse ich es, wenn ich keins habe, bin ich still. Niemals habe ich mich an anderer Leute Gut vergriffen, niemals habe ich eine Frau angerührt. Juanne Maria hat mir einmal eine mitgebracht, nur ein Mal. Ich spürte, daß sie nach Bösem roch, und warf mich zu Boden, als ob der Sturm mich packen wollte. Was soll ich tun, mein Gott? Wenn ich nicht meine Seele rette, was habe ich sonst, mein lieber Bruder?«

»Aber das Geld von diesem Toten, das hast du ihm weggenommen, Bösewicht!« sagte Efix.

»Es war mein Geld. Und was nützt einem Toten Geld? Das sage ich dir, ich habe weder gestohlen noch je Blut vergossen. Auch die Brüder Josephs haben kein Blut vergossen, Judas sagte zu ihnen: Besser wir verkaufen ihn an die Ismaeliten, als daß wir ihn töten. Und so machten sie es. Kennst du sie ganz, die Geschichte von Joseph, dem Hebräer? Es tut mir leid, wenn du weggehst und ich sie dir nicht erzählen kann.«

»Nein, ich gehe nicht weg«, sagte Efix, »ich werde dich von jetzt an begleiten. Wir werden uns an den Händen halten, einer den anderen.«

Der Blinde senkte einen Augenblick den Kopf und befühlte die Münzen in seiner Tasche. Er schien von dem Entschluß des Unbekannten nicht überrascht zu sein. Er fragte ihn nur:

»Bist du auch ein Bettler?«

»Ja«, sagte Efix, »hast du das noch nicht bemerkt?«

»Also gut, dann nimm es an dich, behalt du es.«

Und er reichte ihm das eingewickelte Geld.

XIV

Von dort gingen sie weiter zum Heiliggeistfest. Der Blinde kannte ganz genau die Daten aller Feste und den Weg, den sie einschlagen mußten, und so war eigentlich er es, der den Begleiter führte. Als sie durch Nuoro kamen, brachte Efix ihn an die Mühle, ließ ihn an einer Mauer stehen und ging, Giacinto zu begrüßen. »Ich breche nach fernen Orten auf. Gott schütze dich. Und denke an dein Versprechen.«

Giacinto war gerade dabei, einen Sack gemahlene Gerste zu wiegen. Er hob die Augen mit den mehlverstaubten Wimpern und lächelte.

»Welches Versprechen?«

»Gut abzuwägen«, sagte Efix und ging davon.

Als er den Sack ausgewogen hatte, sprang Giacinto vor die Tür und sah die beiden Bettler weggehen, Hand in Hand, blaß und zitternd wie zwei Kranke. Er rief sie an, aber Efix winkte ihm nur noch ein Lebewohl zu, ohne sich umzudrehen.

Kaum waren sie aus dem Ort heraus, begannen kleine Meinungsverschiedenheiten, denn der Blinde wollte, obwohl er noch einen vollen Beutel hatte, bei den Passanten um Almosen betteln, während Efix meinte:

»Warum betteln, wenn wir noch genug haben?«

»Und morgen? Denkst du nicht an morgen? Was für eine Art Bettler bist du? Man merkt, daß du noch neu bist.«

Da stellte Efix fest, daß er eigentlich gar nicht betteln wollte, weil er sich schämte, und er wurde rot wegen dieser Scham.

Das Wetter hatte sich verschlechtert. Gegen Abend fing es an zu regnen, und die beiden Männer gingen zu einer Schäferhütte. Aber drinnen wollte man sie nicht haben, und so mußten sie unter einem Laubdach neben der Herde Schutz suchen. Die Hunde bellten, ein trister Schleier hüllte die ganze regenfeuchte Ebene ein, und Nässe und Wind drückten das kleine Feuer herab, das Efix zu entzünden versuchte.

Unbeweglich, mit starrer Leidensmiene hockte der Blinde da. Wenn er erst einmal saß, – hinlegen tat er sich nämlich nie –, die Arme um seine Knie geschlungen, bewegte er sich kaum noch. Im Feuerschein leuchteten seine großen gelben Zähne, die violetten Augenlider blieben geschlossen, und er fuhr fort, seine Geschichten zu erzählen.

»Du mußt wissen, daß sie dreizehn schöne lange Jahre dazu brauchten, um das Schloß König Salomons zu errichten. Das war in einem Wald, den man Libanon nannte wegen der hohen Zedern, die dort wuchsen. Es war ein kühler Ort, und der ganze Palast bestand aus goldenen und silbernen Säulen, reich verzierten hölzernen Balken und einem Fußboden aus Marmor wie in den Kirchen. Mitten im Haus war ein großer Hof mit einem Brunnen, aus dem Tag und Nacht das Wasser sprudelte, und die Mauern und Wände waren alle aus Steinen, fein in gleich große Stücke geschnitten. Den Reichtum im Innern kann man gar nicht beschreiben. Die Teller waren aus Gold, die Schüsseln aus Gold, überall waren Ornamente aus goldenen Äpfeln und Lilien. Sogar die Halsbänder der Hunde waren golden, das Geschirr der Pferde silbern und ihre Decken purpurn.

Als die Königin von Saba kam, die von diesem Überfluß am anderen Ende der Welt hatte berichten hören, wurde sie sehr neidisch, denn auch sie war reich, und sie wollte sehen, wer noch reicher war als sie. Frauen sind neugierig...«

Einer der Hirten, angelockt von der Erzählung des Blinden, hatte sich genähert. Er bückte sich beim Laufen, um nicht naß zu werden. Seine Gefährten machten es ihm nach.

Von diesem Erfolg angeregt, belebte sich der Blinde, richtete sich auf und erzählte die Geschichte von Tamar und den Eierkuchen. Die Hirten lachten und stießen sich gegenseitig an. Dann brachten sie Milch und Brot und gaben dem Blinden auch ein paar Münzen.

Doch Efix war traurig, und kaum waren sie wieder allein, schimpfte er den Begleiter wegen seiner Arglist und des schlechten Beispiels aus.

»Du redest genau wie meine Mutter«, sagte der Blinde, dann schlief er im Regen ein.

Auf dem Heiliggeistfest waren nur wenige Leute, aber auserlesene. Es waren reiche Hirten mit wohlgenährten Frauen und schönen, schlanken Töchtern. Hoch zu Pferde kamen sie an, stolz und sonnenverbrannt die Männer, mit langen Messern in ihren fein geprägten Ledergürteln, die Jungen groß, ihre Zähne und das Weiß in ihren Augen blitzte, und sie waren flink wie die Beduinen. Die Mädchen gertenschlank und zart wie die biblischen Gestalten, von denen der Blinde berichtete.

Das Wetter war immer noch neblig. Die kleine Kirche lag in unendlicher Ruhe da, braun zwischen den Steinen und Büschen der Flußniederung und dem Wald, der würzig duftete.

Die dahinjagenden Wolken am grauen Himmel ließen den Ort noch phantastischer erscheinen. Den ganzen Morgen tauchten Männer hoch zu Roß auf dem nebelverhangenen Weg auf und stiegen schweigend ab, als gingen sie zu einer geheimen Versammlung in diesem entlegenen Winkel der Erde. Efix, der mit dem Blinden am Eingang zur Kirche saß, schien alles wie ein Traum.

Auch hier waren außer ihnen keine anderen Bettler, und er fühlte eine leise Angst in sich aufsteigen, wenn er die starken, stolzen Männer an sich vorbeigehen sah, denen aus Mund und Nase ein kräftiger Lebenshauch kam. Die Angst mischte sich mit Scham und auch mit Neid. Das waren Männer; ihre Hände schienen Klauen, wie geschaffen, das Glück beim Schopf zu greifen. Als ob alle Banditen waren, Wesen, die sich über das Gesetz erhoben hatten. Die bereuten ganz sicher nicht ihre Untaten, falls sie welche begangen hatten, quälten sich nicht damit ab, wenn sie sich selbst ihr Recht verschafft hatten in ihrem Leben. Er hatte das Gefühl, daß sie ihn mit Verachtung ansahen, wenn sie ihm Geld hinwarfen, daß sie sich seiner als Mann schämten und ihn am liebsten mit einem Fußtritt aus dem Weg geräumt hätten wie ein schmutziges Bündel Lumpen.

Doch wenn er in die Ferne schaute, schien es ihm, als beginne jenseits des Nebels eine andere Welt, als würde sich dort auch für ihn das Tor öffnen, von dem der Blinde sprach, das große Tor zur Unendlichkeit. Und dann bereute er seine Scham.

Sein Begleiter bettelte weiter um Almosen und deklamierte oder wandte sich ihm zu, so daß die Passanten es hören mußten:

»Was tun wir in diesem Leben, fallen wir den Mitleidigen zur Last, die uns ihre Almosen spenden?«

»Was tun wir denn, lieber Bruder?«

»Nun ja, mein Lieber, alles geschieht nach der göttlichen Ordnung. Wir sind die Werkzeuge, und der Herr bedient sich unserer, um das Herz der Menschen zu prüfen, wie der Bauer sich der Hacke bedient, um die Erde zu lockern und zu sehen, ob sie fruchtbar ist. Ihr Christen, seht in uns nicht zwei arme Geschöpfe, schäbiger als herabgefallene Blätter, schmutziger als Aussätzige! Seht in uns die Werkzeuge des Herrn, um euer Herz aufzulockern!«

Da fielen die Kupfermünzen vor ihnen auf die Erde, gleich harten, klingenden Blüten. Zwei junge Nuoreser kamen, und um die Mädchen auf sich aufmerksam zu machen, warfen sie Geldstücke auf den Blinden, indem sie von weitem auf seine Brust zielten und jedesmal laut auflachten, wenn sie ihn getroffen hatten. Dann kamen sie näher, nahmen sich Efix aufs Korn und amüsierten sich wie beim Preisschießen. Efix zuckte bei jedem Wurf zusammen und hatte das Gefühl, gesteinigt zu werden, sammelte aber dennoch das Geld mit einer gewissen Begierde ein, und nachher, als das Spiel beendet war, bereute er es und schämte sich.

Inzwischen bereiteten die Frauen das Essen zu. Sie hatten unter einem alleinstehenden Baum Feuer gemacht, und der Rauch vermischte sich mit dem Nebel. Die Farbtupfer ihrer roten Mieder hoben sich vom Grau ab, noch lebhafter als die Flammen. Es gab weder Musik noch Gesänge bei diesem kleinen Fest, das Efix wie ein Treffen von Banditen und Hirten vorkam, die zusammenkamen, weil sie den Wunsch hatten, ihre Frauen wiederzusehen und die Heilige Messe zu hören.

Um die Mittagszeit versammelten sich dann alle unter dem Baum rund um das Feuer, und der Priester saß mitten unter ihnen. Das Wetter klärte sich auf, ein goldener Sonnenstrahl kam vom Zenit durch die Wolken und fiel direkt auf den Baum. Und drunter die Hirten, auf der Erde sitzend, die Frauen mit den Eßkörben in der Hand, der Priester, der sich einen Sack wie einen Schal um die Schultern geworfen hatte, um sich vor der Nässe zu schützen, die lachenden Kinder, die Hunde, die mit den Schwänzen wedelten und ihre Herren fixierten, von denen sie einen Knochen zum Abnagen erwarteten – all das hatte in seiner ruhigen Gelassenheit etwas Biblisches an sich.

Mitleidig brachten die Frauen große Teller mit Fleisch und Brot zu den beiden Bettlern, und beim Rascheln ihrer Schritte im Gras erhob der Blinde seine Stimme und erzählte.

»Ja, es war einmal ein König, der ließ Bäume und Tiere und sogar das Feuer anbeten. Gott war erzürnt und machte, daß die Diener des Königs so schlecht wurden, daß sie sich verschworen, den Herrn umzubringen. Und so taten sie es auch. Ja, er hatte sogar einen goldenen Götzen anbeten lassen, und deshalb ist die große Liebe zum Geld in der Welt geblieben, und die Menschen, sogar wenn sie miteinander verwandt sind, töten sich gegenseitig des Geldes wegen. Das habe auch ich erfahren, denn als meine Verwandten sahen, daß ich blind war, da nahmen sie mir alles, wie der Wind im Herbst den Bäumen die Blätter nimmt.«

Schon früh brachen die Leute auf, und wieder blieben die beiden Männer allein in der Trostlosigkeit dieses Ortes.

Der Nebel teilte sich, und man sah die schwarzen Umrisse der Bäume am blaßblauen Himmel. Dann klarte alles auf, als hätten unsichtbare Hände die Schleier beiseite gezogen, und ein großer siebenfarbiger Regenbogen mit einem kleineren, etwas blasseren darunter wölbte sich über der Landschaft. Der Nuoreser Frühling lächelte dem armen Efix zu, der unter dem Eingang zur Kapelle saß. Große gelbe Ranunkeln, feucht wie vom Tau, schimmerten auf den silberhellen Wiesen, und mit Einbruch der Dunkelheit erschienen die ersten Sterne und grüßten die Blumen. Himmel und Erde waren wie zwei Spiegel, die sich gegenseitig reflektierten.

Eine Nachtigall sang auf dem einsamen Baum, der immer noch vom Rauch umhüllt war. Die ganze Frische des Abends, die ganze Harmonie und Heiterkeit der Ferne, das Lächeln der Sterne zu den Blumen und das Lächeln der Blumen zu den Sternen und die wilde Fröhlichkeit der schönen jungen Hirten und die verschlossene Leidenschaft der Frauen in ihren roten Miedern und die ganze Melancholie der Armen, die in der Hoffnung auf die Brosamen vom Tische der Reichen leben, und die fernen Leiden und die Hoffnungen von jetzt und das Vergangene, die verlorene Heimat, die Liebe, das Verbrechen, die Gewissensqual, das Gebet, der Gesang des Pilgers, der geht und geht und nicht weiß, wo er die nächste Nacht verbringen wird, doch sich von Gott geleitet fühlt, und das einsame Grün seiner Felder, die Stimme des Flusses und der Erlen dort unten, der Geruch der Wolfsmilch, das Lachen und das Weinen Grixendas, das Lachen und das Weinen Noemis, das Lachen und das Weinen von ihm, Efix, und das Lachen und das Weinen der ganzen Welt, das alles schwang zitternd mit im Gesang der Nachtigall dort auf dem einsamen Baum, der ihm schier höher vorkam als die Berge, so als rührte er mit seinen Wipfeln an den Himmel und steckte die Spitze des höchsten Blattes in einen Stern.

Und wieder begann Efix zu weinen. Er wußte nicht, warum, aber er weinte. Er fühlte sich allein auf der Welt, mit der Nachtigall als Gefährtin.

Immer noch spürte er, wie die Münzen der jungen Nuoreser gegen seine Brust schlugen, und er schrak von oben bis unten zusammen, als wollten sie ihn steinigen. Aber es war ein Schauder der Freude, es war die Lust am Leiden.

Der Gefährte, die Schultern an die geschlossene Tür gelehnt, die Hände um die Knie geschlungen, schnarchte laut.

Weiter wanderten sie nach Fonni zum Fest der heiligen Märtyrer. Sie legten immer kleine Etappen zurück, rasteten in den Schafställen, wo der Blinde das Ohr der Hirten zu gewinnen verstand. Er schien sie alle wiederzuerkennen, »am Geruch«, wie er sagte. Und die rührenden Episoden des Alten Testaments erzählte er den Einfältigeren, den Gottesfürchtigen, die anderen, die – falsch ausgelegt – einen Skandalgeruch hatten, die erzählte er den Jüngeren und den Libertins.

Über diese Art seines Gefährten war Efix sehr betrübt. Manchmal hatte er es so satt, daß er sich vornahm, ihn zu verlassen, doch wenn er darüber nachdachte, erschien ihm seine Buße so noch vollkommener, und er sagte zu sich selbst: »Es ist doch, als führtest du einen Kranken, einen Aussätzigen. Und dieses Werk des Erbarmens wird Gott noch höher einschätzen.«

Auf der Straße trafen sie andere Bettler, die auch zum Fest

gingen. Alle grüßten den Blinden wie einen alten Bekannten, aber Efix betrachteten sie mit Mißtrauen.

»Du bist doch noch stark und kräftig«, sagte ein junger Lahmer zu ihm, »wie kommt es, daß du betteln gehst?«

»Ich hab ein geheimes Leiden, das mich von innen her auffrißt und mir eine Arbeit unmöglich macht«, antwortete Efix, aber er schämte sich dieser Lüge.

»Gott befiehlt zu arbeiten, solange man kann, ach, wenn ich doch arbeiten könnte, oh, wie sind die glücklich, die arbeiten können!«

Efix mußte an Giacinto denken, der fröhlich und gut geworden war, nachdem er Arbeit gefunden hatte, und er fragte sich bekümmert, ob er nicht wieder einen Fehler begangen hatte, als er seine armen Herrinnen verließ.

So wanderte er immer weiter, aber er fand keinen Frieden. Seine Gedanken waren immer dort unten, zwischen dem Schilf und den Erlen des Landguts. Ganz besonders am Abend, wenn die Nachtigall sang, quälte ihn das Heimweh.

»Was wird Don Predu denken, der wegen der Antwort von Noemi auf mich wartet? Doch die göttliche Vorsehung wird es schon in Ordnung bringen, so, wie es richtig ist, jetzt, wo ich mit meiner Todsünde und dem Fluch fern von ihnen bin.«

Und so ging er weiter und weiter, in der Reihe der Bettler, immer weiter hinauf durch das grüne Tal von Mamojada und weiter in Richtung Fonni. Über den schmalen Wegen erschienen an dem bewölkten Abend die Berge des Gennargentu mit ihren phantastischen Formen wie Mauern, Kastelle und Zyklopengräber, mit silbernen Städten und blauen, nebelbedeckten Wäldern.

Sein Körper kam ihm vor wie ein vom Wind leergefegter Sack, zerrissen, schmutzig und nur noch dazu gut, zu den Lumpen geworfen zu werden.

Und mit seinem Weggenossen war es auch nicht viel besser. Sie wanderten und wanderten, ohne zu wissen, wohin und warum. Die Jahrmärkte, zu denen sie zogen, waren ihnen gleichgültig, nicht fröhlicher und nicht trauriger als die einsamen Orte, an denen sie haltmachten, um sich auszuruhen oder zu essen.

Aber trotzdem zankten sie sich ständig, beschimpften sich mit obszönen Ausdrücken, lästerten Gott, keiner gönnte dem anderen etwas, kurz: Sie hatten die gleichen Leidenschaften wie die vom Glück Begünstigten auch. Efix war todmüde, das Fieber steckte ihm in den Knochen, und er versuchte gar nicht, sie zu bekehren, nicht einmal Mitleid empfand er mit ihnen. Er ging wie im Traum, fortgetragen von einer Geisterschar, wie so oft in den Nächten in seiner Hütte. Er war eigentlich schon tot und irrte doch noch durch die Welt, ausgeschlossen aus den Reichen des Jenseits.

In Fonni, wo sich die Bettler rings um die Basilika versammelten, die voll von Leuten aus den umliegenden Orten war, fühlte Efix neue Qualen. Er hatte Angst, wiedererkannt zu werden, und versteckte sich hinter seinem Gefährten.

Neben ihnen befanden sich zwei andere Bettler, ein alter blinder und ein junger, der sich kurz vorher die rechte Brust zerstochen und eine giftige Pflanzenmilch eingeträufelt hatte, um eine Geschwulst entstehen zu lassen, die er vor der Menge als bösartigen Tumor ausgab.

Efix empfand Wut wegen dieses Täuschungsmanövers, und als die Münzen in den Hut seines Begleiters fielen, wurde er rot bei dem Gedanken, daß auch er die mitfühlenden Spender täuschte.

Und die Münzen fielen und fielen. Niemals hätte er sich vorgestellt, daß es so viele mitleidige Menschen auf der Welt gab. Vor allem die Frauen waren freigebig, und ein wehmütiger Zug umflorte ihre Augen, wenn der falsche Tumor des jungen Bettlers, dunkel geschwollen wie eine Feige, zwischen den Falten seines geöffneten Hemdes zu sehen war.

Fast alle blieben stehen und senkten forschend das Gesicht. Einige waren groß und schlank, und mit ihren sardischen Wolltüchern, den mit gelben und grünen Ranken bestickten Schürzen und scharlachroten Käppchen sahen sie aus, als kämen sie von weit her aus dem alten Ägypten. Andere hatten ausladende Hüften und breite Gesichter mit zwei reifen Äpfeln als Wangen, fleischigen, glühenden Lippen, feuchtglänzend wie der Rand eines Honigtopfes.

Efix antwortete mit niedergeschlagenen Augen auf ihre Fragen und sammelte traurig die Almosen ein.

Aber auch ein paar Männer blieben bei dem alten Blinden und

dem falschen Kranken stehen, und einer beugte sich herunter, um den Tumor besser sehen zu können.

»Ja, Gott möge mir beistehen«, sagte er, »genau so war es bei ihm, und er hat danach nur noch ein Jahr gelebt.«

»Nur ein Jahr?« rief ein anderer. »Ach, das würde mir ja nicht einmal reichen, um nur drei von den tausend Dingen zu Ende zu bringen, die ich im Kopf habe. Hier, nimm!«

Und er warf dem Kranken eine Silbermünze hin. Daraufhin entbrannte ein wahrer Wettstreit, wer dem so bald zum Sterben Verurteilten das meiste Geld spendete. Die Münzen regneten nur so in seinen Beutel, so daß der Begleiter von Efix gelb vor Neid wurde und seine Stimme zu zittern begann. Mittags verweigerte er das Essen. Dann schwieg er und schien sich etwas Finsteres auszudenken. Und tatsächlich, als die Menschen sich wieder auf dem Hof einfanden, und die vorübergehenden Frauen in die Taschen griffen, um dem Simulanten Geld zu geben, fing er plötzlich an zu schreien:

»Schaut ihn euch gut an! Er ist gesünder als ihr. Er hat sich nur mit einer vergifteten Nadel gestochen.«

Nun beugte sich einer herunter, um den falschen Tumor besser betrachten zu können, und der Bettler, blaß und starr, reagierte nicht und sprach nicht, aber der alte Blinde, der mit ihm gekommen war, sprang plötzlich auf, machte schwankend wie ein Ast, an dem der Sturm rüttelt, ein paar Schritte, stürzte sich dann auf Istene und bearbeitete ihm mit den Fäusten den Kopf wie mit zwei Hämmern.

Zuerst zog Istene den Kopf so tief ein, als wollte er ihn zwischen seinen Knien verstecken, aber dann richtete er sich auf, griff nach den Beinen des Angreifers und versuchte, ihn zu Boden zu reißen. Als ihm das nicht gelang, biß er ihn ins Knie. Sie sagten kein Wort dabei, und ihr Schweigen machte die ganze Szene noch schrecklicher. Nach kurzer Zeit war eine ganze Traube von Menschen bei ihnen, und die Schreie der Frauen mischten sich mit dem Lachen der Männer.

»Ich möchte nur wissen, wie er ihn gesehen hat!«

»Ach, der ist vielleicht gar nicht blind! Der Teufel soll sie holen, sie tun doch alle nur so, von vorn bis hinten.«

»Und ich habe ihm dreimal neun Reali gegeben! Wie hast du dir den Tumor gemacht? ... Sag es mir, dann gebe ich dir nochmal neun, ich werde das auch so machen, dann brauche ich nicht zum Militärdienst.«

»Paß auf, die Soldaten kommen.«

»Seid alle still, nichts ist passiert!«

Die Menschen gingen auseinander, um die Carabinieri vorbeizulassen. Groß, mit rotblauen Federbüschen, die flatterten wie Phantasievögel, standen sie über den beiden am Boden liegenden Bettlern.

Der Alte zitterte vor Wut, aber er machte den Mund nicht auf. Der andere hatte wieder seine alte Position eingenommen und sagte mit trauriger Stimme, er wisse von gar nichts und habe sich nicht von der Stelle gerührt, da habe sich plötzlich ein Mann auf ihn gestürzt, als sei eine Mauer über ihm zusammengefallen.

Sie ließen sie aufstehen und nahmen sie mit. Die Menge ging hinterher wie bei einer Prozession. Auch Efix folgte ihnen, aber seine Beine zitterten, und er hatte einen Schleier vor den Augen.

»Jetzt werden sie auch mich einsperren, sie werden wissen wollen, wer ich bin, werden alles herauskriegen und mich verurteilen.«

Aber niemand kümmerte sich um ihn, und nachdem die beiden Blinden in der Kaserne waren, gingen alle Leute weg, und er blieb allein auf einem Stein sitzen und wartete.

Er hatte Angst, aber um nichts auf der Welt wollte er den Blinden im Stich lassen. So wartete er Stunde um Stunde. Der Ort war wie ausgestorben, die Leute waren alle auf dem Fest, und so wirkte dieser Winkel wie unbewohnt. Die Sonne brannte auf die Ziegeldächer der niedrigen Häuser, die kümmerlich wie Hütten waren. Der Nachmittagswind trug den Duft aromatischer Kräuter herüber und manchmal einen Ruf oder einen Klang aus der Ferne.

Dieser Frieden erhöhte noch Efix' Qualen. Zum ersten Mal erkannte er klar, so klar wie den Felsen oben auf den Bergen, daß diese seine Buße ein Fehler war. Nein, das war es nicht, was er sich vorgestellt hatte.

Und seine armen Herrinnen, die allein und verlassen dort unten litten? Zum ersten Mal dachte er daran heimzukehren, seine Tage zu ihren Füßen zu beenden wie ein treuer Hund.

Zurückgehen, die eigene Seele opfern, aber nicht sie leiden lassen, das war die echte Buße. Aber er konnte den Blinden nicht im Stich lassen. Da ging die Kasernentür auf, und die beiden Blinden kamen heraus, sich wie Brüder bei den Händen haltend.

Efix ging ihnen entgegen und ergriff die Hand seines Gefährten. So erreichten sie miteinander den Hof neben der Basilika und suchten den falschen Kranken. Die Leute tanzten und sangen, der Sonnenuntergang färbte den Glockenturm, die Dächer und die Bäume ringsum rosa. Aus der Kirche drangen Lobgesänge in die Tanzweisen hinein, und der Duft von Weihrauch mischte sich mit dem Geruch der Gärten.

Aber soviel sie auch suchten, der falsche Kranke war nicht zu finden, weder auf dem Hof noch in der Kirche und auch nicht auf den Straßen ringsum. Jemand sagte, er sei aus Angst vor den Carabinieri davongelaufen. So blieb Efix mit zwei Blinden zurück.

XV

Lange Zeit zog er beide hinter sich her.

Von Fest zu Fest wanderten sie, allein oder mit anderen Bettlern zusammen, wie Verurteilte, die zum Ort ihrer Strafe geführt werden und doch nie hingelangen.

Die Feste waren einander ähnlich. Die wichtigsten fanden im Frühling und Herbst statt und spielten sich bei einsamen, ländlichen Kapellen ab, auf Bergen, Hochebenen oder an Talrändern. Dann war es an diesen Orten, die das ganze Jahr über verlassen waren, diesen brachliegenden, verwilderten Feldern, wie ein plötzliches Aufblühen, wie ein Ausbruch von Leben und Freude. Die strahlenden Farben der bäuerlichen Trachten, das Scharlachrot der Mieder, das Gelb der Bänder, das glühende Karmesin der Schürzen leuchteten wie Blumentupfer aus dem Grün der Büsche und dem fahlen Elfenbein der Stoppelfelder. Und überall wurde getrunken, gesungen, getanzt und gelacht.

Efix, auch er nun wie ein Bettler gekleidet, führte die beiden Blinden hinter sich her, die ihm vorkamen, als seien sie geradezu sein Schicksal selbst: sein Verbrechen und seine Sühne. Er liebte sie nicht, doch er ertrug sie mit unendlicher Geduld.

Auch sie liebten ihn nicht, aber einer war auf den anderen eifersüchtig wegen der Aufmerksamkeit, die er dem anderen jeweils schenkte, und sie zankten sich fortwährend.

Im August und September waren sie dauernd unterwegs, es war eine anstrengende Wanderung. Zuerst stiegen sie auf den Monte Orthobene zum Erlöserfest.

Es war August, der große Vollmond stieg rot aus dem Meer und beleuchtete die Wälder. Von dort aus konnte Efix seinen Heimatberg in der Ferne sehen, und er verbrachte die Nacht betend unter dem schwarzen Kreuz, das den blauen Himmel mit der grauen Erde zu verbinden schien. Bei Tagesanbruch hörte man aus dem Tal von weit her psalmodieren. Eine Prozession stieg herauf, und mit einem Mal waren die Felsen weiß und rot bedeckt, die Büsche erblühten von lachenden Kindergesichtern, und unter den Steineichen knieten die alten Hirten nieder wie bekehrte Heiden.

Auf dem in den Felsen gehauenen Altar schimmerte der Kelch in der Sonne, und der Erlöser schien vor seinem Abheben vom Felsen zu verweilen und das Kreuz zwischen die graue Erde und den azurnen Himmel zu pflanzen. Laut hörte man jemanden weinen, es war ein Bettler zwischen zwei Blinden hinter einem Strauch. Es war Efix.

Im September stiegen sie auf den Monte Gonare. Das Wetter hatte sich wieder verschlechtert, starke Gewitter zogen auf. Schlammige Bäche furchten die Hänge unter den sturmgepeitschten Büschen und Sträuchern, und der ganze Berg dröhnte vom Rollen des Donners. Aber unverdrossen strömten die Gläubigen von allen Seiten herbei, über unbequeme Wege und sich steil nach oben windende Straßen. Alle strömten sie in die kleine Kirche, wie das Blut aus den Adern zum Herzen fließt.

Von einer kleinen Felsnische aus, in die sich Efix mit seinen Begleitern geflüchtet hatte, beobachtete er, wie die Gestalten durch den Nebel gingen, als schwebten sie über den Wolken, und die Geschichte der Sintflut, die der junge Blinde immer erzählte, schien ihm nun wie ihre eigene.

Einige Erzväter konnten sich retten und suchten Schutz auf dem Berg. Sie kamen herauf mit ihren Frauen und Kindern, traurig und froh zugleich, hatten sie doch alles verloren und alles gerettet.

Besonders die Frauen, eingerahmt von ihren Kopftüchern, blickten von den Pferden herab, mit großen, ängstlichen Augen, die aber manchmal vor Freude aufleuchteten. Etwas mochte sie ängstigen, etwas mochte sie erfreuen; vielleicht lachten sie über ihre eigene Angst. Aus weiter Ferne drangen Schreie durch den Nebel wie das Wiehern von Wildpferden, die mit dem Wind um die Wette laufen.

Efix hatte immer noch Angst, erkannt zu werden, obwohl er wie ein normaler Bürger gekleidet war und einen Bart trug, der aussah, als hätte er eine Halbmaske aus Eselsfell aufgesetzt. Er schaute die Menschen genau an, die auf der Straße an ihm vorübergingen, ob nicht einer dabei war, den er kannte, und tatsächlich beugte er sich plötzlich ruckartig nach unten und schloß die Augen, wie Kinder es tun, wenn sie nicht gesehen werden wollen.

Ein Reiter, der ein wenig lässig auf seinem Rappen saß, kam langsam den Berg herauf, ganz und gar eingehüllt in einen weiten Wollmantel mit rotem Futter, wie die Spanier ihn trugen. Der Wind blies unter die Falten und hob ihn hoch, so daß man die gefüllten Satteltaschen und die dicken Beine des Reiters mit silbern leuchtenden Sporen sah. Die Kapuze beschattete ein joviales, sarkastisches Gesicht, das sich den Bettlern mit leichtem Grinsen zuwandte, während die Hand ihnen ein paar Münzen zuwarf.

Efix öffnete wieder die Augen und richtete sich langsam auf.

»Weißt du, wer das war?« fragte er den jungen Blinden. »Das war mein Padrone!«

Nachdem der Regen aufgehört hatte, stiegen die drei weiter aufwärts, schweigend, gebückt, als suchten sie einen verlorenen Gegenstand auf dem Weg. Die Wolken jagten über die Felsen, und Bäume und Sträucher bogen sich im Wind, als wollten sie sich von der Erde lösen und mit ihnen ziehen. Der Donner grollte immer noch, alles war wie in Aufruhr und Angst, auch Efix fühlte sich vom Wirbelsturm erfaßt wie trockenes Laub.

An einem Wegweiser stellten sie sich auf. Immer noch tobte der Sturm, aber als es Abend wurde, erschien die Sonne zwischen den Wolken und schob sie bis an den Horizont zurück, und um die Berge herum wurde alles klar und glänzend, während sich in den Tälern der Nebel in silbern leuchtenden Seen sammelte.

Die Bettler wärmten sich in der Sonne. Efix sammelte die Almosen ein, bei jedem Schritt, der zu hören war, zitternd vor Angst, Don Predu wiederzusehen. Und dennoch hob er von Zeit zu Zeit den Kopf, als lausche er auf eine ferne Stimme.

Er hatte das Gefühl, noch vor seiner Hütte auf den Feldern zu sitzen und das Rauschen des Schilfs zu hören, und die Stimme seines Herzens sagte ihm:

»Efix, wenn du wirklich hier bist, um Buße zu tun, warum hast du dann Angst, erkannt zu werden? Steh auf und begrüße deinen Herrn, wenn er vorbeikommt.«

Und plötzlich ließ ein Gefühl der Freude ihn aufspringen, durchdrang ihn wie die Sonne, die seine Kleider getrocknet und seine erstarrten Glieder erwärmt hatte. Er dachte ja wieder an seine Herrinnen, er liebte sie noch immer, und er wartete auf Don Predu, um nach ihnen zu fragen. Aber Don Predu kam nicht mehr herunter.

Dafür aber eine ganze Reihe junger Mädchen, welche die Messe gehört hatten, lachend und schön wie Rosen, eine dicht hinter der anderen.

»Hast du den großen Mann gesehen, der gebeichtet hat?« sagte die eine. »Das ist ein vornehmer Herr, schrecklich reich, aber er ist verhext.«

»Ja, ich weiß, ein armes Mädchen hat ihn verhext, weil er sie heiraten sollte und dann doch nicht geheiratet hat.«

»Zum Henker mit dir, Maria, was redest du denn für einen Unsinn? Wenn man jemanden verhext, dann verhext man ihn doch, um sich heiraten zu lassen...«

»Deswegen brauchst du mich doch nicht zu schubsen! Den Hals sollst du dir brechen, Franziska!«

Den Mund voller herrlicher Zähne und voller schlimmer Worte, so gingen sie an Efix vorbei. Eine blieb stehen, um den Bettlern Geld hinzuwerfen, und der Wind hob den Saum ihres buntbestickten Kopftuchs.

Efix wartete auf Don Predu. Die Bischöfe stiegen wieder herab, die schweigenden Frauen, die Jungen mit ihrem elastischen Gang, die kleinen Hirten mit ihren vor Einsamkeit traurig gewordenen Augen. Aber Don Predu war nicht zu sehen.

Efix wartete. Die Mittagszeit war schon vorbei, die Leute waren längst in ihre Hütten unten im Tal zurückgekehrt, aber Don Predu war immer noch nicht vorbeigekommen.

Nun ließ Efix seine Begleiter bis zur Kirche hinaufsteigen, vor der nur noch ein paar Jungen auf einen Felsen geklettert waren, um von dort aus dem Lauf der Berberpferde am Hang zusehen zu können. Der Sturm schien die Pferde mitsamt den darauf sitzenden Landleuten in ihren Kapuzenmänteln den Pfad unten entlang vor sich herzutreiben.

Efix ließ die Blinden sich an die Mauer setzen und betrat die kleine Kapelle. Auf Zehenspitzen ging er zu den Altarstufen vor, wo Don Predu unbeweglich kniete und mit erhobenem Gesicht betete. Sein Haar glänzte bläulich im goldenen Halbdunkel der Kerzen. Der weite Mantel war zurückgeschlagen, man sah das rote Futter, die Sporen an den Füßen, und so ähnelte er den Baronen auf ihren Pilgerreisen, wie der Knecht sie auf alten Gemälden in der Basilika gesehen hatte.

Er betete selbstvergessen, aber als Efix leicht seinen Mantel berührte, drehte er sich erst überrascht, dann zornig um, doch ohne den Bettler zu erkennen.

»Zum Teufel! Könnt ihr einen nicht mal hier in Frieden lassen?«

»Don Predu, Padrone mio! Ich bin es, Efix, erkennen Sie mich denn nicht?«

Don Predu sprang auf und schlug den weiten Mantel zurück, fast so, als wollte er seinen Knecht umarmen. Wie zwei alte Freunde sahen sie sich an.

»Wie denn das? Wie gibt's denn das?«

»Wie denn ...?«

»Ja«, sagte Don Predu, der seine Fassung als erster wiedergefunden hatte, »Giacinto hat mir von deinen Heldentaten erzählt, alter Trottel. Also da hast du dir ja ein bequemes Handwerk ausgesucht, du Faulpelz, ein schönes Handwerk! Hier nimm!«

Er hielt ihm ein Geldstück hin, aber Efix sah ihn mit seinem treuen Hundeblick an und seufzte, ohne gekränkt zu sein.

»Don Predu, Padrone mio, erzählen Sie mir von meinen Damen.«

»Deine Damen? Wer kriegt die schon zu sehen? Die vergraben sich in ihrem Bau wie die Maulwürfe.«

»Und Giacinto?«

»Den habe ich in Nuoro gesehen, diesen Hungerleider. Warum hast du ihn nicht zum Betteln mitgenommen? Und jetzt, weißt du, was er tut? Er heiratet diese andere Hungerleiderin, Grixenda, ja, so dumm ist er!«

»Das ist gut so, er hatte es versprochen«, sagte Efix, und wieder erfüllte ihn ein Glücksgefühl. So wird ihr der Segen zuteil, um den sie immer gebetet hat, Padrone mio, dachte er und lächelte bei den Vorwürfen Don Predus, der seinen Anflug von Wohlwollen bereute und ihn jetzt als den Bettler behandelte, der er war.

Nach dem Fest der Heiligen Cosma und Damiano in Mamojada gingen Efix und die Blinden nach Bitti zum Fest der Gnadenmadonna. Bevor sie dort ankamen, ruhten sie bei Orune aus, aber obwohl er müde war, schlief Efix nicht aus Angst, man könne ihm den Beutel mit dem gesammelten Geld der letzten Feste stehlen. In aller Stille betete er, manchmal die Augen öffnend, um seine beiden Blinden zu beobachten, die unter einer Eiche schliefen.

Es war noch Nacht, doch ein Lichtstreifen zuckte bereits im Osten zwischen den Bergen, die sich zum Meer hin öffnen. Dort erwachte der Morgen. Und da: Von Müdigkeit übermannt, glaubt Efix, die Lider nicht mehr aufzubekommen. Er meint zu träumen, als er sieht, wie der alte Blinde sich aufsetzt, sich lauschend nach vorne beugt, sich mit der Hand gegen die Eiche stützt, sich hochrappelt und nach kurzem Zögern zu ihm herankommt und mit gekrümmter Hand den Beutel an sich zieht, als angelte er im Schatten nach ihm.

Efix rührt sich nicht, sagt nichts, und der Alte entfernt sich, ganz langsam, geht hinauf durch Büsche und Steine, ohne sich umzusehen, groß und schwarz gegen den blauen Hintergrund der Berge.

Erst als er ihn nicht mehr sah, wurde ihm klar, daß er nicht geträumt hatte und sprang auf die Füße, aber da war ihm, als zöge ihn eine Hand nach unten und zwänge ihn, sich wieder hinzusetzen und still zu bleiben. Und allmählich folgte der Verblüffung eine freudige Aufwallung und das Bedürfnis zu lachen. Und dann lachte er, und ringsumher färbte sich der ganze Himmel hellblau und rosa, und die Meisen in der Macchia fingen an zu singen.

»Das ist es«, dachte er, »Gott hat mich von einem der Begleiter befreit. Was für eine Last hat er von mir genommen!«

Er weckte den anderen und erzählte ihm, was vorgefallen war. »Siehst du, Efix? Bist du jetzt endlich auch überzeugt? Ich habe es doch gewußt, daß er heuchelte. Habe ich es nicht gleich gesagt? Und du hast ihn mitgeschleppt, hast mich Tag und Nacht mit ihm gequält. Jetzt gehen wir ihn anzeigen, wir suchen ihn und brechen ihm alle Knochen.«

Efix lächelte. Während des Festes war er beinahe glücklich. Eine Menschenmenge, wie er sie kaum jemals gesehen hatte, füllte die Kirche, das umliegende Land und den Weg ins Dorf. Eine Prozession bewegte sich ununterbrochen um die Kapelle wie eine rotweiß und schwarzgelb gemusterte Riesenschlange. Die Fahnen flatterten wie Schmetterlinge; Chorgesänge verschmolzen mit dem Schellengeläut der Pferde, die schon zum Rennen geschmückt waren, und Freudenschreie mischten sich mit den frommen Weisen der Pilger. Frauen gingen vorüber mit schwarzen Haaren, die ihnen lang über die Schultern fielen wie Trauerschleier. Ihnen folgten Männer, barhäuptig, mit Kerzen in der Hand, barfuß und staubig, als kämen sie vom anderen Ende der Welt. In aller Augen standen Erwartung und Hoffnung.

Geduldig stiegen die Pferde die Straße hinauf, beladen mit Freude und Schmerz. Auf ihnen saßen Jungen mit flammend rot durchbluteten Gesichtern, bleiche Mädchen, die ihre Leidenschaft verborgen hielten wie Glut unter der Asche, Kranke, Verwirrte und Verwünschte kamen, in aller Augen lagen Leben und Tod.

Efix hatte sich etwas von der Kirche entfernt aufgestellt, an einem Platz, an dem nicht viele Menschen vorbeikamen. Der Blinde hörte nicht auf, vor sich hinzubrummen, sich zu beklagen und ein verschlossenes, drohendes Gesicht zu machen.

Gegen Abend – die Einnahmen waren kärglich gewesen – machte er seinem Zorn Luft und beschuldigte Efix, den anderen umgebracht zu haben, um sich von ihm zu befreien und das Geld an sich zu nehmen. Efix lächelte.

»Komm«, sagte er und nahm ihn an die Hand, und nachdem sie ein paar Schritte gegangen waren: »Hörst du?«

Da hörte der Blinde die Stimme des anderen, der unweit von ihnen bettelte. »Nun macht es aber nicht noch einmal wie neulich«, sagte Efix. »Wenn ihr rauft, und sie euch einsperren, wasche ich meine Hände in Unschuld.«

Jetzt beugte sich der wahre Blinde zu dem falschen Blinden und fragte ihn leise durch die Zähne:

»Warum hast du das getan, du Pharisäer?«

»Weil es mir gepaßt und Spaß gemacht hat.«

Efix lächelte wieder. Der Blinde *sah* dieses Lächeln, und es machte ihn rasend. Seine ganze Wut gegen den Dieb ließ er an seinem treuen Begleiter aus.

»Ich will nicht mehr mit dir gehen, lieber werfe ich mich hin und verrecke. Du bist ein Idiot, du taugst überhaupt nichts, du gehst nur mit mir, um dich zu amüsieren und mich zu quälen. Geh und häng dich auf, fahr doch zur Hölle!«

»Du sprichst so, weil du genau weißt, daß ich dich nicht im Stich lasse«, sagte Efix. »Du, wenn du auch blind bist, kennst mich genau, aber ich kenne dich nicht, obwohl ich sehen kann. Aber wenn du glaubst, du kannst einen anderen Begleiter finden, dann mach nur. Ich werde dir dabei helfen.«

Der falsche Blinde hörte zu, den geraubten Beutel fest an sich gepreßt. Er griff nach der Hand von Istene und sagte zu ihm: »Bleib doch bei mir, du Teufel!«

Und so blieben sie zusammen, sich fest an der Hand haltend, wie Efix sie aus der Kaserne von Fonni hatte kommen sehen, und es schien, als erwarteten sie, daß er etwas sagte, als wollten sie ihn reizen. Daraufhin zog er den kleinen Beutel mit den an diesem Tag gesammelten Münzen heraus, und nachdem er ihn vor den Augen der beiden hatte hin- und herpendeln lassen, wobei er sie lächelnd ansah, ließ er ihn in die Hand des echten Blinden fallen und ging fort.

Frei! Aber immer noch hatte er das körperliche Gefühl, die Blinden hinter sich herzuschleppen, und machte sich seine Gedanken über sie.

Er wanderte die ganze Nacht und den ganzen folgenden Tag, das Tal der Isalle hinab, bis er das Meer erreichte. Dort warf er sich zu Boden, zwischen zwei Steinlindenbüsche, und er hatte das Gefühl, nach Hause zurückzukommen, nachdem er einmal um die ganze Welt gewandert war.

Doch im Traum sah er doch wieder den Blinden, in sich zusammengesunken, mit fahlen, halbgeöffneten Lippen über raubtierhaften Zähnen, und es war ihm, als werde er von ihm verhöhnt und zugleich bemitleidet.

»Du glaubst, du seist jetzt zu Hause und könnest dich ausruhen. Aber du wirst sehen, Efix, jetzt beginnt dein Weg erst richtig.«

Als er die Straße aufwärts ging und sich den Feldern des Gutes näherte, hörte er klagende Melodien einer Ziehharmonika und glaubte an Einbildung, denn durch die Feste waren seine Ohren an diese Klänge gewöhnt.

Ferne Erinnerungen wurden wach. Die Blätter ringsum bewegten sich, als wollten sie ihn begrüßen. Dort war die Hecke, da der Fluß, der Hügel, die Hütte. Er war nicht eigentlich bewegt, aber diese süße Klage, zart wie ein Schleier, die aus der Stille des grünen Wassers aufzusteigen schien, zog ihn an wie ein Lockruf.

Er trat ein, hob den Blick und stellte sofort fest, daß die Felder schlecht bestellt waren. Es sah aus, als fehle hier der Herr. Die Bäume waren fast alle schon abgeerntet, ein paar abgerissene Äste pendelten hin und her. Zuannantoni saß unter der Pergola vor der Hütte und spielte Ziehharmonika. Seine monotonen Melodien überzogen den verödeten Ort wie ein Schleier.

Als er den fremden Mann sah, der sich bückte, um in die Hütte zu schauen, hörte der Junge auf zu spielen, und seine Augen bekamen einen drohenden Ausdruck.

»Was wollen Sie?«

Der Mann nahm seine Mütze ab.

»Onkel Efix!« rief der Junge und spielte sofort weiter, während er gleichzeitig redete und lachte.

»Aber sind Sie nicht gestorben? Und manche sagten, Sie wären in Amerika reich geworden und würden viel Geld an Ihre Herrinnen schicken. Jetzt bin ich hier der Aufseher, und wenn ich will, kann ich Sie wie einen Dieb davonjagen. Aber ich tue es nicht. Wollen Sie ein paar Weintrauben? Nehmen Sie sich welche. Mein Padrone, Don Predu, pfeift auf dieses Stück Land, er hat noch so viel anderes Land. Die Güter in Badde Saliche, die sind fruchtbar. Was er hier erntet, schickt mein Padrone als Geschenk seinen Kusinen, Ihren Herrinnen, aber die hocken immer in ihrem verschlossenen Haus wie der Igel in seinem Stachelkleid. Oh, Onkel Efix, ich muß Ihnen etwas erzählen. Gestern nacht – nachts schließe ich mich immer in der Hütte ein, denn ich habe Angst vor den Geistern und höre immer Großmutter an der Tür kratzen –, gestern nacht habe ich vielleicht einen Schrecken bekommen! Habe ich doch gespürt, wie sich etwas Weiches an meinen Füßen bewegte. Ich habe geschrien und geschwitzt. Und dann, als es hell wurde, da sah ich, daß es ein verletzter Hase war. Ja, er war in eine Schlinge geraten, und er war losgekommen und hergelaufen mit seiner kaputten Pfote, und hat mich angesehen mit Augen wie ein Mensch. Ich habe ihm die Pfote verbunden, aber er hat Fieber bekommen. Wie ein heißes Knäuel hat er mir in den Händen gebrannt, und dann ist er ganz schwarz geworden, und tot war er.«

Efix hatte sich vor die Hütte gesetzt und schaute in die Ferne. »Was meinst du«, fragte er langsam, »ob Don Predu mich wieder in seinen Dienst nimmt?«

Der Junge nahm eine drohende Haltung ein.

»Und mich soll er dann wegjagen? Und was soll ich dann machen? Grixenda heiratet und geht weg. Und ich? Soll ich betteln gehen? Nein, das können Sie machen, Sie sind schon alt.«

»Du hast recht«, sagte Efix und senkte den Kopf. Seine Nachgiebigkeit stimmte den Jungknecht versöhnlich.

»Don Predu ist so reich, daß er Sie trotzdem nehmen kann. Er kann Sie ja auf die anderen Güter schicken, denn mir gefällt es hier so gut. Ein schöner Platz hier, das sagt auch Grixenda.«

»Was macht Grixenda?«

»Die näht ihr Brautkleid.«

»Sag mir, Zuannantoni, ist Don Giacinto ins Dorf gekommen?«

»Mein Schwager«, sagte der Junge stolz, »ja, er ist gerade im Juli hiergewesen. Grixenda ging es immer schlechter, nur noch ein bißchen, und er hätte sie nicht mehr lebend angetroffen. Ja, er ist gekommen...«

Er schwieg, das Gesicht über die Ziehharmonika gebeugt, die Augen schwer von Erinnerungen.

»Sage mir alles, mir kannst du alles sagen, Zuannantò, ich gehöre ja fast zur Familie.«

»Ja, also ich erzähle es Ihnen. Grixenda war krank und wurde dünn wie ein Docht. Nachts fieberte sie oft; dann stand sie auf wie eine Verrückte und sagte: Ich will nach Nuoro gehen. Aber wenn sie versuchte, die Tür zu öffnen, ging es nicht. Sie verstehen schon: von außen drückte Großmutter gegen die Tür, deshalb konnte sie nicht raus. Einmal bin ich dann nach Nuoro gegangen. Ich fand meinen Schwager an einem Ort, der mir wie die Hölle vorkam: in der Mühle. Ich sagte ihm alles. Da bat er um drei Tage Urlaub und kam mit mir. Er hatte ein Pferd gemietet, das kostet weniger als die Kutsche, und mich nahm er hinten drauf. Es war schön, so zu reiten und alles von oben zu betrachten, als wären wir Riesen. Dann hat er gefragt, ob er Grixenda heiraten kann, und nun soll zu Allerheiligen Hochzeit sein.«

»Wen hat er gefragt, ob er sie heiraten kann?«

»Ich weiß nicht, sie selber!«

»Sag mir, Zuannantoni, ist Don Giacinto bei seinen Tanten gewesen, bei meinen Herrinnen?«

Der Junge zögerte erneut.

»Ja«, sagte er dann, »er ist dagewesen. Ich glaube, es hat Streit gegeben, denn er kam mit roten Augen heraus, als hätte er geweint. Grixenda sah ihn an und lachte, aber mit zusammengebissenen Zähnen. Er sagte: Das war das letzte Mal, daß sie mich gesehen haben.«

Efix fragte nichts weiter. Er verbrachte die Nacht in der Hütte, und da ein starker Wind aufgekommen war, das Schilf an der Böschung seufzte wie die Seelen in der Verdammnis und der junge Knecht Angst bekam, erzählte Efix Geschichten aus der Bibel, im gleichen Tonfall, wie es der Blinde getan hatte.

»Es war einmal ein König, der die Bäume anbeten ließ unter dem Vorwand, es seien Geister. Ebenso ließ er die Tiere anbeten und sogar das Feuer. Da war der wahre Gott erzürnt und ließ die Diener so schlecht werden, daß sie sich verschworen, um ihren Herrn zu töten. Ja, er ließ sogar ein großes goldenes Götzenbild anbeten, deshalb ist in der Welt die große Liebe zum Geld geblieben, und wegen des Geldes töten sich die Menschen gegenseitig, sogar wenn sie miteinander verwandt sind. Selbst unschuldige Seelen beten das Gold an.«

Dann begann er, die Tempel und Paläste des Königs Salomo zu

beschreiben. Zuannantoni war schon eingeschlafen, da erzählte er noch immer. Das Schilf auf der Böschung draußen rauschte gewaltig, als würde eine große Schlacht geschlagen.

Im Morgengrauen, als Efix aus der Hütte trat, sah er tatsächlich hunderte von abgeknickten Schilfhalmen herunterhängen, die langen Blätter lagen auf der Erde verstreut wie zerbrochene Schwerter. Und die Überlebenden, auch sie arg gebeutelt, sahen aus, als beugten sie sich herunter, um ihre toten Kameraden zu betrachten und mit ihren verletzten Blättern zu streicheln.

»Nehmen Sie sich ein paar Trauben, Onkel Efix«, sagte der Junge beim Abschied noch ganz in Gedanken: »Wenn Don Predu Sie wieder herschickt, bin ich froh, dann können wir die ganze Zeit Geschichten erzählen. Und gehen Sie zu Grixenda und bestellen Sie ihr einen Gruß von mir.«

Und so geht Efix wieder die Straße zum Dorf entlang. Der Morgen ist kühl, und die weißen Hügel sehen aus wie schneebedeckt. Bei den Anhöhen hinter der Burg, oberhalb der über die Ebene verstreuten Dörfer, raucht es wie bei zugedeckten Kohlenmeilern. Alles ist totenstill an diesem rosafarbenen Morgen. Doch Efix hatte seine Seele wiedergefunden, und ihm war, als kehrte er in das Haus seiner Leiden heim wie der verlorene Sohn, nachdem alles vergeudet war, was Anlaß zu Hoffnung bot.

Er ging direkt zur Wucherin und mußte lachen, weil sie ihn nicht gleich erkannte, ihn aber dennoch freundlich empfing in dem Glauben, er sei ein Fremder, ein Knecht, den irgendein Herr geschickt hatte, um Geld zu leihen.

»Kallina, die Raben sollen dich fressen, erkennst du mich denn nicht? Du bist inzwischen aber auch weniger geworden.«

Die Schuhe, die sie in der Hand hatte, fielen einer nach dem anderen auf die Erde, dann bückte sie sich und hob sie wieder auf.

»Efix, siehst du? Weil ich dich damals verflucht habe, so hast du gehen müssen! Sogar deine Kleider hast du gewechselt. Erinnerst du dich noch, wie du mich umbringen wolltest?«

»Dazu bin ich immer noch bereit, wenn du nicht gleich aufhörst. Sag, wie geht es dir?«

»Nicht besonders gut. Seit einiger Zeit habe ich immer Kopfschmerzen, diese Schmerzen und die Schlaflosigkeit haben mich so mager werden lassen, so klein und krumm, als hätten mich die Vampire ausgesaugt.«

Gut so, dachte Efix, aber er sagte es nicht.

»Eine verdammte Krankheit ist das, dieses Kopfweh, Efix. Deshalb habe ich gelobt, zum Heiligen Franziskus zu pilgern, jetzt im Oktober...«

»Hör mal«, sagte Efix, der sich an den Herd gesetzt hatte und keine Anstalten machte zu gehen, »es ist ganz unnötig, daß du wallfahren gehst. Wenn du Buße tun mußt, tu es in deinem Haus.«

»Ich habe nichts zu büßen! Wenn ich gehe, dann wegen der Andacht. Meine Seele steht vor Gott und nicht vor einem Sünder, wie du einer bist.«

Er senkte den Kopf.

»Hör zu«, fing er wieder an, »ich brauche neue Kleider und Geld. Du mußt mir helfen, Kallina, und wenn du willst, kannst du es auch. Ich bin wie ein Soldat, der im Krieg war. Ich komme zurück, und da kann ich diese Kleider nicht anbehalten.«

»Sag mir wenigstens, wo du gewesen bist?«

»Ich wollte nur so ein bißchen in der Welt herumkommen. Bis zum Orient war ich, wo der Tempel und der Palast von König Salomo sind... Der Palast war ganz aus Gold, die Türgriffe waren aus Gold gefertigte Äpfel, Teller und Schüsseln waren aus Gold...«

Die Frau sah ihn von unten an, während sie neue Senkel in ihre Schuhe flocht, doch ohne die alten wegzuwerfen, die noch dazu dienen konnten, irgend etwas zusammenzubinden. Warum er nur so redete, mit einem Tonfall, wie die Bettler ihn haben? Entweder machte er sich über sie lustig, oder er hatte Fieber.

»Efix, mein Lieber, dein Herumtreiben in der Welt hat deine Schuhe abgenutzt und dein Gehirn auch!«

Trotzdem gab sie ihm Geld.

Aber noch immer ging er nicht.

»Ich kann so nicht losgehen und mich vor den frechen Mägden von Don Predu zeigen. Du mußt mir die Kleider besorgen. Geh, mach schon. Geh, schließlich bist du auch eine Christin.«

»Was soll das heißen, ich auch? Ich bin ein besserer Christenmensch als du, mein Lieber. Ich habe niemals mein Haus im Stich gelassen, um auf meine alten Tage durch die Welt zu laufen...«

»Wenn du nicht gleich still bist, nehme ich den Feuerhaken, Kallina, paß auf!«

Den ganzen Tag fuhren sie fort, sich gegenseitig zu beschimpfen, teils im Scherz, teils im Ernst. Aber am Nachmittag ging sie doch los und kaufte einen fast neuen Anzug von einer Frau, deren Mann nach Amerika ausgewandert war.

Gegen Abend kehrte Efix zu seinen Herrinnen zurück. Ja, gegen Abend, wie nach einem freien Tag, den er, unzufrieden umherstreifend, verbracht hatte. Alles war still und traurig dort oben, hinter dem düsteren Haus stand der Berg unter dem grünlich dämmernden Himmel, die Mondsichel schien auf den Berg herabzufallen, über dem Mond stand zitternd der Abendstern.

Das Tor war verschlossen, Gras wucherte an der Mauer und auf den Stufen, als sei das Haus verlassen. Efix hatte Angst anzuklopfen.

Da sah er Grixendas Tür wie ein goldenes Rechteck auf der schwarzen Mauer leuchten, und ihm fiel ein, was Zuannantoni ihm aufgetragen hatte.

Das Mädchen stand vor dem Feuer und trocknete sich ihren nassen Rock. Sie war barfuß, und ihre schlanken Beine glänzten wie Bronze. Als sie den Mann sah, ließ sie den Rock fallen und vor Freude, Efix wiederzuerkennen, lachte sie laut auf.

»Aber Grixenda, du gehst immer noch an den Fluß? Erlaubt das denn dein Bräutigam?«

»Arbeitet er vielleicht nicht? Oder ist er etwa ein feiner Herr? Wenn er ein feiner Herr gewesen wäre, dann läge ich jetzt schon unter der Erde... Aber kommen Sie doch herein! Setzen Sie sich und nehmen Sie den schweren Beutel ab. Ist er voll Gold? Haben Sie Ihr Glück gemacht, heimlich still und leise, Sie Böser?«

Er setzte sich und stellte den Beutel auf die Erde. Dann sah er Grixenda an, und Grixenda sah ihn an. Verschmitzt gab sie ihm zu verstehen, daß sie die Wahrheit wußte.

»Aber auch wir, Onkel Efix, auch wir, Giacinto und ich, werden etwas unternehmen. Auch wir können reich werden, Onkel Efix, wer weiß? Alles ist möglich in der Welt. Ich glaube jedenfalls, daß alles möglich ist.«

»Und seid ihr nicht schon reich? Wer könnte reicher sein als ihr?«

Sie neigte sich ihm zu, graziös und kindlich wie ehedem.

»Das sage ich doch auch immer! Als Ihre Damen nicht wollten, daß Giacinto und ich heiraten, weil ich arm bin, sagte ich: Na und, bin ich nicht jung? Und habe ich ihn nicht gern? Kann ja sein, daß Donna Noemi und Don Predu reicher sind als wir, mit allem, was sie besitzen. Aber nur an Jahren, an nichts anderem!«
Efix fuhr zusammen.

»Heiraten sie denn?«

»Ja, sie heiraten! Er verzehrt sich vor Liebe, wie ich mich im Frühling verzehrt habe. Man sagte, er sei verhext worden. Mit einem Liebeszauber. Er ritt sogar bis nach Oliena, um eine alte Wahrsagerin zu befragen. Und kürzlich, in der letzten Woche, ritt er zur Madonna von Gonare, als Wallfahrer, und machte eine Spende von drei Scudi, damit ein Wunder geschieht. So erzählen jedenfalls die bösen Zungen.«

Efix starrte nachdenklich auf den Boden zwischen seinen Knien. Konnte er überhaupt heimkehren, fragte er sich. Würden sie nicht denken, es sei nur der günstige Wind, der ihn zurücktrieb?

Und unversehens ärgerte es ihn einen Moment lang, daß Noemi vor seiner Rückkehr »ja« gesagt hatte. Aber sofort stand er auf und bereute zutiefst. Ach, was war er doch immer noch für ein Sünder!

»Glaubst du, daß Don Predu jetzt dort ist?« fragte er im Gehen.

»Ich bin hier, nicht dort, Onkel Efix!« sagte Grixenda lachend und lief hinter ihm her. »Und ich kann nicht einmal sagen: ich gehe nachschauen, denn Ihre Herrinnen drehen zweimal den Schlüssel im Tor herum, wenn sie mich sehen.«

Er ging, aber wieder krampfte sich ihm das Herz zusammen, und er hatte das Gefühl, das Pochen am Tor würde ihm bis ins Mark dringen.

XVI

Es war Noemi, die öffnete. Efix sah sie vor sich auftauchen, sie hob sich ab von dem Blaugrün des Hofes, sehr groß und schlank, mit weißem Gesicht: Lia als junges Mädchen, die wiederauferstandene Lia.

Sie betrachtete ihn genau, bevor sie ihn eintreten ließ, wie man einen Fremden betrachtet. Dann sagte sie nur: »Ach, du bist es?« Und schon dieser Ausdruck mißtrauischen und etwas ironischen Erstaunens genügte, um ihn zu demütigen und seine Verwirrung noch zu steigern.

»Ja, ich bin zurückgekommen, Donna Noemi mia«, sagte er beim Eintreten und folgte ihr über den Hof. »Der Vagabund ist heimgekehrt. Wie geht es Donna Esther? Erlauben Sie mir, ihr einen Besuch zu machen?«

Hier im grünen Halbdunkel waren alle Dinge noch unverändert auf ihrem Platz. Oben der Balkon, schwarz vor der grauen Wand, dann der Brunnen mit den roten Blumen und das Seil an der Treppe.

In der Küche brannte Licht, aber kein flammendes wie bei Grixenda, eine trübe Funzel auf der alten Bank, inmitten großer Schatten.

Nein, nichts hatte sich hier verändert. Alles war noch genauso tot. Und voll Trauer dachte Efix: »Es kann nicht wahr sein, daß Donna Noemi den Antrag angenommen hat.«

Instinktiv wollte er den Beutel an den Pflock hängen, aber der Pflock war weg, niemand hatte ihn wieder eingeschlagen, und so behielt er den Beutel bei sich wie ein Gast, der gleich wieder gehen muß.

Donna Esther saß auf einem Hocker vor der alten Bank und las, ganz ruhig, bis plötzlich die Katze, die in ihrem Schatten neben der Lampe gesessen hatte und mit den Augen den Bewegungen ihrer Hände gefolgt war, auf ihren Schoß sprang, als wollte sie sich verstecken, und dann mit einem Satz unter der

Bank verschwand. Da hob Esther den Kopf, bemerkte den Unbekannten, sah ihn mit aufleuchtenden Augen an, und das Buch in ihren Händen begann zu zittern.

»Ja doch, ich bin es, Padrona mia! Ich bin zurückgekommen. Der Vagabund ist heimgekehrt. Was sagen Sie dazu, Donna Esther? Wie geht es Ihrer Gesundheit?«

»Efix! Efix!« stammelte sie nur.

»Ja, Efix. Haben Sie kranke Augen, Donna Esther, daß Sie eine Brille tragen?«

»Du, Efix! Setz dich. Ja, ich habe kranke Augen bekommen, weil ich zuviel geweint habe.«

Noemi beobachtete beide mit ihren bösen Augen und schien sich über die Szene zu amüsieren.

»Ja, Esther, du brauchst die Brille, weil du alt geworden bist.«

»Hier, setz dich«, forderte auch sie ihn auf und klopfte mit der Hand auf die Bank. Efix setzte sich neben seine alte Herrin, die vor Überraschung noch am ganzen Körper zitterte. Zuerst wußten sie gar nicht, was sie sich sagen sollten. Er preßte den Beutel an sich und senkte verschämt den Kopf. Sie nahm die Brille ab und schob sie zwischen die Buchseiten, am liebsten hätte sie sich einfach an den Knecht angelehnt.

Endlich sahen sie sich an, und sie schüttelte etwas vorwurfsvoll den Kopf.

»Du Guter! Der Wandersmann ist wieder da! Aber warum niemals eine Zeile, einen Gruß? Den schicken sogar Leute aus Amerika!«

Efix öffnete den Mund, um zu antworten, aber als er Noemi ansah, die lachte, als wüßte sie die Wahrheit, schwieg er noch verlegener.

»Und du bist einfach so weggegangen, Efix! Als ob wir dich beleidigt hätten, ohne uns ein Wort zu sagen. Efix! Immer habe ich darüber gegrübelt und mich gefragt, warum hat Efix das getan? Darf man vielleicht endlich erfahren, warum?«

»Der Lauf der Welt! Man wird alt und kindisch«, antwortete er mit einer unbestimmten Geste. »Aber jetzt bin ich wieder hier … Sprechen wir nicht mehr davon.«

»Und jetzt, was beabsichtigst du jetzt zu tun? Gehst du zu

Predu zurück? Oder stimmt es, was die Leute erzählen, daß du reich geworden bist? Aber warum stellst du den Beutel nicht ab? Einen Happen essen wirst du doch wenigstens mit uns?«

»Ich muß gehen, Donna Esther mia... Ich bin nur gekommen, um Ihnen guten Tag zu sagen.«

»Du bleibst bis morgen hier«, sagte Noemi, nahm ihm mit einer fast katzenhaften Bewegung den Beutel ab und legte ihn weiter weg auf die Bank.

Sie sahen sich an, und er verstand, daß sie sich auszusprechen hatten, sie beide, daß sie ein unterbrochenes Gespräch wieder aufnehmen mußten.

»Efix, hör mal zu«, setzte Donna Esther wieder ein, du mußt uns wenigstens deine Abenteuer erzählen, wenn du schon nicht geschrieben hast. Du hast doch sicher eine Menge Dinge zu berichten. Ach, Efix, wer hätte gedacht, daß du als alter Mann noch in die Welt hinauswandern würdest!«

»Besser spät als nie, Donna Esther mia! Aber zu erzählen gibt es wenig.«

»Dann erzähle das wenige.«

»Also gut, ich werde es erzählen...«

Noemi deckte schweigend den Tisch. Da war noch derselbe Brotkorb, schwarz und glatt geworden vom langen Gebrauch. Es gab das gleiche Brot und den gleichen Aufschnitt wie früher.

Efix aß und erzählte mit unsicheren Worten, mit zaghaften Lügen das Gesagte verschleiernd.

Doch nachdem er die Brotkrumen auf den Boden geworfen und die letzten Tropfen aus seinem Glas geschüttet hatte – denn die Erde verlangt immer ihren kleinen Anteil an der Nahrung des Menschen –, straffte er leicht seinen Rücken, und seine faltigen Augen umgab ein Leuchten.

»Also, auf der Reise waren wir lauter arme Teufel. Wir gingen und gingen, ohne zu wissen, wohin wir wollten, aber immer in der Hoffnung, Geld zu verdienen. Wir gingen hintereinander, wie Verurteilte...«

»Aber wart Ihr denn nicht auf dem Meer?«

»Auf dem Meer, natürlich, was rede ich da? Und auf einem recht stürmischen Meer auch noch. Mehr als einmal bin ich naß geworden. Hunger war es nicht, der mich quälte, nein, wer hatte schon Hunger? Ich nicht. Wenn ich manchmal das Gefühl hatte, daß eine Hand mir den Magen zusammendrückte, als wollte sie ihn herausreißen, dann aß ich etwas, und das beruhigte. Als wir ankamen, begann die Arbeit.«

»Was für eine Arbeit war das?«

»Ach, eine leichte Arbeit eigentlich... wir hoben an einer Stelle Erde aus und brachten sie an eine andere...«

»Stimmt es, daß man einen Kanal baut, um das Meer hindurchfließen zu lassen? Aber das Wasser, dringt es dann nicht gleich ein in den Kanal?«

»Ja, es würde eindringen, aber Maschinen halten es zurück. Sie sind wie große Pumpen... ich kann es nicht so genau erklären.«

Noemi hörte schweigend zu und streichelte der Katze, die behaglich in ihrem Schoß schnurrte, das Fell. Sie hörte zwar zu, aber ihre Gedanken waren weit weg.

»Wart ihr sogar unten im Flachland? Man sagt, dort sei alles sehr teuer. Erinnerst du dich noch, was die Emigranten erzählten, unten beim Fest? Und sie sagen auch, es sei ein Land, wo man sich nie amüsiert.«

»Ach, in diesem amüsiert man sich aber! Wer Lust hat, sich zu amüsieren, versteht sich. Man singt, tanzt, betet, man betrinkt sich, und dann gehen alle weg...«

»Gehen weg? Wohin denn?«

»Ich wollte sagen... in ihre Hütten, um sich auszuruhen.«

»Und welche Sprache sprechen sie?«

»Sprache? Von überall. Ich sprach Sardisch mit meinen Gefährten...«

»Ach, du hattest sardische Gefährten?«

»Ja, ich hatte sardische Gefährten. Einen alten und einen jungen. Mir kommt es so vor, als hätte ich sie noch neben mir – wenn ich das so vor den Damen sagen darf.«

Noemis Augen blitzten boshaft.

»Ich hoffe, wir sind sauberer?« sagte sie und kniff ihn in den Arm.

»Ja, ein alter und ein junger. Sie stritten sich unentwegt, sie waren böse, neidisch und eifersüchtig, aber im Grunde ihres Herzens waren sie auch gut. So ist der Mensch eben geschaffen: gut und böse; im übrigen ist man immer unglücklich. Auch die Reichen sind oft unglücklich. Ach eben...!«

Der harte Griff von Noemis Hand erinnerte ihn an den eisernen Griff, mit dem Giacinto ihn auf dem kleinen Hof in Nuoro gepackt hatte, und zugleich an das Geheimnis, das es Noemi unmöglich machte, den Antrag von Don Predu anzunehmen.

»Don Predu zum Beispiel«, sagte er fast ungewollt und sah dabei die jüngere Herrin an, »ist er vielleicht nicht reich und unglücklich?«

Da lachte Noemi wieder, und er war gegen seinen Willen ärgerlich.

»Was gibt es da zu lachen? Ist er denn nicht unglücklich, Don Predu? Solange Sie, Donna Noemi, kein Erbarmen mit ihm haben... Und dabei ist er wirklich gut.«

Da stand Donna Esther auf, stützte sich mit der Hand auf die Lehne und sah beide streng an.

»Was heißt gut«, sagte Noemi und lachte nicht mehr. »Er ist jetzt alt und kann nicht mehr so über seinen Nächsten herziehen, das ist alles! Sprechen wir nicht mehr von ihm!«

»Sprechen wir doch von ihm«, sagte Donna Esther mit Nachdruck. »Efix, erkläre mir, was du meinst.«

»Was soll ich Ihnen erklären, Donna Esther mia? Daß Don Predu Donna Noemi heiraten will?«

»Ach, das weißt du auch? Woher weißt du es?«

»Ich bin der erste Brautwerber gewesen.«

»Der erste und der letzte«, schrie Noemi und warf die Katze weg wie ein Knäuel Wolle. »Basta! Ich will nicht mehr darüber reden!«

Aber Efix rebellierte.

»Aber weil ich ihm niemals eine Antwort gebracht habe, Donna Noemi! Wie hätte ich sie ihm bringen können? Ich habe mich nicht getraut, und deshalb bin ich weggelaufen.«

Donna Esther setzte sich wieder neben ihn und er fühlte, daß sie am ganzen Leibe zitterte.

»Ach Efix«, sagte sie leise. »Er hatte schon damals diesen Wunsch, und du hast nie etwas davon gesagt? Und bist einfach weggelaufen? Aber warum? Mir kommt das alles wie ein Traum vor. Ich habe nie etwas davon erfahren. Erst die Leute haben es mir erzählt, nur die Fremden. Und du, liebe Schwester, du...«

»Was hätte ich dir sagen sollen, Esther? Hat er selbst mir etwa je einen Antrag gemacht? Wann hätte er sich je erklärt? Er schickt Geschenke, kommt von Zeit zu Zeit, setzt sich hin, unterhält sich mit dir und richtet fast nie ein Wort an mich. Habe ich ihn je weggejagt?«

»Weggejagt nicht, aber viel schlimmer. Du lachst, wenn er kommt, du machst dich über ihn lustig.«

»Jawohl! Was man sät, das erntet man auch.«

»Noemi, warum sprichst du nur so? Du scheinst verrückt zu sein seit einiger Zeit! Du kannst nicht mehr klar denken. Warum sagst du, er macht sich über dich lustig, wenn er dir hat ausrichten lassen, daß er dir gut ist?«

»Er hat es mir durch einen Knecht sagen lassen!«

Donna Esther sah Efix an, aber Efix schwieg mit gesenktem Kopf, genau wie früher, wenn seine Herrinnen sich zankten. Außerdem rechnete er damit, daß Noemi trotz ihrer stolzen Reden zu ihm kommen würde, um mit ihm allein das Gespräch wieder aufzunehmen.

»Efix, hörst du, wie sie redet? Und ich sage dir, du warst nicht der einzige, der ihr das sagen konnte. Auch Giacinto...«

Bei diesem Namen schien sich ringsumher so etwas wie eine angsterfüllte Leere einzustellen. Efix sah, wie Noemi aufsprang, bleich und verzerrt vor Wut und Haß.

»Esther!« sagte sie mit heiserer Stimme. »Du hast geschworen, seinen Namen nie mehr in den Mund zu nehmen.«

Und sie rannte hinaus, als müßte sie vor Zorn ersticken.

»Ja«, flüsterte Esther Efix ins Ohr, »sie haßt ihn so sehr, daß ich schwören mußte, seinen Namen nicht mehr zu nennen. Als er kürzlich hier war, um uns zu sagen, daß er Grixenda heiratet, und Noemi bat, den Antrag von Predu anzunehmen, da wurde sie so rasend, wie du sie eben gesehen hast, und hat ihn hinausgeworfen. Und er ist weinend weggegangen. Aber sage mir doch nur, Efix«, fuhr sie bedrückt fort, »ist unser Schicksal nicht wirklich ganz böse? Giacinto hat uns ruiniert und heiratet nun dieses bettelarme Ding; und Noemi könnte ihr Glück finden und stößt es von sich. Warum nur das alles, Efix, sage es mir, du bist doch in der Welt herumgekommen: Ist es überall so? Warum zerbricht uns das Schicksal wie Schilfrohr?«

»Ja«, sagte er daraufhin, »genau so sind wir, wie Schilf im Wind, Donna Esther mia. Deshalb! Wir sind die Schilfrohre, und das Schicksal ist der Wind.«

»Nun gut, aber warum dieses Schicksal?«

»Und warum dieser Wind? Nur Gott weiß es.«

»So geschehe also sein Wille«, sagte sie und senkte den Kopf auf die Brust. Und als er sie so gebeugt sah, so alt und traurig, da fühlte Efix sich fast stark. Und um sie aufzurichten, dachte er daran, ihr eine der vielen Geschichten des Blinden zu erzählen.

»Im übrigen ist es doch so, daß wir niemals zufrieden sind. Kennen Sie die Geschichte der Königin von Saba? Schön war sie und hatte ein großes Reich, mit vielen Gärten voller Feigen und Granatäpfel und einen Palast aus purem Gold, aber als sie hörte, daß König Salomo noch viel reicher sei als sie, da konnte sie nicht mehr schlafen. Der Neid nagte so sehr an ihr, daß sie bald beschloß, auf die Reise zu gehen, selbst wenn sie um die halbe Welt fahren müßte, um zu sehen...«

Donna Esther beugte sich zur anderen Seite und nahm das Buch, in das sie ihre Brille gelegt hatte.

»Diese Geschichten stehen hier drin, es ist die Heilige Schrift.« Beschämt betrachtete Efix das Buch und vestummte.

Als er allein war, legte er sich auf die Strohmatte, aber trotz seiner großen Müdigkeit konnte er nicht einschlafen Er hatte den Eindruck, die Blinden lägen noch neben ihm und ringsumher im Dunkel draußen erstrecke sich ein unbekanntes Land. Doch seine Herrinnen säßen auf der Bank und betrachteten ihn, Donna Esther alt und hilfesuchend, Donna Noemi lachend, aber schrecklicher, als wenn sie ernst war.

Und merkwürdigerweise verspürte er keine Scheu mehr vor Donna Esther und keine Angst vor Donna Noemi. Es war wirklich so, als hätte der Knecht sich befreit und wäre gegenüber seinen armen Herrinnen reich geworden.

»Ich kann ihnen helfen, kann ihnen immer noch helfen, auch wenn sie es nicht wollen... Morgen...«

Sehnsüchtig erwartete er diesen Morgen – und konnte darüber nicht schlafen. Morgen würde er mit Noemi reden; sie würden ihr Gespräch wieder aufnehmen, das sie vor Monaten unterbrochen hatten, und vielleicht konnte er dann Don Predu eine positive Antwort bringen.

Er begann zu beten, erst ganz langsam, dann immer inbrünstiger, bis er das Gefühl hatte, einen Bittgesang anzustimmen, wie die Pilger oben bei der Gnadenmadonna.

Morgen... Alles würde gut werden morgen, alles würde beschlossen und klar sein. Er glaubte nun endlich zu begreifen, warum Gott ihn dazu gebracht hatte, das Haus seiner Herrinnen zu verlassen und in der Welt umherzuirren. Es war, um Giacinto Zeit zu geben, zur Einsicht zu gelangen, und Noemi Zeit zu geben, von ihrem Schmerz zu genesen.

»Wenn ich sofort die Antwort zu Don Predu gebracht hätte, wäre alles zu Ende gewesen«, dachte er mit einem Gefühl der Erleichterung. Und träumend schlief er ein. Ein schwacher Lichtschein ergießt sich im Traum über die Ebene ringsum wie ein weißer Ring über einen großen, schwarzen Kreis. Es ist Tagesanbruch. Die Blinden stehen auf, bilden mit den Händen einen Tragesitz, beugen sich vor ihm zur Erde und nötigen ihn, sich darauf zu setzen und seine Arme um ihren Hals zu legen. So heben sie ihn hoch und tragen ihn fort, weiter und weiter, laut singend, wie es die Kinder bei ihren Spielen machen.

Er lachte. Nie war er so glücklich gewesen. Aber hinten in der dunklen Küche rührten sich Donna Esther und Donna Noemi nicht von der Bank, und da empfand er wieder Scheu vor der einen und Angst vor der anderen. Er schloß die Augen und tat, als sei auch er blind. Und so gingen sie alle drei umher, über einen weichen Boden, und sangen die Lauden auf den Heiligen Geist. Doch eine Hand packte von hinten seinen Mantel und hielt die Gruppe an. Erschrocken ließ er sich herunterfallen, öffnete die Augen und sah Donna Noemi vor sich mit der Lampe in der Hand.

»Hast du schon geschlafen, Efix? Verzeih, aber Esther sagte

mir, du wolltest morgen früh schon weggehen, deshalb bin ich noch einmal heruntergekommen.«

Mit einem Ruck richtete er sich auf seiner Matte auf. Sie stand hoch aufgerichtet mit der Lampe über ihm. Ein Schattenkreis mit einem hellen Ring umgab sie, wie er es geträumt hatte.

»Außerdem wollte ich allein mit dir sprechen, Efix. Esther versteht manche Dinge nicht. Und es war falsch von dir, mit ihr zu reden: Du verstehst auch nicht.«

Er schwieg. Er verstand schon, aber er mußte still sein und sich verstellen wie ein Sklave.

»Du verstehst nicht, und deshalb redest du zuviel, Efix! Wenn du an jenem Tag nur deine Botschaft ausgerichtet hättest, ohne mir Ratschläge zu erteilen, wäre es besser gewesen.

Statt dessen haben wir viel Unnötiges gesagt. Jetzt will ich lediglich wissen, ob es wahr ist, daß du Predu nichts von unserer Unterredung erzählt hast.«

»Nichts, Donna Noemi mia!«

»Und noch etwas will ich dich fragen, Efix, aber du mußt mir die Wahrheit sagen, du...« Sie zögerte einen Moment, dann hob sie die Stimme. »Hast du über diese Sache mit Giacinto gesprochen? Sag mir die Wahrheit.«

»Nein«, log er mit fester Stimme: »Ich schwöre Ihnen, ich habe nicht mit ihm darüber gesprochen.«

»Du glaubst also, Predu hat es ihm gesagt?«

»Das glaube ich, Donna Noemi mia.«

»Noch etwas anderes. Sag mir, warum bist du weggegangen?«

»Ich weiß es nicht; ich dachte gerade daran, bevor ich einschlief. Ich dachte mir, es war der Herrgott, der mich wegschickte. Ich hatte Angst und schämte mich, Don Predu mit dieser Antwort gegenüberzutreten. Ja, Donna Noemi, denn Don Predu hatte mich nur deswegen in seinen Dienst genommen, ich verstand ihn gut. Er war Ihnen gut und wollte, daß ich den Vermittler machte. Und deshalb, als Sie nein sagten, immer wieder nein, da bin ich weggelaufen...«

Noemi fing an zu lachen, aber es war ein leichtes Lachen, ganz anders als das böse Lachen von vorher. Es war Mitgefühl mit Efix, Mitgefühl mit Don Predu, aber auch Befriedigung und Sanftheit. Niemals hatte Efix sie so lachen hören. Und doch erinnerte er sich an ein solches Lachen, ein solches Gesicht über sich, an Schatten und zitterndes Licht ringsum, und das Herz klopfte ihm zum Zerspringen.

Vor ihm stand, wie in jener Nacht der Flucht, Lia.

»Noch eine Frage, und dann ist es genug. Glaubst du wirklich, daß Giacinto Grixenda heiratet?«

»Ja, das ist sicher.«

»Und wann heiraten sie?«

»Noch vor Weihnachten.«

Sie hielt die Lampe nach unten, wie um sein Gesicht besser zu sehen, und beleuchtete so auch das eigene. Wie blaß sie aussah, und wie ihr Gesicht gleichzeitig jung und alt war!

Stolz, Leidenschaft, die Sehnsucht, ihr elendes altes Leben zu zerstören und aus den Trümmern ein starkes neues aufzubauen, brannten in ihren Augen.

»Höre, Efix«, sagte sie und nahm die Lampe wieder hoch, »also gut, du wirst Predu sagen, daß ich ihn will. Aber auch, daß wir sofort heiraten müssen, noch vor den beiden.«

XVII

Efix war wieder auf den Feldern des Gutes. Die Erntezeit war vorüber, die Früchte eingebracht. Zuannantoni, dem der Padrone die Aufgabe zugewiesen hatte, eine Schafherde in den Schilfniederungen rund um das Dorf weiden zu lassen, war im Guten gegangen.

Und da sitzt Efix nun wieder an seinem gewohnten Platz vor der Hütte, unter dem hellgrünen Schilfdach. Der Himmel ist rot oben über dem weißen Hügel; der Wind weht, und das Schilf zittert und flüstert.

»Efix, denkst du daran? Efix, denkst du daran? Du bist gegangen, du bist zurückgekommen und wieder bei uns, als wärst du einer von uns. Der eine beugt sich, der andere bricht, einer hält heute stand, aber morgen biegt er sich und übermorgen bricht er. Efix, denkst du daran?«

Er flocht eine Binsenmatte und betete. Von Zeit zu Zeit spürte er einen stechenden Schmerz in der Seite, der ihn auffahren ließ, als stieße ihm jemand eine Eisenstange in die Nieren. Blaß und zitternd knickte er wieder zusammen, wie ein Schilfrohr im Wind. Nach dem Krampf fühlte er eine große Schwäche, beklemmend, aber auch beruhigend, hoffte er doch, nun bald sterben zu können. Sein Tag war zu Ende.

Aber solange er konnte, blieb er dort, gebunden an diese Erde, die all seine Kraft und all seine Tränen aufgesogen hatte.

Der Herbst zog ins Land mit schönen Oktobertagen und der ersten Novemberkälte. Die Berge in der Nähe und im Hintergrund des Tals sahen aus wie Vulkane; Rauchwolken, von bläßlichen Flammen durchzogen, dann Ströme bläulicher Lava, und Feuergluten schienen hinunterzufließen ins Meer.

Gegen Abend klärte sich der Himmel auf, das Silber sämtlicher Minen der Welt stapelte sich zu Blöcken am Horizont, unsichtbare Hände waren am Werk, um daraus Häuser, Gebäude, ganze Städte zu errichten und gleich wieder zu zerstören. Und so blieben nur Ruinen über Ruinen zurück, die in der Dämmerung weiß aufleuchteten, bedeckt mit goldgelbem Gras, mit rosafarbenen Büschen. Scharen grauschwarzer Pferde stürmten vorüber, ein gelber Punkt blinkte hinter der verfallenen Burg, als hätte ein Eremit oder ein Bandit dort oben ein Feuer entzündet. Es war der aufgehende Mond.

Nach und nach erhellte sein Licht geheimnisvoll die ganze Landschaft, und wie mit einem Zauberstab berührt, verschwand alles. Ein blauer See überflutete den Horizont, die klare, kalte Herbstnacht mit den großen Sternen am Himmel und den weithin blinkenden Feuern auf der Erde zog sich von den Bergen bis zum Meer hin. In dieser Stille strömte der Fluß wie das Blut des schlafenden Tals. Und Efix fühlte den Tod herannahen, ganz allmählich, als käme er lautlos den Weg herauf, begleitet von einer Schar irrender Geister, vom Geräusch der wäscheschlagenden *panas* unten am Fluß, vom leisen Flattern der unschuldigen Seelen in den Blättern, den Blüten...

Eines Nachts in der Hütte schreckte er urplötzlich aus dem Schlaf, als hätte jemand ihn geschüttelt. Er hatte das Gefühl, ein gespenstisches Wesen würde auf ihm lasten, ihm mit einem Messer in den Eingeweiden wühlen, das ganze Blut spritzte aus seinem zerfetzten Körper, durchnäßte seine Matte, troff ihm von Haaren, Gesicht und Händen. Er fing an zu schreien, als tötete man ihn wirklich, aber nur das Rauschen des Wassers antwortete in der Nacht.

Er bekam solche Angst, daß er daran dachte, ins Dorf zurückzukehren; doch die langen Stunden der Nacht über konnte er sich nicht rühren, so schwach war er, wie ausgeblutet, Todesschweiß trat ihm am ganzen Körper aus.

Erst beim Morgengrauen konnte er aufstehen. Leb wohl, diesmal ging er für immer. Er räumte in der Hütte alles auf: Die Ackergeräte nach hinten, daneben die zusammengerollte Schlafmatte, den Topf umgekehrt auf das Wandbrett, das Binsenbündel in die Ecke, die Feuerstelle saubergefegt. Alles war nun in Ordnung, so wie ein guter Knecht es hinterläßt, wenn er Wert legt auf eine gute Beurteilung durch seinen Nachfolger.

Seinen Beutel nahm er mit, pflückte einen Jasminzweig von der

Hecke und blickte rings um sich her: Und da erschien ihm das ganze Tal weiß und leicht wie der Jasmin.

Überall herrschte Schweigen, die Geister hatten sich hinter die Schleier der Morgenröte zurückgezogen, und sogar das Wasser rauschte leiser, als wollte es den Schritt von Efix den Weg hinunter lauter schallen lassen. Nur die Schilfhalme wogten am Hang, hochgerichtet wie Schwerter, die sich am Metall des Himmels wetzten: Lebe wohl Efix, Efix, addio!

Er ging zu seinen Herrinnen und legte sich auf seine Strohmatte.

»Gut, daß du hergekommen bist«, sagte Donna Esther und deckte ihn mit einem Laken zu. Auch Noemi beugte sich über ihn, fühlte seinen Puls, griff nach seinem Arm und wollte ihn überreden, sich ins Bett zu legen.

»Lassen Sie mich hier liegen, Donna Noemi mia«, flüsterte er lächelnd, aber seine Augen waren unstet wie die des Blinden, und die Schleier des Todes lagen schon darüber. »Hier ist mein Platz.«

Später überkam ihn ein neuer Schmerzanfall, und während seine Herrinnen den Arzt holen ließen, fiel er schon in Fieberwahn. Die Küche füllte sich mit Geistern, und jenes schreckliche Wesen, das nicht aufhörte, ihn zu quälen, schrie ihm ins Ohr: Beichte! Beichte!

Auch Donna Esther kniete sich vor sein Lager und flüsterte: »Efix, mein Lieber, sollen wir Pfarrer Paskale rufen? Er wird dir aus dem Evangelium vorlesen, das wird dir Erleichterung bringen.«

Aber Efix starrte sie an mit glasigem Blick, und auf seinem dunklen Gesicht standen Schweißperlen. Die Todesangst hatte ihn erfaßt, er fürchtete, seine Seele könne plötzlich den Körper verlassen, wie er das Haus seiner Herrinnen verlassen hatte, und verbannt aus der Welt der Gerechten ruhelos und verdammt mit den Geistern aus dem Tal umherirren müssen. Und trotzdem sagte er immer wieder nein. Er wollte keinen Priester, mehr als Tod und Verdammnis fürchtete er, sein Geheimnis preiszugeben.

Da kommt Don Predu, setzt sich neben ihn und beginnt zu scherzen. Fröhlich ist er, Don Predu. Hat auch wieder zugenommen, so daß die Goldkette nicht mehr ganz so lose auf seiner schwarzen Weste baumelt.

»Warum bist du auch hierhergekommen, alter Dummkopf? Hast du gedacht, in meinem Haus wäre es nicht gut? Du bist wie die Katze, die immer wiederkommt, auch wenn man sie in einem Sack wegträgt. Auf, wir gehen, ich lege dich in Stefanas Bett.«

Noemi versucht, während sie sich mit einem dampfenden Napf in der Hand über ihn beugt und ihm den Schweiß vom Gesicht wischt, es ihrem rauhbeinigen Verlobten nachzumachen.

»Hier, trink, oder willst du als alter Junggeselle sterben?«

»Also gut«, sagt Efix und hebt den Kopf, aber ohne die Brühe zu nehmen, »wir gehen ...«

»Aber was redest du? Willst du schon wieder weglaufen? Du alter Herumtreiber ...«

»Ach, Mann, was machst du denn? Komm, wir gehen zu Stefana, die hat einen schönen Apfel für dich ... Komm, alter Junge ...«

Aber Efix legte den Kopf wieder hin und schloß die Augen. Nicht etwa, weil er sich durch die Scherze seiner Herrschaft verletzt fühlte, sondern weil er schon so weit weg war, von ihnen und von allen. Weit weg, immer weiter, aber mit einer Last auf dem Rücken, einem Gewicht, das ihn daran hinderte, vor- oder zurückzugehen. Es war noch schlimmer als damals, wo er die Blinden hinter sich herschleppte.

Endlich kam der Doktor. Er untersuchte ihn, klopfte ihm mit den Fingerknöcheln auf den Leib, der hart war wie eine Trommel, drehte ihn auf den Bauch und wieder zurück und warf ihm dann das Laken über wie über einen Brotteig, der aufgehen soll.

»Die Leber ist es, die dir so übel mitspielt. Du mußt ins Bett, Efix.«

Der Kranke hob den Zeigefinger und deutete ein Nein an.

»Wenn ich sterben muß, dann laßt mich als Knecht sterben.«

»Vor Gott gibt es weder Knechte noch Herren«, sagte Donna Esther, und Don Predu beugte sich herunter und versuchte, ihn hochzuheben.

»Ruhig, Alter, ganz ruhig!«

Aber Efix fing an zu stöhnen und schüttelte sich schwach wie ein verletzter Vogel, der noch einmal zu fliegen versucht.

»Ihr bringt mich noch um, bevor meine Stunde gekommen ist...« Da machte der Arzt ein Zeichen mit der Hand und blickte zum Himmel. Daraufhin legte Don Predu den Kranken wieder hin, deckte ihn zu und scherzte nicht mehr.

So ließen sie ihn liegen. Stunden und Tage vergingen, und Efix träumte in seinem Fieber, daß er mit den Blinden wanderte, weiter und weiter durch die Täler und die *tancas* der Hochebenen. Und er träumte von den Festen, von den Münzen, die vor ihm herabfielen, von den mitleidigen Frauen, den schönen jungen Männern auf ihren Berberpferden, wie sie am Berghang entlangritten und ihm von weitem Münzen und kränkende Worte zuwarfen.

Aber hohe, verräucherte Wände mit roten Kupferflecken und einer Bank im Hintergrund füllten immer den Horizont, und er konnte nicht dahinter gelangen, um sich von seiner Last zu befreien und sein Leiden zu heilen.

Zweimal fand ihn Noemi, wie er aufgestanden war und versuchte, aus dem Hof herauszukommen. Da zogen sie den Torschlüssel ab.

Donna Esther beugte sich über ihn, schüttelte das Kopfkissen auf, richtete die Decke und fühlte ihm den Puls.

»Efix, der Pfarrer wird dich besuchen kommen.«

Efix winkte mit dem Finger ab, die Augen geschlossen.

In den ersten Tagen fragte manchmal jemand, ob er ihn besuchen dürfe. Aber Noemi öffnete das Tor immer nur einen Spalt und schickte alle fort. Er konnte es drinnen hören, und es erstaunte und verwirrte ihn, daß sich Menschen an ihn erinnerten, an ihn, der so weit weg war, am Ende der Welt.

»Wer war das, der mich vor kurzem besuchen wollte?« fragte er eines Morgens Esther.

»Das war wohl Zuannantoni.«

»Wenn er wiederkommt, Donna Esther mia, bitte, lassen Sie ihn hereinkommen... Es ist gut, mit dem Abschiednehmen zu beginnen...«

»Was redest du, Efix? Warum diese fixe Idee? Warum willst du nicht, daß der Pfarrer kommt? Er würde dir aus dem Evangelium vorlesen, dann hättest du keine Angst mehr vor dem Sterben ...«

Er antwortete nicht. Nein, sie sollten es nicht schaffen, ihn herumzukriegen. Aber noch war die Zeit nicht gekommen, und er klammerte sich nur deshalb an das Leben, weil er Angst hatte, seine Sündenlast im Hause seiner Herrinnen abzuladen.

Um ihn herum veränderte sich das Leben. Eine Welle der Freude schien das Haus zu durchfluten, wenn Don Predu eintrat. Man hörte verhaltenes Lachen von Donna Esther, Gespräche der Verlobten, Pläne und Klatsch, dann aber wieder plötzliche Stille mit Rücksicht auf den Kranken.

Da fühlte er, daß er im Weg war, und wünschte zu gehen.

Eines Morgens stand Donna Esther, die im Erdgeschoß schlief, um gleich zur Stelle zu sein, sehr früh auf, brachte alles in Ordnung, wobei sie leise mit sich selbst sprach, beugte sich dann über ihn, um ihm eine Tasse Milch einzuflößen, und sagte:

»Efix, du kannst dich freuen! Heute setzt Predu den Hochzeitstag fest, bist du zufrieden?«

Er nickte, dann zog er sich das Laken über den Kopf und kam sich vor, als sei er schon gestorben, freute sich aber dennoch über das Glück seiner Herrinnen.

Auch Noemi war früh aufgestanden; sie stritt mit ihrer Schwester und meinte stolz:

»Warum muß er den Hochzeitstag festlegen und nicht ich? Ich bin schließlich keine Bäuerin, daß ich tun müßte, was alle tun.«

»Was bist du nur wieder unleidlich! Das Aufgebot ist schon bestellt, heute wird über die restlichen Dinge gesprochen.«

Noemi war erregt, und Efix hörte sie mit leisen, aber unruhigen Schritten durchs Haus laufen. Schließlich setzte sie sich neben den Eingang und fing schweigend an zu nähen, und als Don Predu kam, rückte sie den Stuhl beiseite und zog das Leinen zu sich heran, um ihn vorbeizulassen, hob aber kaum den Blick und erwiderte seinen Gruß nur mit einem Kopfnicken. Gleich darauf kam Donna Esther, ihr Tuch bindend, die Treppe herunter, bereit, den beiden Verlobten als Vermittlerin zu dienen, zwischen denen ständig Mißverständnisse entstanden, da Noemi sich bei allem gekränkt fühlte und alles falsch verstand, trotz des guten Willens von Don Predu.

Kaum eingetreten, ging er als erstes zu Efix und sah zu ihm hinunter.

»Wie geht's? Gut, wie mir scheint. Komm, wir stehen auf!«

Efix hob seine tief eingesunkenen, stumpf blickenden Augen, und da Don Predu sich herunterbeugte, um ihn anzufassen, streckte er die Hand aus, als wollte er den mächtigen Körper zurückdrängen, der an seinen doch schon in Auflösung begriffenen rührte.

»Lassen Sie, lassen Sie...«

Da ging Don Predu und setzte sich zu seiner Braut.

»Wie ist die Laune heute?«

»Laß das, Predu, nicht am Stoff ziehen, sonst steche ich mich.«

»Das will ich ja gerade!«

»Predu, laß mich, du bist wie ein kleiner Junge!«

»Deine Schuld, du hast mich verhext, jetzt bin ich wieder ein Kind.«

»Predu, hör auf!«

»Weißt du, was Stefana sagt, diese Philosophin? Sie sagt, du hast den Zauber nun umgekehrt, zuerst hat er mich abmagern lassen, jetzt macht er mich wieder dick...«

»Du machst Witze, Predu, und deine Mägde haben eine freche Zunge.«

»Aber es ist doch ganz offensichtlich, daß ich zunehme. Es gibt nur ein Mittel, den Zauber zu bannen...«

Donna Esther stützte sich auf Noemis Stuhl und sah den Vetter an, ohne zu sprechen, sie wartete. Er wandte sich auch tatsächlich zu ihr, schlug sich mit den Händen auf die Knie und sagte:

»Also gut, wann wollen wir sie zerreißen, diese Kette?«

»Das hängt ganz von dir ab, Predu, du mußt entscheiden.«

Noemi nähte, auch sie hob das Gesicht, ihre Augen glänzten, aber gleich darauf senkte sie sie wieder und sagte kein Wort.

»Esther, ich würde sagen: vor Advent.«

»Gut, also vor Advent.«

»Glaubst du, daß alles fertig wird bis Mitte des Monats?«

»Alles wir fertig sein, Predu.«

»Also gut.«

Schweigen. Noemi nähte, Esther sah sie über die Schulter an. Schließlich fragte Don Predu fast schüchtern:

»Und was sagst du dazu?«

»Wovon sprecht ihr?«

»Noemi!« protestierte Donna Esther, aber der Verlobte machte ihr ein Zeichen, still zu sein, und fing wieder an, den Stoff von den Knien seiner Braut zu ziehen.

»Von der Verhexung sprechen wir! Und wie man sie aufheben kann, ehe ich zu dick werde. Wie man das macht, fragst du? So hier, so! Auf das Wohl aller, die uns zusehen!«

Und während Esther etwas gezwungen lachte und Noemi sich wehrte, nahm er sie mit festem Griff bei den Schultern, und man hörte das laute Schmatzen eines Kusses.

»Wie bin ich froh! Jetzt kann ich sterben«, dachte Efix unter dem Laken. Aber immer noch hatte er das Gefühl, sich noch nicht lösen zu können, nicht herauszukommen aus dem Rund der Mauern, die den Weg versperrten.

Don Predu blieb den ganzen Tag da, von den Kusinen zum Mittagessen eingeladen. Er erzählte, lachte und machte sich wieder über seinen Nächsten lustig. Aber immer wieder schwieg er, auch weil Noemi sich wenig aus ihm zu machen schien. Dann umgab Efix eine bedrückende Stille und er begriff, wie sehr er im Weg war, welche Belastung er für die Frauen und sogar für Don Predu war.

Es war Zeit *zu gehen*, damit sich die Verlobten ungehindert lieben und scherzen konnten, ohne diesen Sterbenden vor Augen. Und plötzlich, im Dunkel unter seinem Laken, glaubte er zu wissen, warum er noch nicht gehen konnte, warum ihn immer noch etwas festhielt im Hause seiner Herrinnen wie eine unbezahlte Rechnung, die beglichen werden mußte.

Und als Esther sich über ihn beugte, weil sie glaubte, er schliefe, und leise einen Zipfel des Lakens überm Gesicht anhob, sah sie ihn mit weit geöffneten Augen, gerötetem Gesicht und zitternden Lippen.

»Efix, was fehlt dir?«

Er deutete an, daß sie näher herankommen sollte und flüsterte mit sterbender Stimme:

»Donna Esther mia, bitte, wenn Sie wollen, lassen Sie Pfarrer Paskale rufen.«

Nach der Beichte sprach er kaum noch, klagte nicht mehr. Mit zugedecktem Kopf lag er da, doch jedesmal, wenn Donna Esther das Laken etwas anhob, sah sie das arme Gesicht noch stärker eingegangen, blau verfärbt und verschrumpelt wie eine getrocknete Pflaume. Eines Abends öffnete er die Augen, starrte sie mit seinem angstvollen Blick an, der ihr ganzes Mitleid erweckte, und flüsterte kaum noch hörbar:

»Lang ist er, Donna Esther mia! Haben sie Geduld.«

»Wer ist lang, Efix?«

»Der Weg... Man kommt nie ans Ziel!«

Immer noch hatte er das Gefühl, ununterbrochen zu wandern. Er stieg auf einen Berg, durchquerte eine große Koppel, doch an deren Ende erwartete ihn schon der nächste Berg, eine andere Ebene und im Hintergrund das Meer.

Aber jetzt wanderte er in Ruhe, und daß er nicht ans Ziel kam, tat ihm nur leid, weil er das Haus seiner Herrinnen von der Last seines Körpers befreien wollte. Aber eines Tages oder eines Nachts – er wußte nicht mehr, welche Tageszeit war – hatte er das Gefühl, an der niedrigen Grenzmauer des Gutes angekommen zu sein, oben an der schilfbedeckten Böschung, und sich schwer auf den Steinen niederzulegen. Das Schilf rauschte, bog sich bis zu ihm herüber und leckte nach ihm mit den langen Blättern, die etwas Lebendiges hatten wie Finger, wie Zungen. Und sie sprachen zu ihm, und ein Blatt stach ihn ins Ohr, damit er besser hörte. Es war ein geheimnisvolles Flüstern, wie eine Wiederholung dessen, was die Geister im Tal raunten, wie die Stimme des Flusses, der Singsang der Pilger, das Klopfen der Mühle oder die Wehklage von Zuannantonis Ziehharmonika. Er lauschte, bäuchlings auf dem Mäuerchen festgekrallt, und auf einer Seite sah er die Küche seiner Herrinnen, auf der anderen ein weites Nebelmeer wie oben am Monte Gonare.

Donna Esther stieg aus dem Tal herauf, das Gesicht von einem schwarzen Flügel verdeckt. Sie hob den Flügel und zeigte ihr dunkles, schmerzerfülltes Gesicht, über den Augen einen Schleier des Mitleids, aber sie bewegte sich weg von der Mauer, als hätte sie Angst zu fallen. Und andere Gestalten kamen herauf, alle hatten das Gesicht hinter schwarzen Flügeln versteckt. Alle kamen heran, wichen aber erschrocken zurück, voller Angst, auf der anderen Seite der Mauer hinunterzustürzen.

Efix erkannte sie alle, diese Gestalten, er hörte sie reden und begriff, daß sie lebendig und wirklich waren. Und doch glaubte er zu träumen: Es waren Gestalten seines Lebenstraumes. Es war der Priester, der Milese war es, Zuannantoni, es waren die Mägde von Don Predu, und er selbst mit Noemi. Manchmal faßte einer von ihnen Mut und versuchte, ihm zu helfen und ihn wieder von der Mauer herunterzuziehen, aber es gelang ihm nicht. Und er begann, ihrer überdrüssig zu werden. Er wandte sein Gesicht ab und starrte in das Nebelmeer. Da löste sich der Nebel auf, Flekken goldgelber Wälder erschienen in den klaffenden blauen Rissen, und auf der Böschung über ihm bog ein Granatapfelbaum wie die, von denen der Blinde erzählt hatte, seinen schweren Ast mit den roten, aufgeplatztzten Früchten zur Erde, und die Kerne fielen wie Perlen daraus herab.

Aber die Menschen auf der anderen Seite der Mauer ließen ihn nicht in Frieden den Anblick all des Schönen genießen. Er wandte sich aber nicht mehr nach ihnen um, und nur eines Tages ließ ihn eine Hand, die sich auf seine Schulter legte, und eine Stimme, die ihm seinen Namen ins Ohr flüsterte, aufschrecken: »Efix! Efix!«

Es war das Gesicht von Giacinto, das er über sich sah, die sanften, von Mitleid feuchten Augen. Zwischen all den leblosen Gestalten erschien ihm diese als die einzige noch lebendige, so lebendig, daß ihre warmen Hände die Kraft hatten, ihn einfach hochzuziehen und in die Welt zurückzuholen.

Aber nur für einen Augenblick, dann war auch das verflogen, hatte es seine Kraft verloren und wurde zum Traumgebilde. Da empfand Efix einen Schmerz, als wäre es Giacinto, der sterben mußte, und nicht er.

»Efix, auf, was machst du? Sagst du denn gar nichts zu mir? Ich bin nur deinetwegen gekommen, verstehst du? Ich bin hier. Sie wollten mich nicht hereinlassen, da bin ich über die Mauer geklettert. Komm, sieh mich an.«

Efix sah ihn an, konnte seine Augen aber nicht mehr erkennen.

»Tante Noemi ist davongefegt wie der Wind, als sie mich sah. Die wird mir auch nie mehr verzeihen. Was hat sie dir erzählt, sag es mir. Daß sie mich nicht mehr sehen will, daß sie geschworen hat, nie mehr meinen Namen auszusprechen? Ich weiß, aber das macht nichts. Ich bin froh, daß sie heiratet. Weißt du, was passiert ist, als ich das letzte Mal hier war? Ich habe zu ihr gesagt: ›Heiraten Sie, Tante Noemi, Onkel Pietro ist reich, er liebt Sie und wird Sie glücklich machen.‹ Sie sah mich mit Verachtung an, und ich begriff sofort, daß sie sich nie entschließen würde. Und da, Efix, höre, wir wollen ganz leise sprechen, damit uns keiner hören kann, da fiel mir dein Rat ein. Ich sah ihr fest in die Augen und sagte: ›Tante Noemi, ich werde Grixenda heiraten, denn nur Grixenda, arm wie ich, jung und allein wie ich, kann meine Gefährtin werden.‹ Da wurde Noemi leichenblaß, ich bekam Angst und lief weg. Ich habe geweint, hat sie dir das erzählt? Hör doch, Efix, du hörst mir ja gar nicht zu! Da kommt Tante Esther. Nicht wahr, Tante Esther, Efix tut nur so, als ob er krank wäre, damit er nicht zu meiner Hochzeit kommen muß und auch nicht zu der von Tante Noemi und damit er uns nichts schenken muß. Und dabei sollst du doch Geld mitgebracht haben von deiner Reise...«

Efix hörte seine Worte und verstand sie auch, aber sie waren ohne Laut wie geschriebene Worte.

»Los, sage mir wenigstens, was dir fehlt. Du erzählst mir nicht mal, wo du gewesen bist. Weißt du noch, wie du zur Mühle kamst und ich dich fragte, wohin du gehen wolltest? Du hast geantwortet: An einen schönen Ort. Weißt du nicht mehr? Mach die Augen auf und sieh mich an. Wohin bist du gegangen?...«

Wieder empfand Efix Verdruß. Er öffnete die Augen einen Moment, schloß sie aber gleich wieder. Sie waren schon schwer vom Todesschlaf. Und Giacintos Worte verschmolzen jenseits der Mauer mit dem Rauschen des Schilfs und dem Wehen des Windes.

Und doch schien er plötzlich noch einmal hochzukommen und weiterzuleben. Am Abend war er von einem heftigen Schmerzanfall zerstampft worden wie das Salz im Mörser. Er war taub und stumm geworden vor Schmerz, hatte aber dennoch bemerkt, wie Don Predu Noemi ansah und dabei eine ärgerliche Bewegung machte. Denn die Hochzeit war auf den folgenden Tag festgesetzt worden, und wenn er da starb, brachte er dem Hochzeitspaar Unglück, oder aber er zwang sie, die Trauung zu verschieben. Da blitzte auf dem Grunde der Finsternis, die ihn schon umgab, ein fernes Licht, der Wille, sich dem Tod noch einmal entgegenzustemmen.

Er zog die Decke vom Gesicht und sprach: »Donna Esther, mir geht es besser. Geben Sie mir bitte zu trinken.«

Beide Herrinnen liefen herbei, und Noemi selbst hob seinen Kopf und flößte ihm etwas zu trinken ein.

»Bravo, Efix! So ist es gut. Weißt du, was heute los ist?«

Er nickte und trank.

»Da freust du dich, Efix? Wie oft hast du doch daran gedacht? Das wird dir wie ein Traum vorkommen!«

Er nickte: Ja, alles war ein Traum gewesen, war es noch immer.

Dann ließen sie ihn allein, denn Noemi mußte sich ankleiden. Da hob er den Kopf und schaute sich um, ganz verstohlen, und nickte dabei immer weiter. Ja, alles wurde nun gut. Das Fest fand im Hause des Bräutigams statt, und hier störte nichts den Frieden. Aus Rücksicht auf den Kranken hatte Noemi nicht einmal die Küche saubermachen lassen, wie es sonst bei einer Hochzeit üblich ist. In Haus und Hof war alles ruhig, die Katze lag unbeweglich auf der Bank, schwarz mit grünen Augen, wie ein Sinnbild der Einsamkeit. Es war so still, daß man das morsche Holz am Balkon knarren hörte, und als Efix seinen Kopf etwas höher hob, konnte er ein letztes Mal die bröckelnde Mauer sehen, das Gras und die Knochenblumen auf dem alten Friedhof.

Da plötzlich erschien eine Gestalt in der Tür, groß und schlank, in einem engen, granatroten Kleid mit schwarzen Blumen, einen Kranz Rosen um den Kopf gewunden und überall im Gesicht, am Körper und an den Füßen etwas Strahlendes, die Augen, die Juwelen, die Schuhe...

Er riß die Augen auf und erkannte Noemi, und dahinter, ihr die Rosen am Hut und die Falten am Kleid zurechtzupfend, Donna Esther, die sich mit den über die Schultern gelegten schwarzen Flügeln ihres Schals ausnahm wie der Schatten der Braut.

»Ich sehe schön aus, nicht wahr?« fragte Noemi, die hoch aufgerichtet vor ihm stand und sich die Ärmelaufschläge richtete. »Findest du es nicht zu eng, dieses Kleid? Man trägt es so. Und schau nur, wie schön das hier ist, ein Geschenk von Predu.«

Sie kniete sich trotz des engen Kleides hin und zeigte ihm den Rosenkranz aus Perlmutt mit einem großen Kreuz aus Gold.

»Da, siehst du, früher gehörte es einmal einem Bischof, danach der Großmutter von Predu, die ja auch unsere war. So bleibt es in der Familie. Es ist wirklich schön, nicht wahr? Schau den Christus an, er sieht aus, als ob er lächelt, während ihm Blut und Tränen herunterlaufen... und dahinter, schau mal...«

Efix schaute schweigend und unbeweglich, seine schwärzlichen, ausgetrockneten Hände in den Saum des Lakens gekrallt, als würde er sich, ein Leichnam schon, aus der Welt drüben noch einmal herüberbeugen, um ein letztes Mal am Glück seiner Herrin teilzunehmen. Und sie sagte, sich noch tiefer zu ihm beugend, so daß sich ihre Gesichter fast berührten:

»Schau nur, was für ein Geschenk, Efix!«

Blaß sah sie aus in ihrem granatroten Gewand, die sonst bösen Augen voller Tränen.

Doch Efix empfand keinen Schmerz mehr.

»Wir werden geboren, um zu leiden wie Er, wir müssen weinen und still sein...« flüsterte er seufzend.

Und das war sein Abschiedsgruß. Von diesem Augenblick an blieb er stumm. Ihm schien, er könne sich am Laken festkrallen, um noch nicht drüben hinunterzufallen, und von der Höhe der Mauer herab dem Treiben der Welt zusehen.

Da erscheinen Don Predu und die Verwandten, um die Braut abzuholen. Sie kommen herein, verteilen sich in der Küche wie Figuren in einem Traum, verschwommen und dennoch mit merkwürdig deutlichen Einzelheiten.

Don Predu ist schwarz gekleidet, in einen neuen, enganliegenden, geschniegelten Anzug, der ihm das Atmen schwer macht.

Efix kann aber sein Gesicht nicht deutlich sehen, dagegen ist der sarkastische Mund des Milese für ihn gut zu erkennen, schmal und wie angefüllt mit unterdrücktem Lachen, außerdem der dicke Leib einer Verwandten der Damen, die die Braut zur Kirche geleiten soll, und zwei Kerzen mit rosa Bändern, von zwei blassen Kinderhänden getragen. Alle sind so ernst, als seien sie gekommen, um ihn abzuholen, den Toten, nicht die Braut, und sie bewegen sich leise und langsam, um ihn nicht zu stören.

Donna Esther mit dem Schal, der ihr ein wenig lose um die Schultern hängt, stellt den Hochzeitszug zusammen. Zuerst die Kinder mit den hohen Kerzen, dann die Braut mit ihrer Verwandten, danach der Bräutigam mit seinen Verwandten, zum Schluß die wenigen geladenen Gäste; der Milese geht als letzter und scheint sich stumm über alles lustig zu machen.

»Jetzt lassen sie mich allein«, denkt Efix mit etwas Bitterkeit. »Allein, und dabei bin ich es, der alles gemacht hat.«

An der Tür drehte sich Noemi noch einmal um und winkte ihm zum Abschied mit dem goldenen Kreuz Lebewohl. Und er hatte, wie schon bei Giacinto, das Gefühl, daß sie es war, die starb.

Alle traten hinaus und gingen davon. Donna Esther beugte sich über ihn, bedeckte ihn fast mit ihren schwarzen Flügeln.

»Ich komme schnell zurück, sobald ich sie begleitet habe; ich muß jetzt gehen, bleib ganz ruhig liegen.«

Ja, er blieb ganz ruhig auf seinem Platz, still und einsam. Er hörte die Ziehharmonika von Zuannantoni, der zu Ehren des Brautpaares spielte, und dabei erinnerte er sich erneut an viele Dinge: das Rumpeln der Mühle oben in Nuoro, die Wolken über dem Monte Gonare, das Rauschen des Schilfrohrs auf dem Hügel...

»Efix, weißt du noch? Efix, denkst du noch daran?«

Wie groß die Küche geworden war! Dunkel und warm, mit weit entfernten Wänden und geheimnisvollem Hintergrund wie eine Koppel in der Nacht. Die Nachtigall sang, der Blinde erzählte die Geschichte vom goldenen Palast des Königs Salomo. »... alles war aus Gold wie in der wahren Welt; alles leuchtete vor Reinheit. Granatäpfel aus Gold, Gefäße aus Gold, Matten aus Gold...«

Und er sah das Haus von Don Predu mit den Granatapfelbäumen voller Früchte, die Palmen, die mit Weintrauben und goldgelben Kürbissen bedeckten Matten.

»Noemi wird es dort gut haben... wird gut essen und rundlich werden, sie wird Donna Esther Geld geben, um hier den Balkon in Ordnung zu bringen. Es wird ihr gut gehen... Wie der Königin von Saba. Aber auch die war nicht zufrieden... Und auch Noemi wird das goldene Kreuz eines Tages über sein, und sie wird in die Ferne wollen wie Lia, wie die Königin von Saba, wie alle...«

Aber darüber wunderte er sich nicht mehr; weit weg gehen, man mußte weit weg gehen, in andere Welten, wo die Dinge größer sind als bei uns.

Und er ging.

Er schloß die Augen und zog sich das Laken über den Kopf. Und da war er wieder auf der Grenzmauer des Gutes, das Schilf flüsterte, Lia und Giacinto saßen schweigend vor der Hütte und schauten auf das Meer in der Ferne.

Er glaubte einzuschlafen. Doch plötzlich schreckte er hoch mit dem Gefühl, von der Mauer zu stürzen.

Er war nach drüben gefallen, in das Tal des Todes.

Donna Esther fand ihn so, stumm und unbeweglich unter dem Laken, ganz ruhig.

Sie schüttelte ihn, rief seinen Namen, und als sie merkte, daß er tot war und sie ihn hatten allein sterben lassen, fing sie heftig an zu weinen, mit einem lautem Schluchzen, das sie selbst erschreckte. Sie versuchte, sich zu beruhigen, aber sie konnte es nicht. Es war, als weinte ihre Seele im Innern gegen ihren Willen. Sie ging und verschloß das Hoftor, damit niemand sie in ihrem Schmerz um den toten Knecht überraschen konnte und die Leute nicht merkten, daß sie ihn hatten alleine sterben lassen, während es für die Familie ein großer Festtag war.

Um die Stunden zu verbringen, bahrte sie den Leichnam, der ausgedörrt war und leicht wie der eines Kindes, auf, wusch ihn, kleidete ihn wieder an und sprach unterdessen zwischen zwei Gebeten leise zu ihm, erzählte ihm, wie die Trauzeremonie verlaufen war, wie Noemi geweint hatte, als sie in ihr neues Haus kam – geweint vor lauter Glück natürlich – und wie das Haus voller Geschenke war und die Leute Korn und Blumen bis auf den Hof der Brautleute geworfen hatten, um ihnen Glück zu wünschen, und wie schließlich alle froh und zufrieden waren.

»Und du hast das hier gemacht... einfach wegzugehen, heimlich... ohne etwas zu sagen... wie damals... Ach, Efix, das hättest du nicht tun sollen... heute, gerade heute!«

Es war, als hörte er zu, mit halb geschlossenen, gläsernen Augen, ruhig, aber entschlossen, als guter, ergebener Knecht nicht zu antworten.

Donna Esther fiel ein, daß er Blumen gern gemocht hatte, sie pflückte am Brunnen eine Geranie ab und legte sie ihm auf das Kruzifix in seinen Händen. Zuletzt deckte sie den Leichnam mit einer grünen Seidendecke zu, die sie für die Hochzeit hervorgeholt hatten. Aber die Decke war zu kurz, die Füße blieben unbedeckt, zur Tür gerichtet, wie es Brauch war; und es sah aus, als schliefe der Knecht ein letztes Mal im Gutshaus, als ruhte er sich aus, bevor er die Reise in die Ewigkeit antrat.